David Lodge

THE PICTUREGOERS

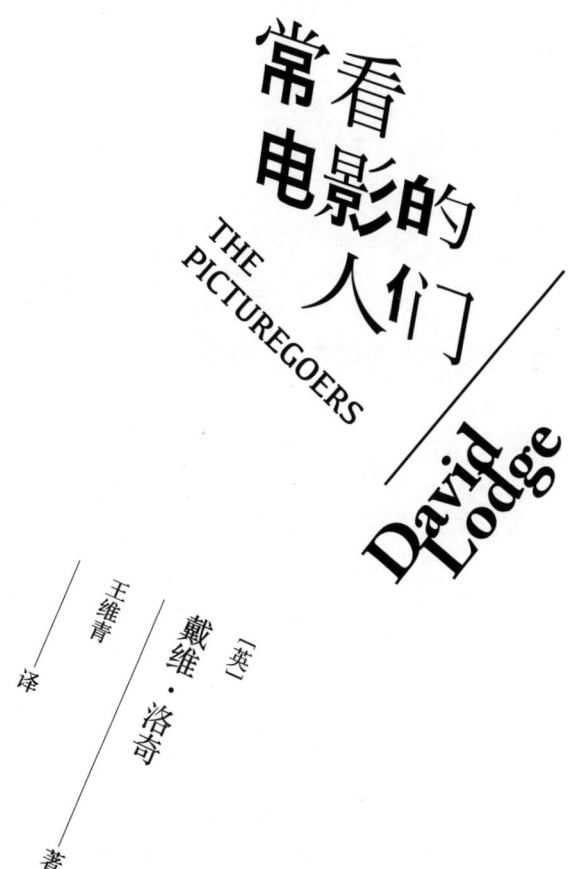

常看电影的人们
THE PICTUREGOERS
David Lodge

［英］戴维·洛奇 著
王维青 译

新星出版社 NEW STAR PRESS

献给我的父亲母亲

第一部分

莫里斯·伯克利先生的办公室在放映室隔壁，天花板已经破裂并剥落。其实，就布里克利城的帕雷迪姆电影院而言，门厅之外的每一处都迫切需要重新装修，但伯克利先生却说天花板坏掉是他总躺在沙发上盯着看的缘故，他习惯换晚礼服之前在沙发上小憩半小时。至于为什么坚持这么一个没有实质意义的仪式——每晚六点一刻换衣服——他也说不清，但他肯定这样做不是为了吸引顾客的注意，因为客人们总是来去匆匆，从一些羊肠小道走来，然后穿过门厅，直接走进不知名的影厅。然而，他还是不由自主地从沙发上坐起来，换上晚礼服。捋着稀疏的头发，迅速系好蝴蝶领结，他才意识到换晚礼服是为了自己好。就像某个历史军团的军礼服被埋没在现代军队统一的卡其布着装中，在这个毫无生机、冷漠的世界上，换晚礼服是一种清高的姿态，一种绝望的姿态——绝望是因为再也回不到过去的光辉岁月了。那时的帕雷迪姆还是布里克利帝国，拥有泰晤士河南岸最大的杂耍戏院，是伦敦西区名流驻足郊区的第一站。现在，那个时代遗留下来的唯一痕迹便是那些挂在墙上、褪了色又打起卷儿的明星照片。照片上的明星止在咧嘴假笑，照片底端是他们装腔作势、书写潦草的祝福语:"莫里斯,爱你!来自一位老演员的祝福","生活一切顺利!——莫迪·詹姆逊","莫里斯,和你有许多快乐的回忆,最美好的祝福送给你!——乔·布莱基"……难道现在就是他们祝福的他的未来吗?

桌子上的冰激凌账单尚未结算,伯克利先生却绕过桌子,然后轻轻带上门,远离了那些令人不满的收支账目。

伯克利先生站在圆楼梯口,俯视着毫无生气、空荡荡的大厅。昔日,这里总是挤满了兴高采烈、熙熙攘攘的人群,而他则穿梭在人群中,和老朋友们打招呼,婉言拒绝别人索要免费门票的要求,引导观众对号入座……伯克利先生叹了一口气,走下楼。他感到十分难过,因为他目睹了剧院因电视、娱乐税以及年轻人的不屑而消亡的全过程;他感到惭愧,因为低级庸俗的裸体秀打着献身的旗号吸引客户,而他亲眼看到了这件事的始末;他感到不知所措,因为他眼睁睁地看着自己的剧院被电影院击垮。他曾经面临过两难的抉择:做一个没有尊严的电影院①经理,或者失业。最终,他现实地选择了前者,但他的生活也从此远离了快乐。

现在,他紧张地站在售票处,希望能吸引顾客们的眼球,哪怕仅仅是为了微笑待客。可是,顾客们好像只当他是某种类型的警察,并没有留意他的表情。他们焦急地排队买票,然后不耐烦地把票甩给检票的女孩,最后迅速消失在双开弹簧门后的黑暗里。同他们便宜的连衣裙和运动服相比,伯克利先生的晚礼服看起来十分不

---

①原文中为斜体,表示强调。此处以变体处理。下同。

合时宜，感觉很奇怪，像是在自我炫耀一般。于是，他和售票的女孩闲聊了几句。（可她对票房又有多少关注呢？）

"卖得怎样，格雷小姐？"

"噢，和以往差不多，伯克利先生。"

这说明票房和以往一样不好。伯克利先生无法管理剧院了，他不得不忍辱负重地管理电影院；更令他感到羞耻的是，作为电影院，帕雷迪姆一点也不景气。战后繁荣期过后，电影院的收入便一路下滑。它的新主人因为做了这笔不划算的买卖而满腹怨气，而这种怨气往往被撒到伯克利先生头上。可是，如果新主人决定把电影院卖掉来减少损失，那伯克利先生将安身何处呢？贝迪池那边的剧院已经被改成仓库了。这一消息一直困扰着伯克利先生，令他整日提心吊胆。唉，随它去吧，反正他不会去当一个看仓库大门的。

门厅内部，爱德华时代豪华而古老的装饰被不明智地贴上了"现代风格"的饰板。伯克利先生看到这个地方就心烦。于他而言，即使原来的旧装饰破旧不堪，也给人一种舒服、气派、脱俗的感觉。伯克利先生觉得这是过去看戏时的一种感受。可是现在，他已经不是剧院经理了，说了不算。

伯克利先生焦躁不安地朝比尔（上了年纪的守门人）走去。和他一样，比尔也是原先那个辉煌时代的老兵。

"和往昔不同了，对吧，伯克利先生？"比尔像只猫儿激动地迎合着自己的老板。可是不知怎的，比尔拍的马屁却惹恼了他。结果，他留下一句"不"，便转身离开，去了自己的办公室，强打起精神处理起冰激凌账目。上楼梯时，他背诵了电影院经理的"教义问答书"：

问：盈利或亏损取决于什么？

答：冰激凌。

问：因此，我的生计来源是什么？

答：冰激凌。

问：所以，幸福的源泉是什么？

答：冰激凌……

他悲痛地预言，如果帕雷迪姆电影院被改成仓库，肯定会用来储存冰激凌。

* * *

马洛里先生喜欢在公交车尚未停稳时就下车。现在他就是这样下车的：动作娴熟自然，步子悠闲，好像车子已经刹住了一般。可是，站在公交车踏板上的妻子则因车子突然停止而身体前倾，跌跌撞撞地冲向了人行道。

"哦，不，快来人呀！"妻子大声喊道。他赶忙上前帮忙，可是一切都太迟了。他想道歉，但话到嘴边又咽了回去。

最后，他只说了一句："快点吧，电影快开始了。"

其实，马洛里先生并不是急着去电影院，而是不喜欢紧张地度过闲暇时光。一周的工作结束了，接下来他可以好好放松一下了——只要期望不是太高。明天是星期天，而他有一条一直认真遵守的基督教戒律：为了突出安息日的神圣，礼拜日戒除体力工作。

至少从这方面看，潜意识里他还一直是一个基督徒。在吉卜林神父为他讲解有关欲望的洗礼教条时，他就意识到了这一点。在很大程度上，是妻子使他皈依了基督教，但可笑的是，也正是妻子一直坚持要打破这一条戒律。

在马洛里先生看来，周六晚上乘坐公交车去看电影时不该再遭受工作日上下班时的拥挤。周一早晨是上班高峰期，他无疑会和那些乘坐"南方"火车上班的人们一样抓狂，不得不在人群中乱抓、推搡、奔跑。可是，去娱乐或休闲场所的行程不该如此庸俗、紧张和匆忙，而应该悠闲安逸，忘却时间的紧迫，可以像预期的那样尽情地享受其中的快乐，否则行程一定会令人失望。

如果是独自一人，马洛里先生根本不会选择去看电影。已经忙碌了一周，此时他会选择站在这个繁忙的路口，观看身边的风景，尽情享受城市的舒适自在，放松紧张而疲劳的神经。年轻时，他的主要工作是和伙伴们站在街角处，就那么观看、聊天……突然，他的思绪回归现实，诚实的美德使他不得不承认，那时干那份工作只是因为没有别的选择。现在他可以做其他工作了，口袋里也有了钱，可是站在街角混日子的那种快乐似乎成了一件可望而不可即的奢侈品。曾经，周六晚上是那么快乐温馨，他多么希望可以回到从前呀！眼前，交通顺畅多了，甚至比白天多了点优雅和节制；变速变得平稳了，加速也没那么猛了。人们好像把夜晚当成了给人振奋的酒宴，空气中弥漫着周末狂欢的味道。大街上，尚未打烊的收音机店里传来一个黑人的声音：

每个人都喜欢星期六的晚上，

> 每个人都喜欢星期六的晚上，
>
> 　　每个人，
>
> 　　　　每个人，
>
> 　　　　　　每个人，
>
> 　　　　　　　　每个人，
>
> 　　每个人都喜欢星期六的晚上。

这些流行歌曲总是唱着某种道理。

马洛里先生想买一份晚报，于是停下了脚步。只见卖报员手指灵活，大手一挥，一份报纸就被从一沓报纸中抽出来，快得仿佛利剑出鞘一般。马洛里先生翻阅了占据大部分报纸头版的足球赛事报道，发现这一次他还是没能赢得足球彩票的彩金。每周花三先令六便士买彩票是他的习惯，妻子贝蒂觉得他买彩票就等于浪费时间和金钱，可是她哪里知道他的真正意图呢！其实他并不期望能获得七万五千英镑，他只是想为平淡的生活增添一点乐趣和刺激罢了。

看完报纸，马洛里先生抬起头，目光仁慈地看着眼前的世界。他这样做并不是蔑视那些衣着华丽、到处闲逛、相互推搡的年轻人；他只是欣赏那些长相漂亮、衣着靓丽的年轻姑娘，喜欢看她们咯咯地笑着拥入活力满满的人群而已。久而久之，他一眼便能从人群中分辨出那些晚归的女店员——她们脚踩高跟鞋，梳着可以彰显奢华的发型，小巧紧致的屁股裹在紧身裙里。回到家（她们的家要比她们的衣服脏乱得多），她们会换上沙沙作响的宽松衣裳，梳理光亮的烫发，往脖子上戴花，往身上喷洒香水，然后再擦上一层粉，最后补涂一下变淡的嘴唇。一切就绪，她们便不知疲倦地微笑着走向舞厅等场所。就算她们第二天早上不起床去教堂，又有谁会怪她们呢？只有那些有闲给天主教报纸写信（有关"异教"英格兰的信）的人吧。

"好吧，快点，如果你想去的话。"他妻子说。

这些天，汤姆·马洛里真的很奇怪，总是一副心不在焉的样子，脸上还挂着令人讨厌的微笑，仿佛他只关注眼前的事物，只对眼前的事物感兴趣。可是，他的这种习惯却把生活中所有的重担和忧虑都压到了妻子肩上。马洛里太太觉得她不能怪丈夫老盯着年轻女孩看，因为她觉得丈夫这样做并不产生什么严重的后果，而且她也过了嫉妒的年龄。在过去的几年里，她胖了许多，现在她的体重真的很难减下来。"生了八个孩子的女人，你还能指望她有多美？"有一天汤姆取笑她时，她脱口而出。然而她很快就后悔了，因为她不喜欢向汤姆泄露自己的真实情感，那样对她更不利。她不会像他那样明目张胆地暴露自己的情感——追着去看那些乱花钱、穿着不雅紧身裙、走路风骚的女孩子。不带任何情感，她不知不觉地回忆起自己年轻的日子，经济上依赖父母的日子，以及住在爱尔兰农村的日子。那个时候，夏天露着胳膊在街上行走都会被认为是恣意放荡的贱妇行为。

马洛里太太一只手伸进上衣，在左胸处摸到一个小肿块后便不耐烦地把手拿了出来。这已经成了一个令她紧张不安的习惯，可是她无法撇开这种异想天开的想法：有一天，她把手放在那里，肿块突然消失了。她不会去看医生。除了生孩子，她从来没有去看过医生。她讨厌医生看病时对病人所做的事情，而且她已经从其他女人那里了解了很多或者太多有关肿块的信息……

* * *

"先生，带我们进去好吗？"

四个消瘦、调皮、脏兮兮的小孩推着一个非常小的婴儿，像预谋好了似的拽住马洛里先生的腿，然后抬头查探着他的脸色。他一下蒙住了。还好，没等他反应过来，妻子便把事情解决了：

"快走开，你们这些小无赖，快带那孩子回家吧！他还忒小，不适合与你们这些小孩一起在街上混。"

爱尔兰语总能在这种情况下涌到妻子贝蒂嘴边，平时与他说话时，她总是操着一口纯朴而简洁的南伦敦音。

他们走进了帕雷迪姆的门厅。

"真是搞不懂，他们的妈妈怎么能让他们干这种事呢！"贝蒂继续念叨着。马洛里先生含含糊糊地嘀咕了一句表示赞同，然后心满意足地加入了人数不多的买票队伍。

令他烦恼的是，票价又涨了，他不得不多付一些钱。可他不能买低价票，如果他们坐的位置太靠近银幕，贝蒂会感到头疼。买完票，借着正厅前排座位那儿闪动的微光，他们向双开弹簧门走去。马洛里先生边走边说："我猜帕特里克和帕特丽夏也来看电影了。"

"喝茶的时候我没告诉你吗？肯定是你没听。他们早就一起来了，我不想他们回去太晚。"

"嗯。我还以为帕特丽夏不会和她弟弟一起看电影呢!"

"她想看电影,但我不会让她一个人去。"妻子简单地解释道。马洛里先生突然很是同情自己的女儿。

"那克莱尔和马克呢?"

"我不知道她今晚去哪里了。"

检票的女孩将票撕成两半,他们穿过双开弹簧门和帘子,走进了电影院闷热的黑暗之中。马洛里先生再一次想到,如果买最便宜的票,再把以前留下来的更贵的票根给女引座员看,该是多么简单的一件事啊。难不成电影票还会时不时地换颜色吗?但是不管怎样,他永远也没有勇气去尝试这种做法。现在又听到妻子和女引座员的争吵,他更是不敢这样做了。

"你确定中间没有空座了吗?这两个座怎么样?汤姆?"她说着环顾了一下四周。

"哪儿都行,亲爱的。"马洛里先生微不可闻地道了一句。这时,有人"嘘"了一声,于是马洛里先生推着他那极不情愿的妻子坐到了最近的两个空座上。

* * *

帕雷迪姆。没错,就是它。擦烛台的斯金纳夫人十分确定这就是帕雷迪姆。

马丁·吉卜林神父是布里克利永援圣母堂的教区牧师。现在,他正努力压抑着内心的激动之情,迈着稳健的步子向坐落在繁忙路段的"贪欲之殿"走去。不知何故,人们总是在潜意识里称电影院为"贪欲之殿",即使人们去那儿看的是一部像《圣女之歌》①这样有教化意义的电影——怎么看都觉得两者不是同一件事物。直到现在,电影院那丑陋、鲜艳的建筑还沐浴在霓虹灯的地狱之火当中。它不是现代钢筋混凝土建筑。很显然,它是一座被改造的剧院,或许是爱德华时代的剧院。改造掩盖了它的颓废,却凸显了它的邪恶。入口处张贴着一张巨大而粗俗的彩色艳照。对于这样的照片,即使是圣安东尼,稍不留神也会被诱惑,然后躺在睡椅上色眯眯地偷看吧。吉卜林神父赶紧低下头,那个女人为什么在那里?她和《圣女之歌》又没有什么关系。

不足为奇的是,他一走进唯物主义的异教之殿,便产生了内疚之情。他担心身上的白色硬圆领会使某位不懂其纯洁目的的观众造谣生事,于是内心产生了一种荒谬的冲动——抓过身边的人,认真地跟他解释:"你知道吗,自从我当了牧师,就再没进过电影院。当然,我是可以作为俗人去的。他们让我自己决定,但我认为这不合适,特别是对于一个……但这一次,你看,这恰恰是一部我特别想看的电影《圣女之歌》。在我的印象里,所有的天主教报纸都在大力推荐它。似乎每个人都看过了,甚至包括大教堂教士伯利。我觉得我应该抓住这个机会,但我不希望有人认为我经常来……"

吉卜林神父有些生气,但最终还是耸了耸肩,把自己唠叨的烦心事抛在脑后,然后专心去了解那些陌生的观影规矩。《圣女之歌》

---

① 宗教题材电影,受到梵蒂冈教皇认可,号召每个天主教徒都应当观看。

的海报虽小，却吸引了他的眼球。嗯，没错，这里就是帕雷迪姆电影院，一位友善的公交车售票员曾指给他看过，而且建筑物的正面贴满了它的名字——帕雷迪姆。奇怪的是，这个带着明显的现代特征的地方竟然被赋予了一个古典的名字。不过，他经常遇到这种情况，各种粗劣的产品——化妆品和烫发剂等——名字都是如此，他难以理解制造商们这样做的目的。他们到底想对古典主义导师和神学院的学生产生何种影响呢？要知道现在的古典主义导师和神学院的学生对拉丁语和希腊语的了解非常有限。帕雷迪姆意为防御或保护，源自古希腊的词汇帕拉迪翁，即战神帕拉斯的雕像。传说特洛伊的安全完全仰赖于帕拉斯。然而，在成千上万的顾客中，有多少人知道它名字的来源呢？或许这个名字很合适，因为人们聚集在电影院本身就带有一种怯懦、防守和撤退的意味。

"带我们进去吧，先生？"

吉卜林神父被这一请求吓了一跳。

"你说什么？"他一边彬彬有礼地询问，一边透过眼镜低头望着自己身边的那一群粗野、脏兮兮的小孩子。

"先生，请带我们进去吧。"

吉卜林神父犹豫着笑了笑，决定采用"同病相怜"之策。

"哦，其实，我也买不起电影票。"孩子们在大街上厚着脸皮乞讨要钱却用来买电影票这样的奢侈品来享受，一想到这样的事情，他就生气。

领头的孩子上下打量着吉卜林神父，似乎难以相信自己的耳朵。接着，他意味深长地瞥了一眼自己的同伴，开始解释起来。

"我们不是让你为我们付钱,先生。我们只是想让你带我们进去。"

"你就说我们是和你一起的。"另一个孩子补充道。

"这是钱,先生。"一只脏兮兮、骨瘦如柴的手举起一些银币。

"可是,为什么呀?"吉卜林神父疑惑地问。

领头的孩子深吸了一口气。

"你看,先生,这是'A'片,我们不能进去看'A'片……"

吉卜林神父仔细地听完解释,最后他说:"也就是说,没有父母或监护人的陪同,你们就不能看这部电影?"

"是的,先生。"

"那……恐怕我也帮不了你们,因为我既不是你们的父亲,也不能谎称我是你们的监护人,不是吗?"吉卜林神父抱歉地朝领头的顽童笑了笑,可是那孩子的脸上却露出厌恶的神色,继而转身离开,组织他的同伙转而去求另一位来看电影的人。吉卜林神父盯着他们看了一会儿,然后匆忙逃也似的离开了。

进入门厅,吉卜林神父需要做出一个艰难的决定:选择座位。票价似乎都很高,按道理来说,他应该选择最便宜的。可是这个机会,即使不是唯一的,也是十分难得的,他很少能够享受这样的待遇。从这方面考虑,他或许有权纵容一下自己,选择一个舒适的座位。可是,他不能选择两者折中的价位,因为价位有四个等级。正当犹豫不决时,他发现门卫正在盯着他看,于是匆匆忙忙地买了一张二等价位的票。

在接下来的几分钟里,吉卜林神父似乎做了一场噩梦。站在双开弹簧门门口的年轻女子粗鲁地从他手里拽走电影票，又粗鲁地把撕掉一大部分的票塞回他手里。接着，他似乎被人推着走进了一个几乎完全黑暗又令人窒息的深坑。一只手电筒在他的票上照了照，接着一个倦怠的声音响起：

"在你的左边。"

在走道另一头，另一只手电筒像一座遥远的灯塔一样闪烁着，吉卜林神父朝它走去。手电筒一灭，他就停下来，手电筒再次不耐烦地闪烁起来时，他便继续往前走。他的脚下嘎吱作响，仿佛踩到了贝壳一般；而他吸入的空气则弥漫着烟味和汗臭味。银幕占据着主导地位，发出隆隆的声音，正在不断地切换画面。终于，他到达了拿手电筒的女人身边，然而痛苦的历程并没有结束，那女人向坐满的一排座位中间指了指。多么寻常的手势，可是对他来说却是那么不同寻常，简直是恐怖中的恐怖！他被深深地折服了！引座员盯着前方，而他却气得满脸通红，最后跌跌绊绊、惊慌失措、磕磕碰碰地挤到一个空位上，身后响起一片咒骂和抗议声。他想死了算了，想消失得无影无踪。他再也不会来电影院了。再也不会了。

* * *

哈利脚上穿着一双轻巧的绉胶底鞋，身上套着一件没系腰带的黑色垫肩雨衣，两手深深地插在雨衣口袋里，独自一人马不停蹄地穿梭在人群中，还不时地扭动着肩膀，以免碰到别人而沾染上他们的快乐、幸福和愚蠢。你准会一眼就觉得哈利与众不同。他从不穿靓丽的衣服，也从不带那些低贱的小太妹去看电影。如果那样，他就不是哈利了。他喜欢穿黑色的衣服，除了那件白色的软领衬衫，全身都是黑色的，而且他喜欢独自享受自己的快乐，女孩们看一眼就自知绝不可能和哈利交往。从他苍白而紧绷的脸以及那双深深插在黑色衣服口袋里的双手就可以断定哈利是一个喜欢独来独往的人，一个令人又敬又怕的人。对于那些浓妆艳抹的小太妹，他一点儿都不感兴趣，他要等到优秀的女孩出现。

"带我们进去吧，先生。"

哈利面无表情，穿着黑色西装和雨衣，样子令人生畏。他从那些孩子中间穿过，仿佛一条超然不群的大鱼穿过一群小海鱼，完全不把那些孩子粗野的行为放在眼里。

"哎呀！"后面传来一个嘲讽的声音，"啧，啧，他以为他是谁呀……罗伯特·米彻姆吗？"

哈利内心燃起一团怒火。哼，无知的小杂种，也不知道他们在跟谁说话，真是不知天高地厚！然而他的脸并没有因生气而涨红或扭曲，他把自己的真实情感隐藏得十分完美，决定暂时不去理会那些无知的小混蛋对他的侮辱和漠视。总有一天，他会让他们知道他的厉害。他会牢牢记住这些侮辱和漠视，积攒内心的怨恨，迟早有一天，他会像硫酸一样泼溅到这个骇人的世界上。

哈利不情愿地排队买了票，然后气愤地从口袋里掏出一只手，把两枚硬币扔到金属窗台上。

"二号厅九排十座。"他草草说道。

"难道没有人教你说'请'吗？"女孩反问道。

哈利狂怒地瞪着女孩，把手里的香烟碾得粉碎。他想，这个卑贱的金发女人如果赤身裸体被绑在一张桌子上，而他在她眼前慢慢地摇晃着一根烧红的烙铁，她的态度就不会如此了吧——她只会吓得眼珠子都掉出来：

"别，不要……我什么都听您的……任何事……我会让您舒服的……"

哈利冷笑着打断了她的话。

"我不需要征求你的意见，宝贝。另外，我一直有一个用烙铁烫东西的嗜好……"

走进放映厅，引座员给哈利指了一个中心座区的中间座位，可他并没有去她指的座位就座，而是双手插在口袋里，坐到了靠墙的一个座位上。

引座员多琳的乳房被宝库牌文胸的"A"杯舒适地托起，胸前的汗珠慢慢地渗透了紧身胸衣的新型"神奇面料"。她拉了拉肩带，整了整第二肌肤牌紧身胸衣，然后冷冷地转过身，背对着冷漠的哈利，故作优雅地沿着过道向下走去。今晚她遇见的怪事可真多！先是那个唠唠叨叨的女人，接着是那个牧师，现在又遇见这个竟然喜欢坐在边上看电影的家伙（从边上看，银幕上的人又瘦又长，就像绍森德的"镜子殿堂"里的人一样），他们到底都怎么了？

* * *

马克·安德伍德扶着克莱尔·马洛里下了公交车。他的殷勤是刻意的,他的礼貌也非常做作,但克莱尔却因他殷勤的表现而极为快乐。可是,她的快乐与他的付出一点儿也不成正比,这让人觉得她太容易满足了,如果不能令她满意,那就是这个男人太没礼貌、太无能。他们一起朝电影院走的时候,她悄悄地挽住了他的胳膊。有时,马克确实喜欢这种端庄大方的姿势,但今晚,他觉得难以压抑甩开她的欲望。他在口袋里摸索着,想掏出手帕并以此为借口挣脱她的胳膊。克莱尔耐心地等他掏出手帕,再次挽住了他的胳膊。他不想被人碰,却又不想让克莱尔离开他。他想让克莱尔为他担心,让她分担他的忧愁。

马克自虐地想挖出自己内心不满的根源。哦,没错,是他的小说。的确,他不该把自己的小说送给那些人。"我们帮你推销小说,要拿百分之十五的提成。如果我们觉得你的小说难以推销,我们会告诉你原因,并告诉你如何修改。"最后一句话成了他的心病,这种不可思议的、委婉的拒绝方式快让他发疯了;也许,只有伦敦小说协会知道事情的真相。他怎么就没看出这个协会的名字是伪学术的呢?这一切表象的背后只是一个骗人的勾当,一种推销文学的万灵药,他怎么就没能识破呢?

亲爱的安德伍德先生:

您的小说给我们的首席校对员留下了深刻的印象。他把小说给了我,让我给予特别关注。我相信您一定因此而感到幸运,因为我很难对发到这里的作品——给予关注。我很喜欢您的小说,它展现了您无可挑剔的才华,但我认为您的小说目前还不能出版——尽管它已经很接近出版要求了。坦率地说，您的小说描述还不够生动、语言还不够精准、情节构思还不够巧妙。

我想推荐您参加我们的高级函授课程，这是专门为像您这样有发展前途的年轻作家们开设的课程。如果您愿意，您还可以提交您的小说作品，并以一基尼①购买小说的详细评论，或者三基尼购买全面的科学分析和修改后的小说。无论如何，我现在寄给您一本带图的小册子——《小说：科学而非艺术》，里面提供了所有课程的具体信息和专业建议，期待很快收到您的回信！

祝您源源不断地收到编辑们的支票！

您诚挚的，

伦敦小说协会会长

西蒙·圣保罗

回忆起那些整整齐齐写在华丽便笺纸上的文字，他真的想吐。回到家，他将毫不留情地用铅笔在信笺上重重地写上"滚蛋"，然后把它寄回去，不然就在那该死的小册子上写满弗吉尼亚·伍尔夫和亨利·詹姆斯的泄气话。总的来说，他更倾向于前一种方案：费力少却打击大。如果拆信人是西蒙的马屁精秘书，那就更爽了（他一定有一个马屁精秘书，还很有可能是他的情妇）。

尽管如此，马克依然认为，只有把小说发表了，他的还击才够

---

①英国旧时金币名。

力度，但发表的可能性好像不大。那天晚上，他在晚报上读了一篇评论性文章，评论的是前一天晚上在伦敦西区一家剧院成功上演的戏剧。这篇文章出自一位十七岁的手推车货郎之手，和马克产生了共鸣，道出了他过去两年中的心声。可是，他的心情并没有因此而好转。

"没关系！"他突然大嚷道，"去看电影！去看电影！投入到电影那母亲般的温暖怀抱里！你的脚一踩上满地的花生壳，冰激凌就来了！"

这种疯狂而带有一点诗意的言语每次都能逗笑克莱尔。

"好吧，至少你总算开口说话了，"克莱尔说，"虽然我一个字也听不懂。"

克莱尔笑了笑，可这笑里却藏着一丝焦虑。她已经有些厌倦了讨好马克的方式，不愿再继续假装对他的言行感兴趣或崇拜有加，或假装成一个既体贴又女人味十足的人。有时，她也知道马克说的不全是废话，他希望她能欣赏他的笑话和典故。他怎么能忍受像她这般无知的人呢？真是奇怪！"你一定要教教我，"她曾对马克说，"你知道我其实并不笨，只是女修道院不允许我们多读书。"可是，马克却回答："我不希望你什么都懂。以前，我的周围都是博学多才的女孩，她们令我感到……头痛。""但我希望自己有丰富的知识。"她抱怨过。然而，马克只是哈哈一笑，然后把她揽入怀里了事。想起那种被他拥抱的美好感觉，她害羞起来。

马克对他的大学女同学不感兴趣，这让克莱尔很高兴，只是她不明白为什么马克从来不带她去那些可能遇到大学同学的地方。她对那些穿着奇装异服、戴着优雅眼镜的女孩印象很深刻，觉得相对于不知如何打扮、不敢大胆尝试改变外表的自己，那些女孩应该更能吸引马克。

马克对克莱尔回以微笑，觉得她的笑容是如此甜美，只是这甜美中隐约带着一种强颜欢笑的味道。有时，他甚至觉得她的笑容太甜了，甜得倒人胃口，像狗的眼睛一样一直流露出个人情感，很是烦人。然而，当他转过身面对她时，他又觉得自己爱上了她所呈现的愉快模样：嘴唇笨拙地涂上了颜色不称的口红，超级透亮的肤色（为什么大多数修女的脸都像抛光的大理石一样光滑呢？）；长长的裙子；一时冲动买下的深V领衬衫；经过深思熟虑后别上的胸针，胸针上带着卢尔德圣母像——圣母伸着胳膊，仿佛要把衣服敞开的部分拽到一起；短款的斗篷式外套使她看起来像怀了孕似的，严严实实地遮住了她那坚挺、丰满、几乎完美的身材。克莱尔就是一个宝藏，而他就是藏宝图的拥有者。好笑的是，她现在的样子就像一个误入大型商店的孩子，为了更好地守护秘密而玩起了"化妆打扮"游戏。

"今晚你看上去很迷人！"马克说。

"你是真的这么想，还是嘴上说说而已？"

"真的，是实话！"

"哦，那就好！我真不知道你拿我当女朋友还是当笑柄。"

马克咯咯地笑起来，因她精准的论断而笑得前仰后合。

"我们不会迟到吧？"克莱尔问。

"我们越晚越好,第二场电影只是一些二流的警匪片。"

他们走过一家自称"现代男装"的商店。

"他们装吗?"马克问,"真的吗?"

"谁?什么呀?"

他指了指商店。

"现代男人都爱装吗?"他讲了个很冷的笑话,却逗得克莱尔愉快地边笑边摇头。

"你这个傻瓜,马克!"

在商店的橱窗里,模特穿着一套套服装,像高峰期乘地铁的男人们一样,笔直地肩并肩站在一起。华丽的衬衫凸显了他们的胸膛,瘦削的裤子套在优雅的腿上。一堆横幅和海报歇斯底里地大喊着:"大甩卖!""清仓处理!""店面拆迁""机不可失""快来买!买!买!"虽然商店关门了,而且马克也没有想买的东西,可他还是停下脚步,用挑剔的眼光审视着这些商品。

"相较于它的价格,这条领带不错。"马克一边说,一边指着一条带着素雅闪电图案的黑色丝质领带,"适合夜校俱乐部。"

"我买给你吧。"克莱尔说。

"别傻了!"他说着向下一家商店走去,结果却是一家卖内衣的商店。

"告诉我,"马克指着一条吊袜带说,"告诉我,这东西,你是穿在裤子外面还是里面?"

克莱尔突然感到胃部一紧,血液倏地涌到脸上,差点晕过去。

"我觉得你……不太正经。"她说着,快步向前走去。

马克费力地追上她,不过并没有显出着急的样子。

"我需要了解这些,你知道的,为了我正在写的小说。"他漫不经心地向她解释。

"那你写的一定是一部低俗的小说。"

马克正要反驳"这要看你对低俗怎么理解了",忽然觉得不管克莱尔对低俗作何理解,她的话都有一定的道理。最后,他只回答了一句:"可能吧!"

他俩默默地走着,忽然,马克想到了伦敦色情文学研究所的来信,觉得它很有发展空间,或许他将来还能成为前途无量的研究所所长。

亲爱的作者:

我读过您的小说《脱衣彩排》,对它很感兴趣,也很欣赏;但坦率地说,您对女性内衣术语的理解极不深刻,小说的诱惑程度与其页数的比例远远低于所要求的平均水平。我推荐您参加我们的函授课程《自慰文学的技巧》,这是我专门为那些像您这样有抱负的色情文学作家而开设的。您意下如何?

"里面。"克莱尔突然说道。她的脸羞得通红,而马克则满意地笑了。

"谢谢你,克莱尔!我只是想了解一下。"在攻破克莱尔的天真无邪的过程中,马克又取得了一次小小的战术胜利。他暗自庆幸,还好克莱尔不知道他的小心思。

克莱尔很高兴,自己竟然有勇气说出来,没惹马克生气。不过马克真的有点儿古怪,或者有点儿……人们常说的"粗鲁"。她想,这也许是因为他是一个作家,必须了解很多东西。不管怎样,一想到能在马克创作过程中帮助他,她就感到很快乐。

"带我们进去吧,先生?"

马克低头看着突然跳到他面前的一群野孩子。

"我带你们进去,你们能保证坐在远离我们的角落吗?"

"当然,我们一向如此。先生,相信我们吧!"领头的孩子边说边厚着脸皮朝克莱尔使眼色。

"钱呢?"

"可是,马克,你真要带他们进去吗?"克莱尔问道。

"怎么不可以?"马克说着,拿过还留有体温的银币数了起来。"你们必须买二号厅九排的座位。"他补充道。

"可是如果他们的父母找不到他们怎么办?"

"我亲爱的姑娘,让他们看电影是父母打发他们的方式。不要说电影对他们来说少儿不宜,这些孩子的家庭生活大都会让警察发疯。"

孩子们变得垂头丧气,就连小婴儿也感到了沮丧的气氛,开始哭起来。

"唉,我们必须买二号厅九排的座位吗,先生?我们没那么多钱呀!"

"可是，如果你们和我选的座位不在一起，我怎么能说我是你们的监护人呢？我打算买二号厅九排的座位。不过，我觉得我们一起进去的话，可以省去很多额外的费用，来吧！"

他们向电影院里走去。为了糊弄门卫，马克装腔作势地喊道："快点儿，吉米！别把鲍比落下，乔！"克莱尔的心脏紧张得怦怦乱跳，心中却突然涌起了对马克的崇拜之情。

* * *

交通拥堵，达米安·奥布赖恩坐在双层公交车的上层，紧闭双唇，静静地注视着面前的爱情游戏：那个叫安德伍德的家伙正千方百计地想要玷污克莱尔，而克莱尔还心甘情愿地被他玷污。达米安不明白，一个曾经打算做修女的女孩怎么能和一个如此世俗、毫无原则的人在一起呢？

一个喘着粗气的人跟跟跄跄地跌倒在达米安身旁。达米安瞥了一眼，却看到那人雨衣上油乎乎的破袖口。一股刺鼻的酒味从那人身上袭来，他不禁皱起了鼻子。公交车蹒跚前行，他扭了扭身子，坐到座位的角上，以免张贴在电影院入口处的那些不堪入目的广告（一些半裸的电影女演员）进入他的视线。他想，是时候组织一些天主教活动来抗议这类广告了，或许他可以在晚上的天主教会议上提及此事……这一想法使他想到了口袋里正被他拨弄的念珠，继而他又想到了《玫瑰经》里的"第三个快乐的奥秘"——上帝的诞生，最后他还想到了圣诞节时神学院教堂里的婴儿床。多么感人、多么值得永远敬重的一群人！圣母玛利亚温柔地注视着孩子，而圣约瑟夫则自豪地站在马厩门口望着他们。多么神圣的一家人！上帝已经决定不让他达米安成为一名牧师了，因此他没有义务再继续遵守贞节的誓言，即使亵渎了独身的誓言也没有什么不妥。对的，吸引他的一定是这个神圣家庭的理想，一个任何牧师都无法实现的理想。克莱尔·马洛里显然是帮他实现这一理想的最佳人选。听说克莱尔当了两年见习修女却离开了修道院时，他就像发现了新大陆一般。她是他的表妹不假，但是，是他隔了两代的远房表妹。他们应该同心协力来战胜精神上的桎梏，实现一个能够与成功的宗教事业相媲美的理想。还有什么能比这个理想更加振奋人心呢？回想自己刚到英国时，找到的住所全都不尽如人意，他只是向克莱尔随便提了提此事，便得到了她的善意帮助，找到了更合适的住处。也许是因为他俩同病相怜，克莱尔也有过神学院的经历，知道从神学院的宁静回到现实世界的人是多么需要关爱。可就在这时，马克·安德伍德就像伊甸园里的毒蛇一般出现了，他用所谓的魅力欺骗了每一个人，慢慢地改变了克莱尔和他的关系。

当然，安德伍德并没有对克莱尔的优越条件感恩戴德，可她的优越条件却给安德伍德带来了好处，而且他做什么、说什么，克莱尔从来不生气。和马洛里一家在一起生活还不到一周，安德伍德就在全家人面前询问克莱尔是否愿意和他一起去看电影，就好像他知道那是邀请克莱尔加入代祷委员会（他就像是代祷委员会的秘书），从而成为一名普通会员的最佳时机。可是，除了安德伍德本人，好像没人赞同安德伍德的冒失邀请——一个离开修道院还不到四个月的女孩怎么能和一个还很陌生的异性一起去看电影呢？然而，当他私下里向伊丽莎白阿姨表示自己对克莱尔的担忧时，她大笑起来，然后说：

"唉，你真是个多愁善感的家伙，达米安。既然一个女孩永远地离开了修道院，那么让她接触一下外面的世界是非常有好处的。我想你之前肯定没有邀请过她。"

当然不是因为克莱尔更加喜欢安德伍德——达米安不愿这样想，因为这样想对克莱尔来说不公平。她绝不是喜欢安德伍德，一定是她该死的想法——她必须令他"皈依"——惹的祸。结果，安德伍德为了达到自己的目的，竟然利用她的这一想法，装作对"皈依"非常感兴趣，甚至愿意重新去做弥撒。然而，尽管安德伍德好像曾经受过天主教洗礼，但仍然是一个十足的怀疑论者。达米安告诉过克莱尔这一事实，可是一点用也没有，而且当他说出自己的看法时，克莱尔还对他很不满。她的反驳令他痛心："好像因为马克比你我聪明，你就认为马克不会有信仰。我觉得你不怎么地道，达米安。"

聪明！这就是安德伍德的问题所在，他太聪明了——至少他让克莱尔这么认为，而克莱尔却拜倒在他强大的头脑面前：一个滑稽的玩笑，几句名言警句便令她崇拜不已。不管怎样，最近她和安德伍德的约会越来越频繁，去剧院或电影院，这一点并不能完全归因于她无私的动机。达米安越想越觉得应该去帮助她，告诉她这种行为以及她被曲解的动机很危险，告诉她这些世俗的娱乐活动也很危险，会令她上瘾。或许，他应该提醒克莱尔，告诉她这件事给他带来的痛苦。

公交车颠簸着停了下来,达米安手里拿着代祷记录本,匆匆地下了车,向永援圣母堂走去。

* * *

帕特丽夏·马洛里心不在焉地摸着下巴上的一个小脓疱,坐在座椅上等待警匪片结束,因为她想看主片的前半个小时。虽然她最不喜欢看电影只看一半,但妈妈坚持让她早点回去睡觉,因为她正在"准备考试"(妈妈的想法和执念很天真,不过她对学习的重视有时还是管用的),而且还坚持说她不能一个人去看电影,也就是说,她想看电影就必须带着帕特里克。

"帕特里克,坐着别乱动。"帕特丽夏"嘘"了一声。

帕特里克根本不理会她的斥责,整个晚上只和她说过一次话,还是为了向她索要买冰激凌的钱。她拒绝了帕特里克,并因此而感到心情舒畅,毕竟她的零用钱(考虑到她的额外支出)比他的多不了多少,而且她必须买长筒袜、口红、阿司匹林等物品,但帕特里克却像幼小的动物一样开支很少。男孩的确很省事,他们没有头疼的事情或者其他烦心事,而且家人也不指望他们做很多家务,难怪帕特里克在学校里表现十分出色。可是她就不同了,家人总是期望她什么都做——既要学习,又要帮忙做家务。考试的前一天,她实在忍无可忍,便哭着大闹了一场,嚷嚷着她需要一些时间,一些可以什么都不用做的时间——不用学习,也不需要做家务,就那么安静地待着。当时家里人都吓了一跳,不知其所以然。然而,马克明白其中的原因,虽然他来她家的时间很短。看到她哭闹,马克肯定会感到不自在,不习惯家里有人号啕大哭,因为其他人不会过她这样的生活,也不会像脚下踩到地雷一般发泄自己的情绪。她觉得,这个家的最大问题就是太多的人挤在一处……最后,她冲上楼,"砰"的一声关上房门并上了锁,身后传来母亲生气又担心的声音:"算了,如果她愿意,就让她待在那儿吧,这个傻孩子。也许等她饿了,就知道感激别人对她的好了。"她可以想象母亲嘴角后缩,看起来十分苍老的样子。可是,马克什么事情都清楚,因为她在锁门、悄悄爬出房间时被马克撞见了。马克对她咧嘴一笑,请她去他的房间,然后给了她一些巧克力和名叫《一个青年艺术家的画像》①的书。她把书带回自己的房间,从头到尾细细地读了一遍,仿佛干燥的海绵一般,吸着书里的悲伤、反抗、叛逆以及对自由的渴望。她真希望斯蒂芬和她同龄,这样自己就可以和他相遇,与他交流,告诉他自己的见解。巧克力也能帮她在楼上待上一段时间,调节自我,为自己赢得尊严,以便最终下楼的时候可以掌控局面,表现得十分从容和甜美:坐下时两膝并拢,裙子端庄地搭在膝上,然后一边说谢谢,一边和他人交流,而其他人则是既迷惑又尴尬,显得无地自容。那一天真的是一个转折点,因为她围绕着马克借给她的那本书撰写了考卷的答案。布鲁克斯小姐对这份答案印象颇为深刻,于是把答案传给女修道院院长看,结果院长又小题大做了一

---

①爱尔兰作家詹姆斯·乔伊斯的自传体小说,下文中斯蒂芬是该书的主要人物。

番，只因她的一个学生一直在读詹姆斯·乔伊斯。最后她的盛名在女孩当中流传开来，知名度几乎可以和露西·特拉弗斯（因乘男友的摩托车上学而差点被开除）相提并论了。

　　结果，那本书让她下定决心要成为一名作家。她发现，不同于以前的选择——修女（没有型的衣服，直发，细声细语，对青少年而言是友善）、奥林匹克运动员（衣服太少，短发，精神饱满的声音，对青少年而言是鼓励）、芭蕾舞演员（蓬蓬裙，平底鞋，完全梳到脑后的头发，没有声音，对青少年而言是一片茫然），这一新的热情即使在嘲讽下迅速露出了它的外部标志（深色的衣服，蓬乱的头发，响亮的声音，对青少年而言是困惑），却依然深深地吸引着她。

　　马克和克莱尔就坐在几排前，帕特丽夏突然看到他们银幕映照下的身影，同时也意识到自己下巴上的小脓包流出了血。她开始庆幸她和帕特里克会在马克和克莱尔之前回家，这样他们就不会碰面了。

　　她想知道克莱尔是否介意马克给她辅导作业。确实马克帮了她很多，如果不是和他的友谊，她如何能在母亲那荒谬、古板、强制性的教导下保持理智和自尊呢？要知道，在母亲古板的教导下，她和同龄人交朋友几乎是不可能的——倒不是说在布里克利城她有什么值得深交的人。

　　"帕特里克，别再乱动了！"

* * *

吉卜林神父逐渐摆脱了困惑和尴尬，开始收集整理周围的信息，使心烦意乱的自我恢复内心的平静。他冒险向左边瞥了一眼，那个胖女人（刚才因为踩了她的脚，被她指责为走路不长眼睛）显然已经忘记了被踩的事情，眼睛盯着银幕，一只手正有节奏地从膝盖上的纸袋里转移到嘴里。纸袋发出噪声，嘴里也同样发出噪声。他鼓起勇气环顾了一下四周，发现似乎每个人都忘记了他刚才的打搅。很显然，他的打搅只不过是暂时中断了他们与银幕之间的密切交流。他这才松了一口气，把注意力转向银幕。

经过几分钟近距离的视觉和听觉接触，他仍然没弄明白电影的表现形式和目的。正在放映的电影并不是《圣女之歌》：这一点显而易见且令人不安。他向左转了转身，然后突然又改变了主意，把身体转向右边，却看到身边坐着的那位浑身散发着香气的年轻女人正在抚摸头发。

"对不起，"他说，"请问，今晚还有别的电影上映吗？其实，我原以为……"他的话还没说完就被她那无礼、轻蔑的目光打断了。

"别一惊一乍的！"她冷冷地拖着长腔，继而转向身边的同伴喃喃地说了些什么，接着她的同伴向前倾身打量了他一番。吉卜林神父无力地靠坐在座位上，决定再等等看。

* * *

在温暖的黑暗中，莱恩握着布丽姬特温暖而汗津津的手，布丽姬特则轻轻地捏着他那粗糙又强壮的手指,热切地回应他。他们已经在电影院里待了大约十分钟,周围如此温暖,布丽姬特舒适得昏昏欲睡。疼痛渐渐地从她的腿上转移到脚上,最终被绒毯吸收(因为她脱下了鞋子)。随着疼痛一起消失的还有之前在XYZ自助餐厅柜台后的紧张和烦躁;烤焦的吐司、油腻的抹布、整天苦着脸的意大利清洁工雷蒙德……莱恩不知道这些,还以为她做的是一份不错的工作。她把头靠在莱恩的肩头,莱恩则用下巴抵着她的鬈发。压力和疲劳使她目光涣散,眼皮一直在打架。慢慢地,她闭上了眼睛,不再去看那些骗子和侦探之间黑白两道的打打杀杀。隐约间她听到了他们的嘟哝、肉体冲撞所发出的砰砰响声以及家具破碎的声音。静静坐着的莱恩忽然抬起手臂揽住了她的肩膀,而这也正是她所期望和想要的。

布丽姬特多么希望座椅扶手上那坚固的毛绒护栏能融化掉呀!可是座椅扶手是她在最幸福的时刻频繁碰到的一块硬物,这又让她觉得它的存在是理所当然,而且几乎是必不可少的。只有在最幸福的时刻,她才会被那小小的硬物扎到。和莱恩在一起的时光总是那么美好,然而再美好的时光也终将会结束——门廊上不自在的吻别(波茨夫人可能会透过窗帘偷窥,她会不惜任何代价阻止男人出现在她的房子里)。大多数情况下,他们会在高丘的山脚下拥吻,然后莱恩在那里赶最后一班公交车离开。通常莱恩没时间送她回家,尽管他可以送完她再走回家,但她不肯,而且不管怎样他的母亲还在家里等他回去……今天晚上也是如此,而且这种情况会持续到他去参军。参军会使情况变得更糟,现在他们都不敢谈及此事,但它却一直萦绕在两人的心头。等莱恩完成了新兵训练，服完了兵役，他们就结婚。那样的生活多美好呀：不用说再见，不用在自助餐厅工作，有的只是婴儿、莱恩的情绪、夜班和疾病。生活中的事情总是很多。也许，如果没有这些生活琐事，生活会……忽然，莱恩强有力的胳膊绕过了她的肩膀，驱散了布丽姬特昏昏沉沉的思绪，她转而沉溺于莱恩的温暖怀抱中。

* * *

顾客不断涌进来，多琳忙里偷闲，双脚并拢，看了一会儿只有在周末重放时才能看的一点电影片段。银幕上，一位大佬的情妇正在勾引清理球拍的牧师。她穿着几乎透明的黑色尼龙睡衣，若不是垂在胸前的镂空蕾丝饰带，黑色的蕾丝内衣绝对会一览无余。可牧师偏偏对她不感兴趣，难怪她会勃然大怒。

牧师进门的时候松了松肩膀，转过身来上下打量着她的透明睡衣。

"为什么你不卸掉脸上的浓妆呢？或许，你不浓妆艳抹会好看一点。"

"滚出去！"

吉卜林神父看着银幕，瞪圆了双眼。这位衣着华丽的愚钝之人显然是要当神职人员的——尽管他的教区里也似乎清一色都是夜总会，神职人员也都和打手似的。他忧虑不安地镇定了一下，看着电影里衣着暴露的荡妇进行下去。的确，如果世态如此，那么基督新教每下愈况也就不足为奇了。

"我打赌，她肯定会把妆卸掉。"坐在吉卜林神父前面的女人说道。

果然，这位女演员在梳妆台前坐了下来，开始用手刮自己的脸。

"多疼呀！"吉卜林神父想。

"我说是吧！"女人边说边扬扬得意地轻推了一把自己的丈夫。

"好吧，好吧，我知道了。"丈夫应和着。

"妈妈，我想回家。"一个和他们坐在一起的孩子哭嚷起来。

"嘘！"

"妈妈，我能吃个棒棒糖吗？"

"给他六便士，弗雷德。"

"他已经吃了两个了。"

"嗯，可是不给他吃，我们就得不到片刻的安宁。"

* * *

"可恶！"马克说着话坐下来，"你的父母也来了，就在那边。帕特里克和帕特丽夏也在这里吧？很快全家就都聚在这里了。"

"马克！"克莱尔伤心地嚷道。

"对不起！"

马克认为"只要她不试图改变我"，她指责他说脏话也没关系。

这一点克莱尔很清楚，然而这恰是她所追求的梦想——改变，或者更加确切地说，改造马克。这可不是一件容易的事，有时他那么刻薄、愤世嫉俗，又那么轻率无礼。"一个无可救药的怀疑论者"是达米安对他的评价，可是克莱尔却不这样认为，毕竟马克曾经也是一个天主教徒，而且她已经说服他再去做弥撒，她想给他的信仰一个公平的机会。然而，她不得不承认，在他身上有一种保守而神秘的硬核。要去刺穿这个硬核，她并没有多少把握。也许她真的错了。

离开修道院以后，她便感到精神空虚。她知道，这是一种常见的宗教病，而且是因为离开宗教而得的病。此刻，她正在经历着宗教信仰上的变革。然而，她还是希望能把自己过去几年的宗教热情传给马克。以前在学校担任圣阿加莎学院的队长时，每天百分之九十的女学徒都接受她的圣餐。可是，对她的这一成绩，马克却不以为意，还取笑她把圣餐降低到曲棍球比赛的水平；当然，她有时也质疑这种宗教热情的价值，因为在希尔达的问题上，这种宗教热情给她带来了灾难性的后果。尽管如此，她还是觉得自己曾拥有一种让别人产生宗教热情的天赋。不过，这一天赋是源于她对宗教的虔诚。于她而言，马克此刻的宗教生活比她自己的还要有趣，还要重要。她希望成为马克重新找回天主教信仰的参与者，而非仅仅是旁观者。忽然她有一种无能为力的感觉，仿佛此刻是球赛的决胜关头，她却因为肌肉拉伤而只能在场外观望。

"我希望你不要动不动就骂人，马克，特别是我的爸爸妈妈。"

"对不起，克莱尔！你知道我有多喜欢你的父母。"马克低声说道，"主要是因为你父母在的时候，你和我在一起就表现得很害羞，很放不开,我担心你不会让我这样做。"

他用胳膊揽住克莱尔的肩膀。她的脸不知不觉又红了起来。

"我不介意!没灯的时候。"她低声说。

他转过头望着她,心里却在想,为什么她的话就像午夜的裸泳那样大胆,那样令人兴奋呢?和克莱尔在一起,他能重新体验初恋那令人无法呼吸的兴奋和青涩,没有痛苦和误解。他喜欢她羞涩的吻,喜欢她像个孩子一样期盼一个纯洁的晚安拥抱——青涩,却一次比一次热烈,每一次都会在勉强中被攻陷。克莱尔就像另一个克洛伊[①],正在青涩地向真正的激情摸索,那样子真是令人神魂颠倒。就目前而言,他非常乐于扮演博学的达佛涅斯这一角色。他觉得,马洛里一家的典型特点就是在平凡的生活中也能获得使人振奋的快乐。对于这种快乐,大多数人都领会不了,因为他们要么太世故,要么太贪图享受。在枫树路八十九号待了一天之后,马克就像被施了魔咒一般想要留下来,成为永远被关在那里的囚徒。他永远也忘不了第一次去马洛里家的那个下午。

那年夏天,他去欧洲大陆搭顺风车旅行了一个月,晚上就投宿在青年旅社里。回来后,还没到开学的时间,于是他又去伦敦待了四周。表面上他是为最后一年的学习打基础,实际上他是不想在布莱彻姆继续和父母生活在一起。

他对布莱彻姆——位于伦敦与"乡村"之间的无人区,不属于

[①]希腊神话中的牧羊女,和下文中英俊潇洒的牧羊人达佛涅斯是一对情侣。

两者中的任何一个却又影响两者的合并,一个既无趣又没有特色的城镇——没有任何感情。其实,镇上的人们也厌倦了每天往返于两地的生活,厌倦了每天清晨女人们不得不望着他们远去的背影挥手说再见的日子。但他们不得不回到城里为清洁设备除尘、编织苏格兰毛衣或操作枯燥乏味的电视旋钮。

尽管如此,经历了人际关系复杂的军队生活之后,马克觉得布莱彻姆和父母那坚固而舒适的别墅似乎也成了文明生活的代表。大学第一年的大部分时光,他是和父母生活在一起的(在他服兵役期间,他没怎么和他们见面)。虽然每天和父亲一起旅行,但他越来越无法忍受父母那种与世隔绝的生活方式。他的父母对其他生活方式天生不感冒,这令他时而愤怒,时而同情,然而父母却对此无动于衷。在第二学期的笔记中,他对这些情况作了尖锐又大逆不道的评价:

我父亲患有慢性白内障——尽管他并不承认这个事实——却不怎么用手帕。有时候我都怀疑他脑子里的动脉是否被鼻涕堵塞了,任何新的观念都难以渗透。他不停地吸着鼻涕,大量的黏液被吸进脑袋,然后凝结、变稠,形成乱糟糟的一堆东西,扼杀了他身上仅存的那么一点点求知欲。我也想钦佩我的父亲,爱戴他,可是每次看到他那稀疏的头发被费力地梳到光秃秃的、凹凸不平的头皮上,看到他那张皱纹丛生、沉闷阴郁的脸,看到他那下垂的鸡一样的脖子,看到他那腋下发紧、臀部发亮、因久坐而变皱、所有纽扣都被扣得板板正正的条纹西装，看到他小心翼翼地舔着信封，然后费力封好，最后再端端正正地将邮票贴在信封的一角上时，我就感到极度恼怒，却又不得不竭力克制。他对生活没有太多的憧憬，可令人难以置信的是，他竟能通过单调乏味的工作获得令人满意的薪水。不过非常幸运，他的工作减轻了我的负担，我不必寻找工作来养活父母安度晚年。

母亲的心眼儿极好，只是有些愚笨。她的愿望小得令人尴尬：平安、一栋漂亮的房子和一辆汽车。如果这些愿望没有被满足，那么一点同情心或几句安慰的话，或者讲点鼓舞士气的悲剧故事也能使她快乐起来。可是，三十岁之前她就实现了这些愿望，于是她的愿望变成了原有愿望的升级版：再来一份保单、新的沙发套和更大的汽车。这真是毫无意义。

战争并没有影响到我们：父亲因为身体上的一点点缺陷被免除了兵役，而且因祸得福成了一名公务员，从此有了生计来源。我们遇到的最大困难是为被疏散的一家人提供庇护所。不过他们三周后就主动离开了，因为在我家过得很不开心。我们没有亲戚朋友，不会因亲戚或朋友的死亡而痛苦。我们也没有惊人的好运气。我们三个人的生活构成了一个单调的三角形，既没有大喜也没有大悲。我的离开会让剩下两点之间的冷漠距离变得更短。我已经意识到，如果我再继续无休止地讨论价格上涨、下周末的园艺计划、布莱彻姆的交通状况、伦敦的交通状况、早晚班火车的准时问题以及煤商乘车去意大利度假的鲁莽，那么我的生活能力，毫不夸张地说，将会在不知不觉中丧失，而我只能在茶几前空悲切了。

我必须走了，但我不想让他们伤心。于是我告诉他们，憋屈地住在伦敦的小公寓里仅仅是为了避免上下班远距离来回奔走。他们没有怀疑，只是隐约觉得我的借口有点不合情理。和他们的谈话也是一场我故意输掉的游戏，因为我想掩饰内心的真实情感。他们感到满意，我才能减轻负罪感。我要在他们沉浸在某个电视节目的时候，悄悄地打开门，溜出去，走入新的生活。

马克将情况写得有点复杂，但他对自己的决定一点也不后悔。上大学二年级的时候，他和两个同学一起住在公寓里，过着自由自在、无忧无虑、不断探索的生活。总的来说，那段生活是幸福快乐的，他称之为"波希米亚福利"①。那时，酒喝的是啤酒，书看的是企鹅出版集团的书，娱乐方面欣赏的是五洲电影公司的影片，而周围的女孩都是穿着紧身裤、留着蓬松发型的郊区女孩。生活仿佛是一场游戏，却也十分不易。他觉得，生活应该要么像战前的牛津，要么像战后的巴黎，也就是说，要么特别有钱，要么身无分文。再仁慈的国家也很难提供折中的生活。对于这一点，至少他现在是这么认为的。那时候，他觉得生活很快乐，十分令人羡慕。

但到大学的最后一年，他开始觉得有必要改变一下生活和环境。一方面，准备期末考试的工作量大得让人喘不过气来；另一方

---

①此处波西米亚是指艺术家、文人等的自由漂泊、居无定所、不受一般社会习俗约束的生活方式。

面，和别人住在一起很难集中精力学习，而且还得耗费很多时间去分担家务，所以寻找新住所势在必行。但是，找到舒适的新住所是一项十分艰巨的任务。他在伦敦艰难而疲惫地寻找了一周，切实体会到了其中的不易。

然而，一天下午，手里攥着一张皱巴巴的租房广告，他在布里克利站下了车。当时他就有一种预感，这次可能会走运。这个地方真的丑陋不堪，既说不上时尚，也说不上人们所称的过时：那种没有人会选择去居住的地方——除非出生在那里，或者别无选择。然而，于他而言，这种丑陋却有一种无法言说的魅力，而且这种魅力变得越来越强烈，直到它完全填补了他内心的空白，给了他家的感觉。在未来的岁月里，他确信，想家的时候，他思念的不会是布莱彻姆的那座干净整洁的别墅和那些盛气凌人、单调乏味的门面，而是布里克利脏乱而荒凉的街道，那些高大而腐朽的维多利亚式建筑，各家各户窗外挂着的衣物以及那一排排长得令人发狂的清一色矮房。这里曾是十九世纪工人们的家，房外停着一辆辆崭新的大汽车，形成了不搭调的奢华。那些破旧松软的道路，那些大轰炸时期留下的光荣的伤疤，重补的新砖、石板、石块，像废墟上长出的蘑菇般的组合屋，未装修的新建公寓楼，甚至偶尔被人们忽视的轰炸现场（它鲜明的线条因气候的变迁和植被而变得柔和起来，成了一个儿童游乐场），都让他觉得这里是一块圣地。

其实，布里克利能抓住他的心并吸引他，主要是因为马洛里一家。他能够结识这一家人，还得归功于这家人刊登的一则简短广告：为商人或学生提供食宿，每周两英镑五先令。枫树路八十九号是一座高大、幽深、狭窄的房子，还带着一个地下室，而马洛里一家只住了一楼和二楼。房子里还住着其他房客，但他从来没有真正去了解过，只觉得他们就像乏味的三明治面包，中间夹着马洛里一家富有而充裕的仁慈。他们带着歉意进进出出，显然十分敬畏这充满活力的一家人。一天，他和帕特丽夏就吓到了其中一个瘦弱的小伙子。当时，那个小伙子正从地下室轻轻地沿楼梯向上走，从他手里拿着的毛巾可以看出他正要去浴室。

"哦，原来是帕森斯先生。"帕特丽夏用一种沾沾自喜的语气大声说道。那个可怜的小伙子吃惊地看了他俩一眼，然后一路小跑着回了自己昏暗的住处，嘴里还嘟哝着他忘了拿一些东西。

一个炎热的夏日午后，头上包着头巾、手上沾满面粉的马洛里太太脸上洋溢着热情的微笑为他打开房门：

"房子吗？啊，是的，我忘得一干二净了。亲爱的孩子，你的速度真快！我昨天刚把租赁信息登在报纸上。不好意思，你看我现在这个样子，我下午一直在烤面包。"

她用手腕向后将了将从头巾里跑出来的一缕褐色头发，把他带进屋子。房子的建筑风格非常特别，去任何一个房间都必须穿过一个黑暗、反常的小过道，而且房子里到处都是上上下下的楼梯。突然，他被什么绊了一跤，马洛里太太连忙道歉：

"哦，对不起，我本该提醒你那里有个台阶的。没住惯这座房子的人都会觉得这里很闹心，现在你更会觉得它闹心了。现在好点了吗？"

"嗯，是的，已经好了。"他嘴里回答着，心想她讲话带着一点儿爱尔兰口音。

"你知道吗,那个台阶也曾绊倒过我很多次,还差点要了我的命。有时我烦得想去踢它,后来我把它献给了神圣的上帝,如果上帝说他跌倒了三次,并且受了重伤,我一点也不怀疑。"

原来她是爱尔兰人,还是个天主教徒。马克这样想着,心里却有一丝不安。不管怎样,他已经远离了天主教徒,他们会使他想起童年的那些关于天主教的古怪而遥远的日子,他不想把天主教这块墓石再滚回去。他的母亲就是天主教徒,而且是在天主教堂里嫁给了他的父亲。他还依稀记得自己穿着睡衣和母亲一道跪在地上念叨"万福玛利亚"的情景,后来他被送到一所修道院接受早期教育,但他的父母却从不参加弥撒——然而,他依稀记得弥撒这件事是他痛苦的源泉,而且与其说是精神上的痛苦,还不如说是社交上的痛苦。他们一家搬到布莱彻姆后,他就被送到了县公立学校。结果,他自行放弃了参加弥撒,却也没受到任何责备。他也曾听过一些有关不可饶恕之罪的教义,也担心所谓的地狱之火,不过对他而言,人类统治者的直接惩罚更具威胁性。当两者在大脑中融合之后,后者的缺失使他忘却了前者。后来他有了哲学上的好奇心,于是,只要想起这些教义,他就迫使自己忘记。有时他甚至十分生气,难以相信这些教义竟然曾对他产生过影响。事实上,他对基督教宣扬的那些站不住脚的说法深恶痛绝——他曾是一个天主教徒,这是一个不可否认的事实,可是这一事实却让他的那些天主教朋友抓住了他的把柄,真是烦人!"嗯,你早晚会回头的。"每次讨论无果后,他们都会说这句话。在他们眼里,上帝似乎是一个有神力的骑警,从来不缺追随的人。这也是他不孝和抱怨的源泉：这是他父母强加给他的最大耻辱——他们和过去一样完全没有自己的思想，却让他坚持一种宗教信仰。

他被带进厨房，这里更证实了他对马洛里太太宗教背景的猜测：墙上歪斜地挂着塑料圣水壶，圣心图（很像医学书上的插图）的后面插着干枯的圣棕榈枝，就连梳妆台上也供着圣帕特里克的尊像，这些都是确凿的证据。当然，厨房里并不是只有这些装饰。在枫树路八十九号住的人仿佛属于一个不完全信奉基督教的野蛮部落，基督教所特有的物品在这里任性地排挤着一切跟异教相关的东西。一天，马克为了满足自己的好奇心，逐一数了墙上挂的五十五件物品，结果发现大部分物品是祷告用品，剩下的是一些褪了色的、连人名都想不起的照片，一些往年的日历，从杂志上撕下来的图片，设计糟糕的浮雕细工的图案，塑料饰板，以及从海滨度假胜地带回来的纪念品。此外，在大厅一个黑暗的角落里有一块小木板（马克最喜欢的物品），上面画着一张可怜巴巴的狗脸，并配有"请不要忘记遛我"的文字。小木板上还装着一个钩子，钩子上挂着一条破旧的狗链子——纪念一条六年前被卡车辗轧的混种狗。像这条狗链子一样，所有的物品都有着不为人知的故事：每一件都藏着一段无人愿去提起，也无人愿去刻意抹掉的伤心记忆。马克不愿去想异教之神，但却很快发现，在大脑中抹去他们似乎是一种悖理逆天的行为。

在马克观察厨房的时候，马洛里太太喋喋不休地谈论着那间空房间。

"这间房过去从来没有给外人住过——我们家有八个孩子,以前家里一点空也没有。但现在孩子们长大了,离开了家。詹姆斯是我的长子,在科帕斯·克里斯蒂当牧师,现在到非洲传教去了。罗伯特当兵,现在正在德国。所以,男孩们的房间空了出来。家里还有四个孩子在上学,我们想多一点收入,所以打算招一个房客。"最后一个词在布莱彻姆是句骂人的话,但她随口便说了出来,没有丝毫犹豫。与此同时,她洗了洗手,脱掉围裙,摘下了头巾。她那臃肿的身材显然是频繁生子筑成的一座丰碑,但她头巾里散落下来的一头浓密的赤褐色头发令他着实感到惊讶——那是年轻女孩才会有的头发。

马洛里太太以惊人的速度为马克泡了一杯热腾腾的茶,十分热情地邀请他品尝家里自制的水果蛋糕,这和他之前那周见过的女房东待他的方式完全不同。那些身着家居服、脚踩拖鞋的女房东总是让人觉得冷漠而难以接近。她们好像怀疑他似的,只让他瞥上一眼"房间",便开始向他叙说一项项住房规则,而当他表明自己不打算租房子的时候,她们就假装尊严受到了伤害。马洛里太太和她们截然不同,因此他乐意听她喋喋不休地讲她的儿子詹姆斯。他看到壁炉架上摆放着詹姆斯严肃的肖像照,在那些宗教和世俗的小摆件中占据着重要的位置。突然,马洛里太太随口问他:

"安德伍德先生,你是天主教徒吗?"

"不是的,马洛里太太。我哪里让您觉得我是天主教徒呢?"

马洛里太太看起来很困惑的样子。

"但是我认为——广告……"

他低头看了一眼刊登着马洛里租房广告的那份报纸，立即看到了印在地址下面的附言（他原本以为这句话是下一则广告上的）："美好的天主教家庭——希望信奉同一宗教的人前来租住。"

"我很抱歉，"他说，"我没有看到信奉同一宗教这个条件。"

马洛里太太咯咯地笑起来。

"那是帕特里克的主意，我想他是担心让异教徒住进这栋房子会令我们失去信仰。说真的，安德伍德先生，我们并非反对非天主教徒。事实上，我对一些认识的天主教徒非常反感。加上这一附言只是因为我们担心非天主教徒和我们住在一起会感到尴尬、不自在——周五不吃肉，周日早上每个人都疯了似的匆忙去做自己的事情，还有……我记得我婶婶杰迈玛，她信奉浸信会，要么就是别的什么奇怪的宗教。我不知道为什么我叔叔迈克尔要娶她，但他最终还是娶了她，并把她带回爱尔兰和我们住在一起。她一直在抱怨什么。我不知道她是抱怨宗教，还是抱怨缺乏管道设施。"

马克很高兴谈话有了转机，因为相较于先前所谈的宗教问题，现在的谈话好像少了些传道的味道。正如他后来所发现的那样，在陌生人眼中，这一家没有一个人炫耀自己信奉的宗教。即使后来和马洛里一家真正熟悉起来，他们在他面前谈及宗教时，也会顾及他的想法，一直保持谦逊的态度。他们没大张旗鼓地做过集体祷告，而且他们认为，他不参加祷告是理所当然的，即使家里最年幼的成员也这么认为，但这并不是说他们毫不在乎。一天晚上，他无意中听到了双胞胎中的一人的祷告："……请让马克成为像我们一样的天主教徒吧。"他当时真的很感动，一个孩子在祷告时这么说，真的很难得。

费了一番力气,他把话题又转到了房子上,马洛里太太这才带他去看了房间。这是一间不算坏、甚至称得上很好的屋子,简单又明亮。墙上挂的那些与宗教相关的东西,以及那些令人伤感的垃圾很快就可以被他的保罗·克利①的画所取代。房间里还有一张写字桌和一把舒适的扶手椅。

"我租了,马洛里太太。"他说道。

一切都谈妥了。然而他并没有走向临街大门,而是鬼使神差地回到了厨房,喝了第二杯茶。那天晚上,他一定在那个破旧的厨房里坐了好几个小时,直到很晚,屁股因长时间坐在坚硬的温莎椅上而开始疼起来。他完全沉浸在一种新奇的生活方式里:新奇却带有一种难以描述的自然品质。他觉得这种生活方式可以持续好几年而不会令人厌烦或无聊。刚搬进来时,这个家里的很多东西都令他反感,甚至有些消遣的东西也会令他发火,例如随意挂在墙上的那五十五件丑陋的装饰品,拥挤又混乱的洗碗间,总是难以找到的必备厨具,角落里、碗橱里、四下里堆积成灾的没用垃圾。他们全家好像对最新的书籍、戏剧和新闻漠不关心(马洛里先生是家里唯一常年看报纸的人)。不过,渐渐地,他们的魅力以及善良的天性战胜了他的抵触情绪。他不得不难过地承认,在他批判的眼光背后,完全是资产阶级的教养理念或是肤浅的世故,也正因此,他从来没有想过用自己的物品去替换房间里橄榄球队的照片和第一次圣餐的

---

① 保罗·克利(1879—1940),瑞士裔德国籍画家。

照片。一开始他以居高临下的眼光看待马洛里一家；到最后，他却钦佩他们了。

然而，对他而言，第一晚就对马洛里一家进行完全正确的评判是不可能的。所以整个晚上他只是满足地坐着观察，看那仁爱的浪潮随着壁炉架上大钟的嘀嗒声慢慢地涌入，最终淹没整间小屋。家里的成员一个接一个地跟他打招呼，自我介绍，再回到自己的座位上，把任务传递给下一个成员。莫妮卡和露西是一对双胞胎，十二岁了，都扎着短而尖的小辫子。回来的时候，她俩先敲了敲门，然后疲惫地走进厨房，任由身后的小背包从肩上滑落到地板的油毡上。

"把它们拾起来！"厨房里传来马洛里太太的叫嚷声，"带到大厅去。"

碍于马克在场，她们听从了妈妈的话，但很快就忘记了害羞，高谈阔论起来。不可思议的是，她们谈论的竟然是一个疯狂的法国情妇的故事，而马洛里太太难以置信地哼了一声。

"但她真的是这样，妈妈！"

"太可怕了！"

帕特丽夏面带微笑走进房间，伸手拿了壁炉架上的阿司匹林，然后在没有点火的炉子旁边蹲下来。马洛里太太详细地介绍了她那些离开家的孩子：詹姆斯是牧师，大女儿克里斯汀是护士。次子罗伯特在炮兵部队当兵，复员后将去师范学院就读。渐渐地，马克把一家人完整地拼了出来。帕特里克跌跌撞撞地走了进来，把破得不成样的公文包扔在地上。他没有理睬母亲的斥责，用怀疑的眼光看了马克一眼，便喝茶去了。马洛里先生看起来很疲惫，但举止依然很优雅。他轻轻地走进来，穿过屋子，坐到角落里的一把高背扶手皮椅上，仿佛遇难的船只上他拼尽全力抓住了救命船筏一般。因为成功地抓住了救命稻草，马洛里先生高兴地吁了口气，从妻子那里要了一杯茶，心满意足地开始接见客人。

"汤姆！这位是马克·安德伍德。他是来租房的。"

"你好，马克！"马洛里先生边说边端起茶杯，愉快地点点头。

"马洛里先生，如果你愿意的话，我想租那间房子。"马克说了自己的想法。

"当然可以，只要我妻子乐意。"

"太好了！那就妥了！"马洛里太太宣布。

"你们两个觉得呢？"马洛里先生拽着蹲在膝下的双胞胎女儿的辫子问。

"行行行！"莫妮卡尖叫道。

"可可可！"露西尖声喊道。

"别吵了，你们两个小魔王！"她们的妈妈呵斥道。

"没关系，妈妈！"帕特丽夏带着戏谑的语气说，"她们只读漫画书，所以连说话都像漫画里的人了。"

"心理活动[①]：帕特丽夏就是个卑鄙小人。"露西小声说道。

"女孩都是小心眼儿，你得让着她们。"坐在桌边的帕特里克自以为是道，"但你们俩是最蠢最笨的一对白痴……"突然他不知道该说什么好了，于是厌烦地啃了一口面包和果酱。"前几天我在公

[①]指漫画中云朵形的文字框，框中的内容是说话人的心理活动。

交车上碰巧看到她俩正在戏弄周围的人,那样子真令我感到羞愧。"

"心理活动:帕特里克就是个爱打小报告的坏蛋。"莫妮卡说。

"在公交车上怎么了?"马洛里先生拽着莫妮卡的小辫子问。

"哦!唉……喘口气!爸爸,你在办公室过得愉快吗?"

看到她明显在转移话题,大家都大笑起来,马克也不例外。

这时,克莱尔进来了。她站在门口犹豫了一下,直到大家给她让了道才走进屋,慢慢地解开身上那件海军蓝女式雨衣。她那红褐色的头发像极了母亲,却被残忍地扎成了一个小马尾;马克仿佛感到了她眉眼间流露的压力。她穿戴整齐,一举一动就好像是对自己的美貌失去了耐心一般。马克感觉她很羞怯,而且羞怯得不同寻常,好像还没完全适应社会;在她进来的时候,每个人的眼睛都为之一亮,这说明她要么是特别受家人宠爱,要么是离家很长时间了,最近才刚回来。

"很抱歉我迟到了。我一直在帮斯金纳小姐制定教学大纲。你们一定认为婴儿不需要教学大纲吧?"

大家向马克介绍了克莱尔。出现了这样一位漂亮迷人又年纪相当的女孩,自然会令人涌起一股好奇心,了解她一定会充满刺激,并且非常具有挑战性,马克心想。

马克被邀请一起用茶。之后,马洛里太太告诉他"一起诵经"是他们的家庭惯例,问他是否介意。马克让他们尽管去做他们自己的事,就当他不存在。

马洛里一家全部跪下,拿出了念珠。马洛里先生一句一句地诵读祈祷文的前半部分,其他人则跟着齐声诵读后面的内容。这种感觉很奇怪,马克的内心骚动不安,一种孤独感油然而生。所有人都跪着,只有他坐着,这让他觉得既尴尬又别扭。渐渐地,最小的孩子坐不住了,他那种因闯入完美的宗教仪式而产生的不速之客感也得到了少许的缓解。事实上,《玫瑰经》一直是一种单调乏味的祷告,孩子们分神也不足为奇。念十遍《万福玛利亚》,然后念一遍《天父》,最后再念一遍《圣三光荣颂》。在他幼稚的想法里,这样的宇宙排序似乎已经成了定论,圣母应该排在三位一体前面,圣父应该排在第二位,因为圣父有一整套自己的祷告词,而且这一点在《圣三光荣颂》中也有所提及。或许对天主教的这种评价也不是全无道理。

马克利用自己的有利地势观察着克莱尔。她像是一幅魅力十足的画——画是对她最好的评价。与进门时尴尬的样子相比,此刻的她,姿势中带着一种刻意的优雅,仿佛保持优雅的姿势也是她祈祷的一部分。她的身体笔直而放松,双眼紧闭,双手并拢,十指相对,用难以察觉的技巧使一颗颗念珠有条不紊地穿梭于指间。不管怎样,一看就知道她是一个经常祷告的人。她的脸像刚退潮的沙滩一样光滑、干净,流露出虔诚的专注,却不带一丝自以为是的痕迹。不仅如此,她那毫不吸引人的衣服暗示着——而非显示着——身体柔和丰满的线条:起伏的胸部,丰满的臀部和修长的双腿。这一切似乎比祈祷本身更美好,从传统上讲,她就是性感美女的代名词。

双胞胎不情愿地帮马洛里太太收拾了茶具,还洗了碗。其他孩子则全神贯注地做起了家庭作业,这也给马克提供了一个与克莱尔聊天的好机会。

"你经常祷告吧?"他问。

克莱尔羞红了脸,回答道:"我以前经常祷告。"话没有说完,她的脸红得更厉害了:"其实也不是很经常,有人比我祷告更频繁。你为什么这么问呢?"

"你祷告的样子很好看。"他笑着回答。

"你觉得样子很重要吗?"

"如果相信祈祷文,那就不重要。"

"那你相信吗?"

"不幸的是……不信。"

"真幽默!"

他很后悔把话题转移到宗教上,因为谈话进行到这里,好像画上了一个句号。片刻沉默之后,克莱尔却主动发话了:

"我当了两年见习修女,也许那也算的话……"

"见习修女?"他一脸茫然地问。

"在修道院里,你知道的,成为正式修女之前。"

"哦,你成了一名修女吗?"

克莱尔笑了起来。

"当然没有啦。我在这儿站着呢。"

"哦,我明白了。嗯,这就是你祷告的原因吧?"他们似乎很处得来。

"你觉得再回到平常的生活难吗?"他问道。

"是的,我觉得有点儿难。"克莱尔回答道。他注意到她的紧张情绪。"你想再来一杯茶吗?"

"不用,谢谢。"他想知道她离开修道院的原因,可是话到嘴边又咽了回去,只是说:

"我想,你已经知道我要搬来住了?"

"那太好了。"她的脸顿时红了起来,"对你,我的意思是,这是一栋很不错的房子。"

"我住在这里肯定会很快乐。"他回答道。

那第一个愉快的夜晚蒙上的唯一一片阴影可谓怪诞不祥——那是达米安·奥布赖恩像狗一样的面部轮廓——他前额、鼻子和下巴的倾斜线条几乎是平行的。他长着一双苍白的小眼睛,皮肤粗糙,满是皮屑,满口黄牙,让人想不厌恶都难。如果他有自知之明,不超过人的忍耐限度,别人或许还可以忍受他的丑陋,但他的到来恰恰打断了马克和克莱尔的促膝谈心。当马克握住他那软弱无力、黏糊糊的手时,他眼睛里满是敌意和怀疑。那一刻,马克吃惊地发现达米安竟然喜欢克莱尔,把他当成了情敌。

"这是马克……"克莱尔先开了口。

"安德伍德。"马克补充。

"马克·安德伍德。他是伦敦大学的一名学生,要搬来和我们一起住。马克,这是达米安·奥布赖恩,我们的一个表亲,来自爱尔兰。"

"很高兴与你结识。"达米安冷冷地说,话里几乎没带任何爱尔兰口音,像是仔细筛掉了爱尔兰习语一般,却带着一种奇怪而过时的礼节。"我在梅努斯学习了三年。"达米安主动自我介绍道。

"梅努斯是爱尔兰最大的神学院。"克莱尔解释道。

"是世界上，克莱尔。"达米安纠正道。又一个落魄的修道士吗？真是巧得出奇。

"我来是想再次感谢你为我找到了这么好的住处。"达米安对克莱尔说。

"你真的太客气了，达米安！真的，你太客气了！"她不以为意地说道。

"我真不是客气。"达米安说。

"的确，他没有太客气。"马洛里太太边说边轻快地走进了房间，她在厨房无意中听到了他们的对话。"其实，"她向马克解释道，"达米安来这里的时候，刚刚被神父从神学院赶出来……"

"妈妈！"克莱尔一边惊呼，一边笑了起来。

"啊，我只是随便说说，达米安知道我只是开个玩笑。他像其他人一样，离开神学院后去了伦敦，希望能找到铺满黄金的道路……"

"我并不期望有这样的好事，伊丽莎白阿姨，只是因为爱尔兰没有为她受过良好教育的儿子提供工作。"（这么说来我们也算是受过良好教育的人了？马克心想。）

"……就像我刚才说的，希望找到铺满黄金的道路，"马洛里太太高兴地继续说，"他发现找房子很麻烦，而那个往外租房子的老女人又把他骗了。后来，克莱尔看他处境可怜，把他从泥潭里救了出来，给他介绍了我家隔壁希金斯太太的房子，帮他住进一间干净体面的屋子里。希金斯夫人虽然有缺点，却是一个很讲究的女人。"

"我也十分感激。"达米安盯着克莱尔说道，然而克莱尔却没有看他。

马克转身看着克莱尔。电影正在放映残忍的画面,她被迫回到座位上,而且因为内心的厌恶,她微微张开了嘴唇。显然,银幕吸引了她的注意力。任何戏剧或电影中的表演,无论演技多么差,似乎都可以吸引她那孩子般的注意力,使她全神贯注。她就像个孩子,于她而言,银幕上放映的东西都是真的,不管情节多么做作,也不管画面多么不真实,她都会信以为真,好像没有任何辨别能力,完全看不到其中的捏造成分,也看不到摄像机、麦克风和道具。有时,他真羡慕她看电影时可以那么投入。

* * *

银幕上,一个小女孩走进了教堂,仰着脸跪到祭坛前,一道斜阳照在她的脸上。

祈祷奶子长大点吧,哈利心想。他有些烦躁不安,眼前场景的宗教色彩太浓了。

渐渐地,银幕上出现了犯罪画面,哈利的脸上也慢慢浮现了一丝邪恶的微笑,像一条裂缝在干燥的土地上蔓延开来。这仅仅是个开始,一个犯罪团伙揍了那个软弱的教区牧师,把他捆了起来。现在,他们又抓住了上前护着牧师的那个小娼妇,折磨她,要她说出密码。其中那个狡诈的小痞子真够她受的。这人外号野兽,他身材矮小,浑身毛发。他深吸了一口香烟,用发红的烟头指着她的脸,威胁她。这种酷刑的经济性和有效性引起了哈利的兴趣。遗憾的是，那个小娼妇躲过了烟头，开始哭诉起来。警车的呼啸声打断了眼前的一切，哈利遗憾地目睹了坏人被捕的全过程——不过，没有残忍的枪战哪还有什么刺激可言？结果，至少有两名警察死于这场枪战当中，死者还包括那个恶棍头目（他发誓死也不会被警察带走）。电影的结局真不错。真的不错。灯亮了起来，哈利离开了电影院。

灯突然亮起来，观众随之开始骚动，有的打着哈欠，有的眨着眼睛，有的四处张望，希望能够找到吸引眼球的东西。虽然无法改变电影结束的事实，但他们还是一时无法接受娱乐的突然中断，心里既困惑又怨愤，好在音乐骤然响起，在近乎天堂般的合唱伴奏下，一个杀猪般的声音唱了起来：

爱是何等美妙，
爱是四月玫瑰，
仅滋生成长于
最美丽的早春。

人们吹着口哨哼着歌，随着音乐节奏轻轻地用脚踩着节拍。他们是弗朗西斯·汤普森的粉丝，马克心想。

天使们保留着他们古老的地方——
蹬翻石块便可展翅飞翔！

是你，是你那冷漠的脸庞，
错过了那么多世间的芬芳。

布丽姬特的心跟随音乐跌宕起伏的旋律而沉醉。歌曲是那么的美妙，她闭上眼睛，让心在歌声中荡漾，仿佛被海浪拍打着。她知道自己深爱着莱恩。"莱恩，你不觉得歌很好听吗？"她小声地问。

莱恩对"何等美妙"有点困惑，他不太确定爱情是什么。不管怎样，他喜欢这首歌，曲调轻快，歌词简单，除了第一句：

爱是金色的皇冠
使男人成为国王。

莱恩就算死也不会说这句话，但和布丽姬特约会的时候，他的确觉得自己像个国王。布丽姬特那么漂亮，那么爱笑，那么可爱。

电影院又播放了一遍劳里·兰斯顿唱的《爱是何等美妙》。多琳对这首歌总是百听不厌，她从头听到尾，压低嗓音跟着哼唱了歌词。回家之后，她就可以打开劳里·兰斯顿粉丝俱乐部的包裹了。

"我出去一下，莱恩。"歌曲结束时，布丽姬特小声地说，"我要去见个朋友。"

"好！"莱恩粗声粗气地吐完这个字，便站起来让她过去，"吃冰激凌吗？"

"嗯,太好了!"

"哪种味道的?"

她犹豫了一下。

"这个月畅销的是哪种味道?"

"香蕉味,我猜。"

"那就香蕉味的吧!"

管理员通过银幕要求顾客不要离开自己的座位,因为销售人员会到电影院的各个座区去。然而,前排两个卖冰激凌的姑娘面前还是排起了长队。如果他现在不去,香蕉味说不定就卖光了。可是如果他离开,可能会有人抢了座位。犹豫了片刻,莱恩把他的外套放在座位上,然后一边瞅着座位,一边迅速地沿着过道走向长长的队伍。为确保万无一失,他把布丽姬特的包带在身边,尽管他觉得这样做有点可笑。也许拿着包的一角就不会有人错认为包是他的了,可这样一来,可能会有人认为他是在用布丽姬特的钱买冰激凌。不管怎样,他很庆幸自己顺利回到了座位。他把香蕉味冰激凌一边一个放在两腿的膝盖上,面无表情地盯着银幕上忽隐忽现的广告(宣传着本地的商店、咖啡馆和美发沙龙),等着布丽姬特回来一起吃。

过道里,布丽姬特和一个穿着黑色西装的年轻人撞到了一起。那人粗鲁地咒骂着,没道歉就冲进了洗手间。

"算了!"布丽姬特一边揉捏胳膊,一边自言自语,"神经病!莱恩不在场,算他走运。"

布丽姬特小心地坐到冰冷的马桶座上,愉快地回想着莱恩那强健的肌肉给予她的安全感，以及被他抱在怀里时那种小鸟依人的美妙感觉。

哈利狠狠地朝布丽姬特身后的墙上撒尿，看见脚边便池里有一块樟脑，便对准它，让尿液像水管的水一样喷在樟脑上，结果却溅到了他的绒面革鞋上。他慢慢地扣上前裆的扣子，面对墙皮已经脱落的墙壁，仔细地察看了上面的铅笔画以及那些不必费力就能理解的文字。没错，这正是他想对那个鬈发小贱人做的。这也是她所需要的，当然也是他们俩所需要的。别自大了。贱人。哈利小心翼翼地梳理着自己油腻的长发，对着镜子勾了勾唇，露出了轻蔑的笑。

* * *

"下周再来！"一个怪异的声音不带丝毫情感地大声吆喝着，向观众的耳中灌输着单调乏味的命令式广告语，"你将感受前所未有的刺激，获得前所未有的欢笑，体验前所未有的悲伤。"话音未落，银幕上便放映出精彩的预告片——**冒险**：一群骑马的人正在杂树丛中疾驰；**激情**：一个女孩躺在男人怀里，享受着男人的湿吻；**悬疑**：紧张、难以捉摸的对话；**痛苦**：一个女人在等待爱人的手术结果；**欢乐**：一个滑稽的演员向后倒进水池里。"下周再来！"精彩能否错过？不能！精彩即将到来，下周一定要来！

马克瞥了一眼周围的人，他们的脸不时地被电影银幕的亮光照亮，表情麻木，却带着一种难以言表的渴望。一张张愚蠢的脸张着嘴巴贴在窗户上,像玻璃缸里的鱼,望着一个永远也无法进入的世界——身材高大、棕色皮肤的男人昂首阔步地走在丰乳肥臀的女人中间;所有的事件都被巧妙地策划过,让一个人慢慢投入另一个人的怀抱;预告片的评论里,那些歇斯底里的断言一直在碾压人们单纯的意识。然而,或许正是这扇打开美好生活、通往理想世界的窗户使得他们能够忍受日常生活中的噩梦。在某种程度上,它就是宗教的替代品——事实上,相对于无性、平庸的基督教承诺(成为数十亿奉承者中的一员能给人多少快乐呢),装饰豪华的阁楼或身材火辣的女性的青睐更能提供一个令人满意的天堂。

另一方面,观众中也有不少信奉宗教的人士,比如马洛里夫妇。对他们而言,电影院意味着什么呢?也许是一个让他人来承担几个小时生活重担的机会。可是,生活似乎并没有强迫他们。对于这个问题,马克不愿再去深想。

但是他和克莱尔……他俩为什么在这里呢?他们本可以做一些意义重大的事情。这个问题让马克想到了一些可以一起做的"大事"。艺术?他的大脑似乎临时借鉴了预告片的方法,幻想自己在清晨随手绘制着什么东西,尽情地释放着自己的灵感。可是克莱尔在做什么呢?煮黑咖啡?打字?填写退稿通知?他不耐烦地打断了思绪。

意义重大的,意义重大的事情,做爱吗?那些阔货和骚货为了让观众去消遣,在银幕上用哑剧的方式做着勾引人的动作。难道要用一种狂野、极端、本能的方式来表达对这些的蔑视吗?马克仿佛看见黑暗的房间里正熊熊燃烧着一堆火,地板上铺了一张床垫,他极其兴奋地拿走了克莱尔的贞洁，火光在两人赤裸的身体上明灭闪烁。突然，这一情景使他的下体产生了强烈的反应，同时也把他的思绪拉回到现实。他身旁这位年轻的处女不会认为这样的行为有什么意义——只会觉得它是罪恶的。

那么，对克莱尔来说意义重大的事情是什么呢？马克能想到的只有祷告。这件事，她似乎做得非常好。而他呢？他很多年没有参加弥撒了，而读了这方面的书后，他发现做弥撒原来很有趣，好像礼拜式的戏剧（实际上，他曾经纠正过达米安那些晦涩难懂、有关和平之吻的历史观点，这样做的确很值得）。从某种意义上说，他开始尊重宗教了——然而，要成为一个祈祷者吗？不可能。"祷告是什么？"他问克莱尔。"提升信神的灵魂和心。"她回答。关于祷告，他隐约记得教义问答书上的一些内容。提升自身，去信奉某个不存在的人，想象着神在那里吗？那他宁愿活着的时候做个无赖，也不愿当个傻瓜；宁愿死后进入永恒的烈火之中（按照萧伯纳的说法，有烈火的陪伴是件非常有趣的事情），也不愿因混沌和暗夜的嘲笑而赧颜。他就是个不择手段的人，对他而言，宗教是一个巨大的笑话，戏弄一个人放弃应该享受的淫欲和自私。"你真的喜欢那些有关天堂和地狱的东西吗？你看，每天都有人出生……"

也许这就是他和克莱尔坐在这里的原因，即使在一件普通的事情上，他们也意见不一。真是浪费感情。这让他想到了一个令人费解的问题：难道只有克莱尔才能满足他吗？他的胳膊开始酸痛，于是把手从她的肩膀上缩了回来。

他为什么把胳膊拿走呢？难道是克莱尔有什么做得不够好吗？

难道是因为她不懂一些奇怪的新礼节而无意间冲撞了他……她总是不知如何界定自己与他的关系，总是找不到那种既不夸大也不低估现实情况的词语。是爱情吗？尽管她不懂它的含义（真该死！），却还是羞得满脸通红。是友情吗？实际上她也知道那不仅仅是友情，或者说和友情完全不同。是亲情吗？她也不是他的姑姨什么的。怀着某种负罪和羞怯的心情，她对他们俩关系的界定又回到了爱情上。但是爱情是什么呢？她想到了五年级时学过的丁尼生和布里奇斯的作品片段，也想到了一位牧师在最近一次布里克利的布道会上费尽心思讲述的《基督教婚姻的目的》。两者在她的脑海中荒诞地交织在一起，似乎都与她现在的体验大相径庭：在担忧和痛苦中坐几个小时的车却换来片刻的幸福；需要时时刻刻和马克在一起，还需要掩饰这种需要；因为不知道自己是太主动还是太冷淡，是做对还是做错了，而不断地陷入尴尬的局面。正如马克不止一次所暗示的那样，她把修道院的警觉带到了日常生活中，从而扼杀了纯真的快乐。

克莱尔仍然清楚地记得，安东尼修女曾经讲过一堂特殊的课。那是她在女修道院当见习修女的最后一年，她和另一个想当修女的女孩被巧妙地叫了出来，没法去听课。安东尼修女是一个做事严厉、效率很高的人，经常被安排干一些烦人的工作，时不时地和满身臭味的寄宿者打交道。克莱尔对这一堂课的内容非常好奇，却因内心的骄傲，没有去打听。可是只要人们一提到这堂课就会笑。久经世故的克里斯蒂娜·劳埃德曾称之为"如何不与人为友却能影响他人"。克莱尔深信，在这堂修道院不允许她去听的课中，她可以找到所有疑惑和困难的答案。她仍然抱怨没能上这堂课：为什么见习修女就不能了解这种事情呢？

她当然读过相关的书籍：她曾在教堂某个昏暗的角落里，她曾经趁人不注意，匆忙地从书架上取下类似的小册子，如《长大成人》《神圣的纯洁》等，但这些书都没有什么用处。有一本书曾这样写道："一个好的天主教男孩或女孩不应该沉迷于热吻。"但是，什么是热吻呢？她想知道马克应不应该拥抱她，应不应该和马克有身体接触，他们亲吻多久才算合适。马克亲吻她，向她道晚安的时候，她并没有想这些事情，但之后总会觉得良心不安。她不能去向神父忏悔，她不想这样做，因为她觉得害臊，当然，她也害怕牧师会说她错了。她担心自己需要走回头路，不愿拒绝马克做一些到目前为止她允许他做的亲密动作——这一点，她非常清楚，拒绝马克其实也是拒绝自己。也许，她认识马克的时间很短，根本不该允许马克吻她。她真的不知道该怎么办，毕竟她认识他的时间还很短。

克莱尔清楚地记得和马克第一次相见的那天晚上，她在学校工作到很晚才拖着疲惫的身子回家。一到家，她便看到马克坐在家人中间，像一个从沙漠里走出来的先知，有着瘦弱的身材、棕色的皮肤。被介绍给马克的时候，她是不是显得既愚蠢又自负呢？她竟然认为马克的黑眼睛里闪烁着对她的特殊兴趣，认为每次看马克都能看到他的内心深处。幸运的是，在嘈杂和欢闹声中，家人并没有注意她每次看马克都会脸红。那天晚上，达米安真是气死人，他一直喋喋不休地说她为他找了个破房子的事。为什么只要你帮助了别人，他们的触角就会缠着你，然后不公平地将欠你的那份人情变成索要你的关注和友谊的筹码呢?她总是想做好事,结果却给自己惹上了麻烦,这也正是她悲痛地离开修道院的原因。她当时也只是想对希尔达·西姆斯好一点……

痛苦的记忆就像从黑暗的角落里钻出来的蜘蛛一样向她涌来,令她不寒而栗。她克制自己不再去想,然后刻意把注意力转移到银幕上,强迫自己去看当晚主场电影的片头字幕。

* * *

吉卜林神父开始担心起来。他在电影院已经待了一个多小时,可《圣女之歌》依然没有放映。眼见灯光慢慢地暗下来,他的内心又重新燃起了希望。然而,银幕上放映的仍然不是《圣女之歌》。有人宣布,《山中无老虎,猴子称大王》是一部更适合成年人观看的影片。也许又是一部短片。舞台上的幕布渐渐拉开,露出了一块微微凹陷的宽大银幕,某个看不见的爵士乐队发出了一声可怕的尖叫。然后,银幕上出现了令人费解的"琥珀酒鬼"[①]几个字,紧接着又出现了"莱恩·盖斯特"。直到这时,吉卜林神父才发现"琥珀酒鬼"原来是一个人的名字。"我为你洗礼,安布尔·勒什。"多么可怕的想法!

接下来,银幕上又出现了一连串奇怪而粗俗的名字——莫·施尼德、薛西斯·史密斯、弗里茨·皮茨、露露·安杰尔——分别对

[①] 原文为"AMBER LUSH",字面之意为琥珀酒鬼,实为演员名。

应着古怪的功能：场景串联、作词、附加对白。最后，银幕上显示，电影的一切色彩都是由特艺集团提供，而吉卜林神父则一直认为颜色是万能的上帝赋予的。

电影主片正式开始，银幕上首先出现了一间可以俯视一切的豪华房间——那不是布鲁克林大桥吗？吉卜林神父似乎记得以前在某本地理杂志上看到过，它壮丽的景色以及整条河的绝妙风景想不给人留下深刻的印象都难。虽然房间本身既丑陋又粗糙，却铺满了厚厚的地毯，摆着宽大、低矮、和床一样的沙发，各种小摆件被巧妙地布置在宽敞的空间里，其效果真是好得难以想象。远处的角落里有一个堆满瓶子的漂亮吧台，吧台旁边放着一把扶手椅。一个男人慵懒地坐在上面，正用手摇晃着一只大玻璃杯，杯中盛着淡黄色的液体，几块冰在杯子里发出当当的响声。他穿着衬衫，领口处的扣子已经解开，一条领带松松垮垮地挂在脖子上，看起来十分懒散。他脸上带着一种滑稽而忧郁的表情，似乎是一个很注重保养的中年人。

"这个——"一个合唱式的声音说，"男人的妻子回娘家去了。"

观众响起一阵附和的笑声，他们显然是领会了某个吉卜林神父没听懂的笑话。

"一切都因一件小事而起，"合唱式的声音继续说，"只因他不喜欢妻子的新帽子。这顶帽子究竟是没那么难看，还是真的有那么难看呢？"

银幕上慢慢地出现了一顶令人厌恶的帽子——简直是一个用海藻装饰的倒置灯罩。这一次，吉卜林神父也跟随着其他观众捧腹大笑起来。接着,画面巧妙地消失了,随之出现了戴帽人的脸——一个怒气冲冲、长相平平的女人的脸。她正在和刚才银幕上出现的那个穿浅色西装的男人激烈地争吵,这让吉卜林神父忽然想起了过去发生在自己身上的一些类似事件。吉卜林神父非常满意自己的领悟能力,心里暗忖周围的人是否都能像他一样可以感同身受。

"如果你这么看我,"那女人说,"我还不如回娘家去。"

"那你为什么不回去呢?你可以换着对你母亲吼一吼试试。"丈夫生气地狞笑着,"我真想看看结果会如何。"

"那好,如果你真这么想,那我就带着孩子们和贝琪·安一起走。"

"你想带什么就带什么。冰箱、电视……连床也带走吧!"

吉卜林神父兴致勃勃地看着她们迅速准备离开的画面,一个看上去很高兴的黑人女仆(显然是贝琪·安)对女主人说:"夫人,没有我们,马萨·肯尼迪肯定会饿死。为什么?因为他不会照顾自己,像婴儿一样。"

"没错,"肯尼迪夫人回答,"这就是我想明天早上出远门回娘家的原因,也许这样能让他懂得如何感激自己的妻子。"

接下来,这一情景慢慢淡出,故事回到了未来——或者是现在?天哪,吉卜林神父有点迷惑了。不管怎样,现在,那个男人又回到了穿衬衣的样子。他拍了拍大腿,坚定地说道:

"没有女人可以战胜我。"

电话簿像房间里的其他东西一样庞大,他查了查,"啪"的一声拿起听筒,"请帮我接通阿贾克斯家政服务,02446。"

"安布尔要出场了。"马克心里想着，嘴里默默念叨了一句。果然，那位世界著名演员从电梯里走出来，扭着屁股朝莱恩·盖斯特的公寓走去。她一头金发，下唇丰满，凸凹有致的身体塞进了一件至少小了三码的裙子里。莱恩·盖斯特一打开门就看到了"家庭女佣"，尽管有一定的心理准备，但他开门的瞬间，脸上还是浮现出惊讶的表情，既滑稽又可笑。马克心想，这就是整部电影的关键所在。他可以预见后面情节的每一个细节，而且这些细节都将被非常专业地表演出来，以便有效地迎合最低级、最懒散的大众口味，使他和身边同样无知的观众一样，不加鉴别地享受电影中的一切。

想到这里，他赶紧打消了这种大学生的傲慢念头，不敢确定电影中还有什么更好的东西需要去了解。如今，因为经常耳濡目染那些阴郁粗鄙的外国"经典电影"以及那些同学们投入了大量热情和精力创作的晦涩难懂的情感诗剧，他的思想也跟着退化了。他觉得，相对于晦涩难懂、矫揉造作的文化事业，安布尔·勒什那毫不避讳的性诱惑似乎更真实，更有意义。

遇到马洛里一家，他觉得自己对人性重新有了认识。这句话听起来有点"三十年代的矫揉造作"的味道，但他确实想不出其他方式来说明这一事实，一个确确实实存在的事实。然而，令人痛心的是，他很难找到与自己的新发现相匹配的流行艺术。他看到的都是流行的娱乐形式，做作至极还毫无价值：大企业可笑地把马戏团展示给啃食面包的人民大众。真的会有其他选择吗？如某种坚实而质朴的……东西。但还有什么比这更坚实、更质朴的呢？他回想起安布尔抬起一条腿查看长筒袜,并把裙子掀到翘臀之上的情景。

马洛里先生舒服地躺在座位上,双腿放在过道上。他心里想,多么可爱的姑娘啊,性感撩人,是的,就像熟透的水果,等待着被采摘、被压榨——等待着?真是纯洁。是的,纯洁。结过三次婚又如何,对他来说,她仍然是纯洁的。他不会把那张圆圆的、惹人怜爱的稚气娃娃脸与邪恶联系到一起。然而,这样的女孩对男人而言却是致命的。她们很美,太美了,会令他懊恼,令他不满足。看那对丰满的乳房,它们是如何向外突出来的呢?好像在渴望摆脱衣服的束缚似的。它们又是怎样钻进坚挺而丰满的罩杯里的呢?当她抬起一条腿时,臀部的曲线又是如何延伸到大腿上的……一个男人看完了这一切,回到家里如何能真诚地爱抚妻子那平淡无奇的身体呢?这就好像攀登了比利牛斯山再爬南唐斯丘陵一样没劲儿。

马洛里太太越来越困倦。她并不认同那种当今电影和报纸上随处可见的夸张体型,觉得这些东西少儿不宜,尤其是对于处在生长发育期的帕特里克和帕特丽夏。也许她不应该让他们来看电影,但你能怎么办呢?不让他们去,你和帕特丽夏之间就会有一场可怕的争吵,那样反而弊大于利。电影中的房间多么漂亮呀,不但干净,而且所有的东西都摆放得整整齐齐,这并不是说她非常喜欢这种风格,她可没有那么多的时间去赶时髦。然而,尽管帕特丽夏总是在客厅的墙上涂上各种各样的颜色,但是对马洛里太太来说,那里还是不够有家的感觉。今晚,同往常一样,电影又放映了一堆垃圾,纯粹是浪费钱。可是,每周六晚上汤姆都坚持来看电影,而且他是一个生活极其有规律的人。尽管她买完东西已经很累了,还要等二十分钟的公交车,然后一路站着来到电影院,尽管她非常希望能向售票员提提自己的建议,希望能早点休息,可是让他一个人来看电影,她总是不放心。唉,谁知道会有什么样的后果呢?明天的弥撒呢?最好是像往常一样八点钟去,为九点钟回来的人准备好早餐,一定要记得设闹钟或者是……马洛里太太右手的食指摸着左胸上的小肿块,很快就打起了瞌睡。

吉卜林神父吃惊地发现,金发女郎抬起腿的样子竟然异常吸引自己。真的,这太糟了。这个放荡的女人有着令人蠢蠢欲动的火辣身材,性感的衣服放大了她那勾魂的特质,而且她还做着各种勾引人的动作。吉卜林神父感到非常难过,电影院里竟然有这么多年轻人,甚至还有一些自己教区的居民。亮灯的时候,他看到了马洛里家的两个孩子不是吗?让他们来这里,绝对是把他们置于撒旦的魔爪之下。这些东西乐此不疲地吸引着年轻的灵魂坠入情欲的罪恶之中。《圣女之歌》什么时候才开始呀?他不甘心,决定问一问他左侧那个矮胖的女人。

"对不起,女士……"他小声地说。看到那个女人还是全神贯注地盯着银幕看,而且还不时地大笑一阵,他没有再说下去,而是碰了碰她的胳膊,结果把她惹怒了。

"对不起,女士!"他喃喃地说,"你知道今晚《圣女之歌》还上映吗?"

"据我所知,不会,老兄。"她畅快地回答,"今晚不是放安布尔·勒什的片子吗?"

在他前排坐着一个女人,还带着一个吵闹的孩子。那女人转过身来说:"《圣女之歌》是明天,星期天。"可是,他们的谈话却引起了周围的不满,有几个人在恼怒地发出"嘘嘘"声。

"谢谢您,女士。"吉卜林神父小心地低声说,然后回到座位。

原来是这样。那么费劲,花了那么多钱,经历了那么多麻烦和尴尬,结果却错过了专程来看的电影。他怎么会把日期搞混了呢?他觉得自己的处境比刚才任何时候都不适宜、不得体,现在他连看电影的唯一借口也没了。他没有理由再继续看这种令人讨厌的表演。看,她现在似乎要脱衣服了——还真的是!天哪,她正在脱衣服!但这太可耻了。为什么人们几乎能看到她的……他可以发誓他能看到她的……

吉卜林神父镜片后的眼睛眯了起来,他想看看到底能不能看到她的……

哈利内心充满了嫉妒和情欲,目不转睛地看着安布尔·勒什的滑稽动作,从口袋里掏出一把细长的弹簧刀。安布尔拉开衣服前面的拉链,从衣服的束缚里走了出来。哈利的拇指按动了弹簧刀上的按钮,刀子便从刀柄上弹射出来。安布尔走到屏风后面,开始向外扔内衣。胸罩被扔出门外,落在了坐在隔壁房间的莱恩·盖斯特头上。哈利咯咯地笑起来。莱恩·盖斯特头上顶着一件充满汗臭味的胸罩。哈利用刀尖划了一下座套,于是他两腿中间的座位开了一条长长的口子。安布尔从屏风后面走出来,身上穿了一件系得松松垮垮的睡衣。当她弯下腰去捡一只拖鞋时,动作停住了,镜头开始在她下垂的乳房上徘徊。哈利咽了咽口水,可是口水像胆汁一般堆在他的喉咙里难以下咽。他想要一个那样的女人,一辆那样的车,一套那样奢华的公寓,天哪,他是多么渴望这些!他的手从缝隙穿过,抓了一把如安布尔乳房似的海绵,粗暴地扯下一大块,放在指间揉捏。

克莱尔皱起了眉头。这一切真的有必要吗?放映的东西绝对是令人尴尬的。她不止一次地庆幸,电影院里是黑暗的,能起到保护性的作用。这个女人真的漂亮吗?她的身材太……嗯,太胖了。她总是觉得自己太过丰满,并因此而感到尴尬,她也十分赞同修女们穿裹胸衣的习惯。即使是现在,虽然她可以自由地尝试让自己变得更漂亮,但她依然认为自己丰满的胸和翘起的臀是一种耻辱,而不是炫耀的资本。然而,这个有着同样特征的女人,体型比她的还夸张,却好像在故意利用夸张的身材去吸引人们的注意,而且从观众中传来的粗俗口哨声判断,这样的身材是非常具有吸引力的。马克是如何认为的?

安布尔的三围是 38–22–38,这使马克想到了当代人对"大胸"的追崇,以及安布尔的三围所蕴含的意思。当然,女性胸部的"重要性"远远大于新闻媒体的说法——它是营养的源泉,是生命本身的源泉,被吮吸的乳头是神圣的。可眼下人们并不鼓励生育,安布尔本人就很享受她的三次无子女的婚姻。那么,乳房的吸引力完全是色情的吗?然而某些明星的三围可能会严重影响电影中性艺术的表演效果，而且仅仅胸大还是不够的，必须配以足够小的腰围，以及与之相称的臀围。臀围与胸围越接近越好，最好一样。三围之间存在着一种神秘的情欲张力，在古希腊和古罗马时代，这一张力是具有审美情趣的。按照希腊雕塑家的说法，乳头之间、下胸围与肚脐之间，以及肚脐和大腿分叉点之间的理想距离应该是完全一样的。但在今天，如果米洛斯的维纳斯穿着比基尼，肯定不会被登在《起床号》的头版上。是乳房使米洛斯这座城市流芳百世。安布尔丰满的身材从公元两千年某种褪了色却又开始闪现的复兴中显现出的魅力，会使好莱坞也同样如此吗？

* * *

"快点，帕特里克！我们就是从这里进来的。"

帕特丽夏拽了拽弟弟的袖子，没听到回应，便又掐了一下他的胳膊。

"哎哟！野蛮！"

"你不走吗？"

"不走。"

"我要告诉妈妈。"

"告诉她吧！"

"你为什么不走？为什么不听妈妈的话呢？"

"我想看电影。"

"你已经看过一遍了。"

"那又怎样?"

"妈妈让我们九点前到家。"

"她不是这么说的,她说的是九点半,现在才八点五十分。"

"那好!那我走!"

"好!"

帕特里克真是个气人的小孩。可是,她却有件头痛的事等着去做,她得去洗头发——为什么她要等他看够了呢?她了解帕特里克,国歌①不响他是不会走的,因为他发现,只要交一次钱,看几遍电影都可以。这个发现冲昏了他的头脑,即便是最无聊的电影,他也固执地坐在电影院里,直到被强行赶出去。算了,她才不会为此而生气,让他自己待着吧!她肯定会因此而受到责备,但那没什么大不了的。

"最后一次,帕特里克,你到底走不走?"

没听到回答,帕特丽夏从座位上站起来,背对着银幕。忽然,她开始后悔自己的这一举动。沮丧和忧虑从出口的门缝里渗了进来,慢慢地沿着过道向她袭来。一旦推开双开弹簧门,她就会被淹没。很快,看完电影之后的那种可怕的无聊感就会将她包围。她忽然感到,电影是那么虚伪,毫无价值,而在家里等待她的依然是原来的那种生活。

* * *

---

① 第二次世界大战期间,英国电影院和剧院曾有在演出结束后奏国歌的传统,该传统在20世纪60年代逐渐消失。

"吻我，莱恩。"布丽姬特小声地要求，而莱恩顺从地低下头，轻轻地吻了她一下。

"怎么了，莱恩？"她失望地问。莱恩不想应付她，于是给了她一个像工作台上使用的工具一样精准的吻，然后机械地避开了她。

"没什么，亲爱的。为什么这么问呢？"

布丽姬特沉默了片刻，把头靠在他的肩上，紧紧地握住他的手。莱恩感觉她的这种表现并不是爱情使然，而像是在紧紧地抓住离别前的幸福。第一眼看到电影院墙上挂着的那块发光的钟表，他的快乐就消失了。钟表上显示的不是一圈数字，而是"帕雷迪姆"的一圈字母：指针已超过 D 半格了，差十二分就到 I 了。

莱恩在思考送她回家的事，担心自己这次又不能送她回家。每次他们出门，他都担心不能送她回家。这样的担心每次都使他们在一起的晚上还没好好享受就已经毁了。其实，为了布丽姬特，他很乐意走路回家，只是如果他回去晚了，妈妈肯定会出于不满而装病。尽管如此，他仍然想不顾后果地送她回家，可布丽姬特不愿他这么做。这也许就是他烦恼的地方。可是，她走回家时必须穿过黑暗的街道，很容易受到惊吓。如果可以送她回家，他心里会好受一些，也不用一次又一次地做出同样艰难的决定了。但不知何故，她似乎可以在离别到来之前不去想离别的事，而到了真正的离别之时却眼泪汪汪，令他很难受。这很不公平，他觉得她应该像他一样，把离别的痛苦一点点地积累在心里。这样，到了离别的时刻，她就不会那么痛苦了。实际上，他痛苦的时候，她想过得开心点，而当他坚强地面对离别时,她却崩溃了。

然而,他们面前却有一场可怕的离别在向他们招手,连他自己也无法冷静对待,那就是服兵役。到时候,事情不但不会好转,反而会变得更糟。要等到什么时候?噢!他们到什么时候才能结婚?他自己都无法留有结余,更不用说靠学徒的工资养活妻子了,而军队给的甚至更少。他俩下定决心要一点点地积累——家里没有带家具的卧室,孩子出生,他们再腾空。布丽姬特想要一个家,他也一样。除了钱以外,他也不愿在服役期间结婚。不需要太多想象也能预见需要一次又一次离别的生活是怎样的。如果说现在对布丽姬特说晚安再见是件痛苦的事,至少第二天他就能见到她;那么分开后,一个星期、一个月、一年都见不到对方的感觉是什么样的?有个叫比尔·贝克的人,曾在他隔壁的车间工作,在出发去参军之际结了婚。在写给车间里男孩们的信中,他提到了香港的妓院("这是一个超级棒的妓院",他在最后一封信里说道),而他的妻子据说每晚都是贝迪池舞厅里最容易搭讪的女人。

布丽姬特永远都不会成为一个容易搭讪的女人,但莱恩却可以理解一个距离妻子十万八千里远的家伙去妓院。他不敢保证自己不会如此。尽管他洁身自好,生命里还从未有过女孩,但如果你不责怪那个家伙,你能责怪那个女孩吗?这不是他们的错。要怪就怪那些把男人送走的人。他们有什么权利?有什么权利?

莱恩感到心情烦躁,对这种不公平,他无能为力。这种心情倒是很快就会过去,可是他内心那种无限的疲倦和痛苦却挥之不去。他知道自己并不是真的在乎别人。他不在乎比尔·贝克会不会染上性病，也不在乎贝克的妻子是否最终会沦为贝迪池铁路桥附近一带最低贱的女人。让一切都见鬼去吧，只要他能和布丽姬特在一起。

有时莱恩真希望他们没有在如此青涩的年纪相遇。如果世界上有奇迹，可以抹去他对布丽姬特的记忆，让他五年后遇见布丽姬特并再次爱上她，他是愿意接受这种奇迹的。

* * *

观众开始离场，顾客慢慢少了。对多琳来说，晚上的工作也差不多结束了。她真的是脚也疼，膝盖也疼。不过，想到早晨在杂志上读到的文章《优雅的你》，她努力地直了直身子，站在离电影院后墙一英尺的地方，将体重均匀地分布于两脚之间。别的姑娘们则歪七扭八地站在中间的出口处，靠在墙上窃窃私语。偶尔，她会听到那边传来粗俗的笑声，这是早就预料到的。上个星期她休息了一天，所以现在每当伯克利先生和她说话，她们都会对她冷嘲热讽。算了，就让她们说去吧，一群嚼舌妇。她们嫉妒她，可是她们当中的大多数都是已婚妇女，知道自己没有机会了。这并不是说伯克利先生做了什么，或说了什么……他是好人，虽然有点老了，但人还算不错。

观众们慢慢起身离开，一排排的人逐渐稀少起来，就连笑声也是稀稀疏疏的，时不时地传来座位掀起时发出的沉闷咔嗒声。有一半的人会抬起脚，紧紧把大衣抱在膝盖上，先让别人跌跌撞撞地走上过道，然后顺着斜坡慢慢向出口走。他们不时地停下来，转头看向身后,像是在查看是否遗忘了什么东西似的。走到电影院后头,他们会逗留一会儿,穿上外套,最后恋恋不舍地瞥几眼银幕。愚蠢的傻瓜。这么留恋,为什么不待在座位上呢?

电影里的公寓是那么漂亮!安布尔也那么幸运,找到了那样一份工作。你可以想象一下自己拥有那样的浴室、充足的热水以及一整套淋浴设备的样子。一切都那么温暖,那么干净,那么洁白。

* * *

帕特里克十分讨厌这部电影。他焦急地等着电影再次放映真正有趣的片段,可是真正有趣的片段太少了。大人们似乎觉得电影很有意思,可他就是看不出电影有什么有趣的地方。

坐在帕特里克旁边的人站起来,挤了出去。接着,坐在后面隔着几排的一个人往前靠过来,坐在了他身旁。可惜帕特丽夏早早就生气地走了;如果她现在劝他走,他肯定会走。然而,现在他们吵架了,他还不能走。

帕特里克突然感到一只手放到了他的腿上,这种意想不到的触碰使他浑身充满了恐惧。发自内心的声音犹如受惊的信使一般,无助地奔跑于腿和脑之间。"有人摸我!""有人摸我吗?""是的,有人摸我了。"一定是那个走过来坐在他旁边的人。他的心怦怦直跳。那人一定是个扒手。他要怎么做?喊救命吗?那人一定会杀了他,或者拒不承认,硬说自己什么都没做。那人还没有做什么——也许那人也不知道自己的手放到了他的腿上。帕特里克心想,如果他根本就不知道自己的手放到了自己的腿上，结果会有多难堪。可是，他心里清楚，那人肯定是故意的。他不敢扭头看，必须装傻。这样做对他而言极为重要。于是，他假装看到了电影中的笑话而大笑起来。恐怖的是，他旁边那人竟然也大笑起来，身体没有动，只是把手放在那里。上帝啊，请帮助我。这一定是在惩罚他跟帕特丽夏反着干。求你了，上帝，以后你让我做什么我都愿意。

帕特里克费了九牛二虎之力站起身，逃也似的离开了电影院。

＊　＊　＊

"你看起来很累，希金斯小姐。"

"周六晚上总是有些忙，伯克利先生。"多琳回答着，尽量不去理会聚集在出口处的人所投来的好奇目光。

"那你明早可以睡个好觉了，"伯克利先生对多琳说，"不如你现在就走吧。"

"谢谢您，先生！不过今晚轮到我值班，我得看着客人们离开才能下班。"她可不想激怒其他女孩。

"你不用管了，希金斯小姐，我会看着的。你回家吧。"

多琳走了，当然也没有人敢去招惹伯克利先生。

伯克利先生为自己的宽宏大量而沾沾自喜。一点特殊的照顾对希金斯小姐来说也是应该的。她对待自己的工作非常认真，而且身材也比较瘦小……

伯克利先生向站在中间出口处的一群女引座员走去。看到他来,所有人都突然变得郁郁寡欢,沉默少语。

"伯特伦太太,我之前曾要求过你不要在束腰外套里面穿毛线衫吧?"

"我总想穿毛线衫,我怕冷。"

"我不明白,这么暖和的地方还有必要穿毛线衫吗?我必须强调,你得和其他女士一样穿女式衬衫。现在请所有人到出口处把窗帘拉开。"

伯克利先生一走,咕咕哝哝的咒骂声便从身后传来。他斜靠在正厅前排的最后一排座位上,郁闷地望着电影院散场的情景。在他下面,情侣们正紧紧地拥抱在一起,扭动着身体。他们究竟为什么大费周折地来电影院呢?这些座位并不适合谈情说爱。或许,他们没别的地方可去吧。对一半顾客来说,电影院是一种低调的妓院;而对另外一半来说,电影院则是一种供人娱乐的冰激凌店。

和其他影片一样,片尾出现了一个惯例式的场景,一个在日常生活中不太可能出现的幸福场景。一看到电影即将结束,观众们便开始疯狂地蜂拥离开。灯亮起后不过三分钟时间,门口便只剩下零零散散几个人了,当然还包括那个丢了围巾、趴在座位下找来找去的女人。

* * *

人群被急于回家的服务员像牲口一样催赶着,哈欠连天。马克和克莱尔混在其中,慢慢地往外走着。忽然间,马克感觉压抑得难以呼吸,仿佛被数吨棉绒一样的东西包围着。他努力地压制着想要挤出去的冲动,内心却渴望大喊着不管不顾地挤到户外去——这不仅仅是因为他有周期性发作的幽闭恐惧症,尽管这绝对跟他难以描述或诊断的幽闭恐惧症有关。拿回克莱尔的外套给她穿上后,马克便一直被周围挣扎前行的人群推撞着。他很想仰头号啕大哭。他觉得自己体内好像有个囚犯正在迫使他去和周围的人做同样的事情,和那些不说话、能容忍的野兽做同样的运动:从衣帽寄存处拿回外套,排队上公交车,在座位上扭来扭去,从裤子口袋里掏出零钱,买两张去令伍特路的票——还不得不说"请来两张去令伍特路的票"。然而,一想到要说这句话,他就忽然觉得无法忍受这些事情。

他们幸运地挤出电影院,走到寒冷的人行道上。"我们走走如何?"他问克莱尔。

"这段路很长吧,马克?"

"看那边排队的人。"马克边说边吃力地朝公交车站的方向点头,仿佛字字都黏在他嘴里一般。

"那好吧,如果你真想走走。"

他双手紧紧地插在大衣口袋里,快步走起来。克莱尔紧跟在他身后。偶尔他会停下来,不耐烦地等她赶上来。就这样他们一言不发地走过了沉闷寒冷的街道。克莱尔穿着短夹克和薄衬衣,冷得瑟瑟发抖,一团雾卡到喉咙里,令她咳嗽起来,同时也让她不由地感到困惑、难过,甚至有点儿害怕。

他们离开主道,开始往高丘上爬。马克的脚步变得缓慢沉重,一到山顶便瘫坐到一个不显眼的木凳上,上面刻着"旅客休息处"。

"过来坐。"马克说。

望着湿漉漉、脏兮兮的座位,克莱尔心里感到一丝不快,一丝犹豫。坐在伦敦大街旁阴冷潮湿的黑暗环境里真的有些奇怪。马克郁闷地盯着眼前的一切,抬头看着克莱尔,眼睛里闪烁着光芒,好像在看什么有趣的东西似的。

"对不起,"他疲倦地笑着说,"坐这里吧。"

他把手帕铺在长凳上,让克莱尔坐下来。

"不好意思,让你看到我这个样子。"马克一边拿香烟,一边向她道歉。可是,她不喜欢马克在他俩单独相处的时候抽烟。不知何故,她感到马克抽烟就意味着不想被人碰,也不想碰她,这会让她陷入困境。她不自在地笔直坐着,以防背部沾到湿漉漉、脏兮兮的木头。

他们坐的木凳位于一个十字路口。远远望去,高丘上就像一个刻了十字的热腾腾的面包。高丘环绕着伦敦,是最高的山丘之一。从这里,你可以直接俯瞰伦敦平原。如果天气晴朗,你可以看到整座城市,北面可以看到伦敦北郊的海格特公墓,近处可以看到一片雾蒙蒙、闪着微光的高楼大厦。泰晤士河两岸到处点缀着伸着长臂的起吊机或是诸如圣保罗大教堂那样的伟大建筑。

克莱尔对这些地标很熟悉:弟弟妹妹还小的时候,她常常把婴儿车推到山顶——往事忽然闯入她的脑海——坐在相同的座位上往下看。一到晚上,山下便成了灯的海洋,宛如一只大手洒下无数颗熠熠生辉的星星。可是今晚,浓雾飘浮在河面上,慢慢地爬上了低处的街道，笼罩了这里的风景，但克莱尔还是可以想象得出这般景象。雾中，喇叭发出的悲哀低沉的鸣笛声，郊区火车发出的孤独低沉的咔嗒咔嗒声，源源不断地传入她的耳中，似乎是专为她此刻的心情而发出的。

"那为什么……"克莱尔欲言又止地问。

"什么为什么？"

"你为什么会这样，马克？"

"我也不知道，就是忽然有了这样的情绪。我现在烦躁得要命。"

"你的另一部小说是不是被退回来了？"

"你猜对了。"

"我很抱歉，马克。太遗憾了。我觉得你的小说非常好。我知道……"

"看在上帝的分上，请别这么说。"

片刻沉默之后，马克听到她松了一口气。

"哦，上帝。对不起，克莱尔。你看，我不是故意这么无礼的。给你我的手帕。哦不对，你正坐在手帕上面。"他伸出一只胳膊搂住克莱尔，克莱尔对他回以微笑。

"没关系，是我太笨了。"

"不，不是你笨。你看，事情是这样的：我认为我的小说不错，你也认为我的小说很好，而且我所有的朋友也都认为小说很好。可是小说好完全不是重点。因为在几英里以外的办公室里，有个人不觉得我的小说好。他没从亚当那里了解我。他对我的小说是否感兴趣完全取决于读者是否喜欢读我的小说。或许他有些卑鄙无情、唯利是图，还有些文采拙劣，但我必须承认，他是我们这些人中最没有偏见的那一个。这一点正是我痛苦的地方。我觉得难以面对现实。我有野心，有抱负，却没有天赋。"

接下来又是长久的沉默。克莱尔拼命地寻找可以安慰他的话，希望能帮助他缓解当下的情绪。

"马克……要是你有信仰就好了……"她喃喃地说。

"信仰什么？"

"哦，什么都行，信你自己，信上帝。"

"我不相信自己，而且恐怕上帝也帮不了我，我的问题不是宗教。我解释给你听吧。你看，那是伦敦，伦敦以外还有整个世界。因为有雾，我看不见它。但即使雾散了，我也不知道这一切意味着什么。眺望整座城市给我一种不舒服的感觉，因为人生的复杂性令我震惊。我会觉得头晕目眩，就像你从书上读到一颗恒星距离地球九千万光年时，心里所产生的那种无助的感觉。我的大脑里浮现出成千上万英里管道里涌动的污水，从地铁隧道里飞驰而过的挤满人的火车，路上川流不息的行人——他们长相各异，没有哪两个人是完全一样的，而且每个人都有他痴迷的东西、失望的感觉、独特的价值观以及夹在腋下、迎合个人口味的杂志——有的关于火车引擎，有的关于饲养蜜蜂。这让我产生了一种想把他们收集起来的欲望，就像收割庄稼一样；或者叫住一个人，了解他，认同他，然后把这种行动传给下一个人——但是没有那么多时间，人太多了，很快你就会被淹没在人海中。"

马克停顿了片刻，思考着这些东西。克莱尔坐着，一动不动。

"让我感到难过的是，生活中有那么多东西会从你身边悄然溜走，然而，可以触动你、让你去回忆的东西却不多。艺术？它就像用套管保存的瀑布。"

"听我解释。现在我和你谈话的这段时间，也许在老肯特路上，五十三路公交车的售票员正在检票；在伯蒙德赛，一个喝醉的码头工人正悄悄地爬上女儿的床；在布宜诺斯艾利斯，一个乞丐正在吐痰；在匹兹堡，有人把一枚五分镍币投入投币式自动点唱机里；在中国的一个村子里，人们正在把一个神父钉在教堂的门上；在巴黎的一个地下室里，人们正盯着一个赤裸的舞女；在伯明翰的一家医院里，一位老人死在了手术台上；在德国，一个士兵在打着寒战站岗；在某个不知名的地方，有个男孩尿湿了床，有个女人在因分娩而尖叫，有个运动员撕裂了肌肉，有个男人用铅笔在墙上画着淫秽的画，有个诗人在苦思冥想；在卡尔特寺院，有个和尚在念经；在新德里，一个没有腿的男人正在沿着排水沟拖着躯体前行；在巴格达，一个阿拉伯人正在挠肚子……我们没人了解或关心他人，对每个人来说，最重要的是个人的生存。整个世界都处于可怕的冷漠和自私之中——如果不是这样，我想我们都会疯掉。但作为一名作家，我痛苦地意识到生活的这种无限性。我觉得必须尝试去处理这种多样性。如果生活像一部电影，你可以随时让它暂停或放慢节奏，那么你或许可以研究它，找到一种生活模式，一种生活意义，但是你不能。即使我把生活写下来，个人经历的宝贵的原子也已经消失得无影无踪，变成了其他东西。而且，我也没有时间去描写那些数不清的经历。"

马克突然停下来，看着克莱尔，大笑起来。

"你是不是觉得我疯了？"

"没有，马克。"

"我们回家吧。"

"好的。"

* * *

他俩依依不舍地朝那个他们讨厌的拐角处走去。到了那里，他们就得互道晚安，彼此分开了。莱恩抽离了自己的胳膊，看了看手表，还有三分钟。

"你要不要再看一遍，莱恩？"

"对不起。"他既沮丧又生气地边说边把手插进上衣口袋里。

"莱恩，不要。"

"不要什么？"

布丽姬特没有说话，而是痛苦地仰头望着他。在路灯的照射下，她的样子看起来那么忧伤。

"哦，莱恩，为什么每天晚上都要像这样结束？"

"这是我的错吗？"

"当然不是！这不是哪一个人的错。但是……为此生气又有什么用呢？"

"我没生气，你才是那个生气的人。"

"那是因为你……好像生气了。"

他明白布丽姬特其实只是想表现得顺从、勇敢而已，但自己却伤害了她。不知何故，他就是忍不住，因为他想和她一起回家，想和她一直在一起，想抱着她入睡。其他的一切，他都不在乎。

"我不想让你一个人回家。我担心你。这一带不安全。"

"我知道你是为我好，莱恩。"布丽姬特温柔地说，"不过，在你必须走之前，先对我好一点儿，可以吗？"

"我的公交车来了。"莱恩边说边回头看。

忽然，他把布丽姬特拉进怀里，吻了一下她的唇，只不过这一吻并没有快乐可言。

"晚安，布丽姬特。我爱你。"

"我也爱你，莱恩。"她用几乎听不见的声音道了一句。莱恩已经跑开去追公交车了。布丽姬特望着他，直到他宽大沉重的身躯"砰"一声踏在踏板上，登上公交车的台阶。莱恩没有回头，而她却一直注视着公交车，直到它消失在拐角处。

发现街对面的商店门口有人正在盯着自己看，布丽姬特转过身，快速地朝山上家的方向走去。离开主路，灯光更暗了，灯与灯之间的距离也变得更远了，她需要快速穿过一片昏暗的海洋。每次到达一个光明的岛屿，看到每根灯柱喉部的一圈雾，她都会感到欣喜。走出阴湿、无人打理的花园，便是高耸在她头顶的高大荒凉的房屋。在这条街上，为什么亮灯的窗子总是那么少？突然，一个黑人从小巷里走出来，吓得她倒吸了一口冷气。只要黑人出现，一般不会有什么好事。不过今天很反常，那个黑人继续向前走开了，但她还是情不自禁地害怕。她不喜欢黑人，于是加紧了脚步，高跟鞋的钢制鞋跟磕在铺路的薄石板上，发出孤单的声音。

有人在身后踢了一块鹅卵石，她不安地回头看了看。是一个年轻人。他在跟踪她吗？当然不是。他为什么要这么做？不过他看上去好像是那个在街角看她的人。难道你就不能在大街上多停留一会儿，别让我瞎想这些乱七八糟的东西吗？

她突然转入迪安街黑暗的小胡同，同时又不经意地瞥了一眼身后。是的，是他，他正跟着她过马路。她想加快脚步，几乎要跑起来，却被一块突出的铺路石绊倒了。她十分恼怒，恐惧得几乎要大哭起来，不过还是努力地保持着冷静，蹒跚着向前走。要是那天晚上她穿平底鞋就好了。谢天谢地，现在离家已经不远了。

从长长的迪安街两侧光秃秃的砖墙里走出来，布丽姬特抄了近路，穿过炸弹爆炸后的废墟（在两条危险的路中，她选择了危险稍小的那条），跌跌撞撞地走过巴恩街新铺好的砾石路，最后又差点从四十六号台阶上摔下来。她在包里摸索了几秒钟，却没有找到钥匙。忽然，她想起钥匙在大衣口袋里。她走进屋子，没有开灯，而是蹑手蹑脚地走到窗前向外望去。一个穿着深色雨衣、脸色苍白的年轻人无精打采地走了过去，并没有朝她家房子这边看上一眼，也许是她虚惊一场吧。尽管如此，她还是庆幸自己已经回到了家中。她转身回房，却感觉整间屋子阴森森的：老式家具轮廓黑暗，天花板上的石膏浮雕沉重不堪，看上去摇摇欲坠，在外面路灯微光的照射下若隐若现。她打开灯，拉上窗帘，点燃煤气炉，给自己做了一杯热可可，开始哼起歌来："爱是何等美妙。"声音很小，因为她不想打扰老修女波茨。接着,她一边慢慢地啜着热可可,一边把热水袋放到床上,让床和睡衣暖和一些。最后,像往常一样,她跪下来祷告:三遍《万福玛利亚》,一遍《天父》,一遍《痛悔经》。不祷告她就睡不着觉——这是家里的修女们教给她的唯一东西,到现在她还记忆犹新。幸好格丽泽达修女不知道自己已经不去做弥撒了。即使隔着这么远的距离,想到格丽泽达修女生气的样子,她还是觉得害怕。

拉开被子,她在热水袋暖热的地方坐下,小心翼翼地用脚把热水袋蹬到被窝深处,然后关上灯,舒服地躺下,把毯子拉过头顶。

半梦半醒间,她回忆起刚才看过的电影。真可惜,莱恩·盖斯特已经结婚了,安布尔比他妻子漂亮多了,要是他们能结婚就好了。她开始根据自己的喜好改编电影,用莱恩替代莱恩·盖斯特——真有意思,他们的名字是一样的——她自己则替代安布尔。当然,如果莱恩·盖斯特还没结婚的话,就没那么多故事了,不过也没什么大不了的故事。布丽姬特开始在脑海中幻想亲吻的情景,幻想着莱恩对她说过的一些美好的东西。她穿着漂亮的衣服,住在他们漂亮的公寓里,和莱恩一起躺在大沙发上,还有带着各种厨具的厨房。哦,我要为你发疯了。哦,亲爱的……

布丽姬特睡着了。

* * *

哈利双手深深地插在黑色雨衣的口袋里,慢慢地走在黑暗荒凉的街道上。他的绉胶鞋底不时地在泥泞的路面上打着滑,所以那个鬈发的小骚货把他甩开了。她肯定认为自己很聪明吧,总有一天要让她知道自己到底有多聪明。每个人都有自己的个性,这是好事,他就是个例子。如果有人跟他过不去,他会很生气,尤其是女人。他不习惯女人跟他对着干,他不喜欢。

门口传来一阵咯咯的笑声把他吓了一跳,原来是有人在修补东西。卑鄙的混蛋,哈利吐了一口唾沫,却惊得一只猫突然蹿出来,又快速地溜走。哈利吓得一愣,继而又向前走去。

在三岔路口,哈利停下来。他走到咖啡摊前,要了一杯热苦啤和一块猪肉馅饼。咖啡摊发出明亮的光芒,传出人们聊天的声音,给人一种温暖的感觉。哈利在咖啡摊的最外边找了一个空位,闷闷不乐地吃着、喝着,用冰冷的目光看着其他顾客,仿佛在质疑他们嘈杂的欢乐声。

"如果能陪陪我,那就太好了。"顾客中的一个人说。"就像我们这里的一束阳光。"他继续说道,意指哈利。听到他们愚蠢而该死的笑声,哈利的内心难受至极。他一口气喝下咖啡,大步离开,沿着铺满鹅卵石的山路朝家的方向走去。路旁的河上,船只呻吟着,抱怨着大雾。到了家门口,一不小心踩在了狗屎上,他咒骂了一声,轻轻把钥匙插进锁孔,打开门,迎面袭来腐烂的肥肉味。大厅的灯已经坏了,他静静地摸索着走上楼。一个厚重的声音从母亲的房间里传出来,他却没能听出是谁。这时,门突然开了,一个穿着黄色长内裤的胖子跟跟跄跄地趴到楼梯的栏杆上。

"尿尿的地方在哪里?"他问。

哈利顺着楼梯的方向指去，厌恶地撇撇嘴，走进自己的房间。他打开灯，粗制的灯泡发出刺眼的光，照亮了满屋的脏乱。哈利小心地将衣服挂在衣架上，踢开地上的鞋子，扑倒在那张乱糟糟、没有收拾过的床上，然后从地板上捡起一支吸了一半的烟头点燃，看着烟慢慢地从眼前飘过。上帝啊，这过的是什么日子！

不论如何，他必须想方设法去美国。那是一个可以让男人功成名就的地方。你会赚很多钱，拥有汽车，西装革履，还能得到像安布尔那样的女人。她可以称得上很有品位了。他也会有品位的——很高的品位，更会拥有一套自己的公寓，像电影里的那样，带吧台和冰箱。他还会拥有一辆黑色的凯迪拉克，一辆漂亮的黄色敞篷车，可以带女人去海滩。此外，他还有一帮强悍、冷酷的手下，听从他的每个命令，残忍地消灭一切敌人。

突然，嘴唇被灼痛了。他咒骂了一声，把烟头从嘴里扯出来，狠狠地扔到地上。他脱下湿乎乎、臭烘烘的袜子，又脱下衬衣，然后哆哆嗦嗦地关掉了门旁的灯，最后摸索着回到床上，给自己裹上一条毯子。躺在床上，想象着跨坐在安布尔·勒什裸露的大腿上的情景，他兴奋地哼起来。

* * *

马洛里先生拽开领带，粗鲁地扯下毛衫，扔在椅背上。他很高兴，他们夫妻俩在火车站前停下喝了一杯。虽然喝烈酒是放纵自我，可那又如何？只要能让人感到快乐，那就是值得的。现在，甚至连贝特[①]也温柔了许多,而且喝过酒的她看起来更年轻。一开始,贝特还推脱说自己不喜欢杜松子酒。最后,在别人的劝说下,她像喝药一样把酒灌下肚,但酒带走了她身上的刻板——她松开了紧身衣的带子。现在,那些粉红色的紧身内衣正筋疲力尽地躺在椅子上休息,而妻子已经换上了睡衣,外面还套了一件睡袍,正端坐在梳妆台前面梳头。他没解鞋带,生生地把一只鞋拽下来,单脚站在那里,摆出鹳一般的姿势。在脱另一只鞋的时候,他被妻子美丽的头发吸引住了,于是有感而发。

"贝特,你的头发真漂亮。"他称赞道。听到丈夫的夸赞,贝特开始更加爱惜地梳起自己的头发。

"我承认,看一个女人散下头发是年轻人喜欢的感觉。可我娶你的时候,为什么你第一次散下头发比第一次脱下内裤更加让我激动呢?"

"汤姆!"妻子斥责着,声音里却不带丝毫锋芒,甚至没有责备他把裤子脱到地上,高兴地从裤腿里走出来,连把裤子挂起来都懒得挂。他感到有些吃惊,下体竟涌起了冲动。这是怎么了?是因为酒精还是安布尔?他走到梳妆台前,用胳膊搂住了妻子硕大的身躯。她假装恼怒地停下了梳头的手,而他则对着镜子里的他俩咧嘴笑了笑。

"其实,你也可以上电影的。"

"哦,是吗?"她讽刺地问道,"上大银幕吗?"

---

①贝蒂的昵称。

"老实说,不行。我指的是电影明星所推崇的时尚——丰满而有曲线。现在都在推崇大胸。"

"别那么俗,汤姆。"妻子高兴地说。

"哎,这个肿块是什么?"

"哦,没什么。"

"你确定?"

"确定,它已经长了很多年了。没事。"

马洛里先生的欲火在不停地摇摆。他像一个被绳子捆紧的人一样,摇摆不定,感觉信心满满的自我在逐渐消失,被焦虑的自我占了上风。

"你应该去看医生。"他犹犹豫豫地向妻子建议。

"别跟我提医生。我告诉你,医生不管用。很多事实不都证明了吗?"

被绳子捆紧的马洛里先生冲上前去。

"你用不着担心,"他说着亲昵地捏了捏女人坐在漂亮梳妆凳上的屁股,"你的身材依然很好。和你一比,那个安布尔·勒什就是一袋骨头。"

"别再说了,汤姆!"

"那个莱恩·盖斯特,或许我可以教他一二。"他把妻子从座位上拉起来,而她则在他怀里笑着,半推半就地用胳膊轻轻地推着他。

"来吧,让我们尝试一下张开嘴的吻,湿吻和热吻。"

几秒后,妻子的口水流出来。

"哦,汤姆,你这个混蛋。我们都多大年纪了。"

他敏捷地伸手关上灯。

"我们正处于最美妙的年龄。"他说。

十五分钟后,妻子问:

"汤姆,孩子们都回家了吗?"

"什么孩子,我们没有孩子。我们今天下午才结婚,记得吗?"

贝特咯咯地笑起来。

"你是个大笨蛋,汤姆。"

* * *

对达米安来说,这是一个特别难熬的夜晚。参加会议的人很少,就连教区牧师也缺席了,而助理牧师说的话又没有同等的威望和权威。更糟糕的是,回来的时候,他抱怨浴室里到处都被希金斯夫人晾满了女儿的内衣,并因此令人遗憾地和希金斯夫人发生了口角。他之所以抱怨,不是因为不便,而是因为无礼,但希金斯夫人却不明白他的意思。为什么?在家里的时候,他的母亲和他的姐妹们从不在他面前洗这类衣服。后来,那个小丫头突然跑进来,看样子是觉得他的抱怨十分可笑。达米安怒气冲冲地大步走出房间,只留下无礼地咯咯笑个不停的母女俩。现在,他一想起这件事就脸红,感觉住在这所房子里很不自在,后悔当初没有坚持住在安德伍德隔壁的房间。马洛里太太说她不愿他离开希金斯夫人家,因为希金斯夫人是个寡妇,手头拮据。但是,他的姨妈心肠太软了,希金斯夫人似乎并不缺钱,至少她把女儿宠坏了。在买衣服和类似的奢侈品上,她女儿一定花了很多钱。这真是一个最糟心的夜晚,而现在又多了这么一重烦恼。

达米安慢慢地、准确无误地交叉双腿,从跪着的状态站起身,"啪"一声合上了祈祷书。尽管在现代世俗社会的喧嚣中很难找到所需的时间和安宁,但他依然喜欢每天祷告。可是今晚,听到外面街道上克莱尔和安德伍德叽叽咕咕的说话声,他无论如何也无法静下心来。于是,他蹑手蹑脚地走到窗前,眯着眼睛偷看隔壁台阶上发生的一切。克莱尔和安德伍德正站在街灯淡蓝色的灯光下,朝他的方向茫然地回头望着。他俩一定到走廊里了。为什么?他们为什么站在那儿说话呢?真是一点儿也不顾及别人。难道他俩不知道上面有窗户,有人可能在祷告吗?克莱尔也应该多想想自己的名誉呀!为什么呢?他们难道不应该在舞厅后面的暗处谈恋爱吗?他竖着耳朵听下面的谈话,但什么也听不清。也许他应该把窗户开大一点……

"我们该进去了。"克莱尔小声对马克说道。

"冷吗?"

"不冷。但现在有点晚了,屋里能听到我们的谈话。"

"你在发抖。我真不该让你走着回家,你穿太少了。"

"不是的,老实说,我还好。"她嘴里虽然这样说,身体却投入了他的怀里。

"好点了吗?"

"好多了。但我们真的该进去了。妈妈会担心的。"

她半推半就地享受着此刻的宁静与幸福——她觉得这是一种令彼此精疲力竭的和谐,只存在于共同经历过某种考验或冒险的两个人之间,而且只有在这种考验或冒险的过程中,两人才能达成一种特殊的默契。爱情,也许这就是爱情。它用一种古怪的方式给予人们奖励。快乐和理解的到来从来不是在你想要的时刻——回家时,或者在一个特殊的场合——它们会出现在山顶上一个潮湿、肮脏的座位上,或是寒风冷冽的门廊上的晚安拥抱中。

马克的手伸进了克莱尔的外套,宽大的手掌轻轻地爱抚着她的后背,慢慢地抚去了她的寒冷、僵硬和矜持。他那游走在她脊椎骨上的手指令她快乐地扭动起身体,而他自然而然地推着她的身体向自己靠近。克莱尔闭上双眼,任由他的手指像抚弄某种乐器的弦一样抚摸她后背上的每一块骨头和肌肉。在他灵敏的双手的爱抚下,她的身体突然变得格外兴奋。马克开始吻她,亲她的喉部和下巴以下的部位,这令她开始有了释放自我的渴望,渴望被他压在身下。可是,她所有的渴望最后都化成一种呻吟以及对他名字的呼唤。马克的另一只手也开始从她身体的一侧慢慢地往上爬,最后握住了她的乳房,令她身体开始颤抖。就在这时,他们头顶上的那扇窗户吱嘎一声打开了,克莱尔急忙说了句"别,马克!",然后从马克怀里挣脱出来,摸索着拉开了门闩,走进屋里,登上楼梯,慢慢地羞红了脸。

达米安确信自己听到了克莱尔说的"别,马克!"。他把脚踝处的睡衣拉锁拉上,然后小心翼翼地躺到床上,以防睡衣往上跑。安德伍德过去是做什么的?毫无疑问,他有些老练。嗯,也许这会让她看清安德伍德是个什么样的人。总有一天克莱尔会发现他是对的:安德伍德不是好人,看他的样子就能知道。他笑得那么狡猾,房间里还有那些大逆不道的书。那种人只想从一个天真的少女那里得到一样东西。像克莱尔这样信奉天主教的好姑娘,他不会允许马克毁了她——他会对这件事负责的。克莱尔是有点愚蠢,还有点忘恩负义,但他不会因此而放弃她。她对安德伍德所抱的幻想很快就会被打破。如果将来克莱尔因羞愧和愤怒而哭泣,他会走到她身边安慰她。"别管我,别管我!"她会说,"请你走吧!我好惭愧!你对我那么好,我却那样对你。你为什么要对我这么好?"

"我会忘记过去所有的不愉快,亲爱的克莱尔,"他会对克莱尔说,"只要你愿意嫁给我。"

"你要……娶我吗?"克莱尔睁大眼睛,惊叫道,"可是为什么?什么时候?……我配不上你。"说完,克莱尔低下头。

达米安的想象迅速延伸到新婚之夜,同时也延伸到近来一直令他愉快的想法上。克莱尔打扮得漂漂亮亮的,害羞地脱起衣服来。鉴于克莱尔的羞怯,他离开了房间,而她则感激地笑了笑。他回来时,她已经穿上了柔软的白色睡衣,红褐色的长发轻轻地搭在肩上。为了取悦他,克莱尔走到他身边,热情地回应他的拥抱。可是,他却抱住她,让她平静下来。

"克莱尔,大多数结了婚的人在婚礼当晚都沉浸在男欢女爱中,完全忘记了上帝。亲爱的,你我都忠于上帝,所以我建议今天晚上我们一起守望,一起祈祷。"

很快,惊讶、钦佩和喜悦相继涌现在克莱尔的脸上。

"达米安,你真是出类拔萃,而我却是那么微不足道。"

他发现自己在瞌睡打盹,于是快速地念了《痛悔经》,又匆匆地翻阅了他信仰的图画书《最后四件事》:死亡、审判、地狱和天堂。洗涤了整晚的灵魂之后,他安然入睡了。

* * *

位于房顶的粉色卧室是多琳的私密空间。在这里,她愉快地打开了装着新内裤的包裹。早上,她便收到了这个从劳里·兰斯顿影迷俱乐部寄来的包裹。《爱是何等美妙》是劳里最伟大的唱片,一直深受帕雷迪姆影迷的欢迎,而这些内裤上印了劳里的指纹。她咯咯地笑着,不知道如果那个房客在浴室看到这些内裤会怎么想。他人很古怪,从来不出差错,一想到他,她就浑身起鸡皮疙瘩。唉,真受不了他,没有幽默感,还丑陋到能把女孩们吓跑。

多琳的房间里贴满了电影明星的照片。在照片上电影明星的注视下,她大胆地脱下衣服,穿上内裤,打开衣橱。长长的镜子里映出了她完美的身材。她转身,回头望着镜子里的自己。劳里·兰斯顿的每一个手印都如多情的骷髅的指骨一般轻轻地扣住她翘起的臀部。多琳用双手捂着劳里的手印,一边不由自主地摸着自己的屁股,一边哼唱:

爱是何等美妙，

爱是四月玫瑰，

仅滋生成长于

最美丽的早春。

忽然，多琳感觉疲倦再一次席卷了她的双腿，于是她穿上黑色的透明睡衣和白色的保暖袜，钻进了暖和的被窝。关了床头灯，她舒舒服服地伸展四肢，把热水袋放在双膝下。疲劳快速从她的双腿释放出来，很快她便睡着了。梦里，她看见一所美国女子大学里的内裤雷达探测系统——她在报纸上读到过这些。一群面带笑容、肌肉发达、胸前戴着字母的大学男生闯进了兴奋尖叫的女生的宿舍。奇怪的是，伯克利先生竟然大步向她走来，眼睛里还闪烁着痞痞的光芒。她挥着胸衣，挑逗他过来追……

* * *

马克推开自己的房门，打开灯，疲惫地走进房间，扑倒在床上。他感觉克莱尔仍然是一个纯洁的女孩。一个女孩纯洁与否，你可以感觉得到。她们的身体可以像屠夫的图纸一样被绘制出来……对于纯洁的女孩，结婚前你只能触碰她们的某些部位。如果触摸到某个禁区——乳房、屁股或腰部，就会遭到拒绝。不过，他不会抱怨，因为这样的感觉很美好。克莱尔在一点一点让步，他不可以操之过急。

一定是在山顶上说的那些话削弱了她的防御能力。老实说，花言巧语真管用。现在，他对那些话还记忆犹新，把它们记下来也许会很有用。

他从床上下来，走向桌子。笔记本还打开着，他一眼就看到了上次写的东西：

如果你去掉 nostalgia① 中的 s，你就会得到 notalgia，意思是"背痛"。

这句话是他在感到孤独的时候写的，现在看来却很有意思。他的笔记就像每隔一段时间就发出的一支火箭。其实，这种记笔记的习惯非常伤人，除非你有大量、新鲜且出人意料的想法，否则，你只会认为你的作品是一些隐喻和格言的堆砌，加上一点草草的处理。或许他可以写一篇毫无价值的短篇小说，把那些一闪而过的文字游戏记录下来，然而他越看越觉得这些文字游戏没劲儿，于是他决定不把在山上说的那些话记在笔记本上。

他点了一支香烟，重新靠床坐下。真可笑，点香烟竟然这么令人安心。其实点香烟本身没什么，只是在这种静下心来的时刻，俯视点燃的烟头，再加上吐出第一口烟的快感，会让人感受到那种稍纵即逝的认同感：你是一个点香烟的人。一支香烟两便士而已，所以点烟这种看似奢侈的行为其实很划算。不管怎样，它能给人一种果断和积极的感觉：它是对命运的抗争，一种放荡不羁、肆无忌惮的抗争。

---

① Nostalgia，怀旧之情。

马克想知道其他人是否也像这样，总是不由自主地仔细观察自我，努力使自我感到震惊。这恰恰是成为（或试图成为）作家的代价。你要创造人物，就需要先从自己的人格上取下一根肋骨，然后用经验的尘埃围绕这根肋骨塑造一个人物。然而这一过程会让人痛苦，使人衰弱。这些人物胎死腹中是很平常的事，而这位老亚当①却变得越来越虚弱，越来越不能确信自己的身份。

马克左侧有一堵薄墙，墙的另一边便是盥洗室。盥洗室总是频繁地被人使用，就在刚刚还有人用过，从里面传来叮当的响声，接着又是汩汩的水流声。是谁在上厕所？那沉重的脚步声听起来很像是帕特里克。渐渐地，巨大的流水声变成了微弱的水滴声。他静静地听着，想知道多久才能安静下来。有那么一些时候，他好像很无聊，只好去做一些毫无意义的事情，比如数一数路上驶过的红色轿车的数量，或者算一算一片云穿过月亮的时间。现在的他就是如此。

不过，盥洗室好像又进来人了。在这所房子里，马桶座从来不会变冷。尽管如此，马克还是禁不住在想，这么晚了，怎么还有人上厕所。一定是克莱尔——是的，是她的拖鞋在啪嗒啪嗒地响。马桶座"吱嘎"响了一声，随后他听到她的裙子在沙沙作响。像做儿时的游戏一样，他仔细地倾听着，想象着每一个声音背后的动作。在美国，你可以买到一个女孩脱衣服的录音——这或许可以成为伦敦色情文学研究所一个不错的副业。

---

①根据《圣经》，上帝从亚当身上取下一段肋骨，创造了夏娃。

幸运的是，像克莱尔这样羞涩的女孩也得小便——这使她们不得不面对人的本性，否则她们会认为自己是实实在在的天使。不过，即使是天使或许也需要释放她们的琼浆玉液吧。两张卫生纸被撕下来，卫生纸卷筒发出咕噜的声音。片刻的宁静过后，盥洗室传来一阵嘶嘶的声音，接着是一声沉闷而洪亮的冲水声。真是一种奇妙的音乐呀！好像过去就有人这么说过。对，是乔伊斯的《尤利西斯》。不同的是，小说中提到的是夜壶。它发出的声音被描述为："叮咚—啊咚—唉咚—唉咚—噉咚—噉咚—嘿嘶"。真是妙极了！不同的还有音质：盥洗室传出的是单一低沉的调子，就像一个男低音。嗯，写一首颂歌不错，就叫《当听到他心爱之人的撒尿声》：

> 啊，奔流的小溪，
> 你给我烦恼的耳朵带来甜美的乐章；
> 我躺在难以入眠的睡椅上，
> 听着每一个声响，
> 我都给予它丰富的想象。

克莱尔正在演奏这种低沉的调子。对女人来说，这恰恰是一种精力充沛的魅力，如叶芝笔下精神饱满的爱慕尔。书中，凯尔特的女神们之间好像有一种比赛——看谁的尿液在雪地上冲出的洞最深。你可以想象她们蹲成一排的样子，周围还散发着热气。真该把这种比赛列为奥运会的比赛项目。冬季项目。

真的很奇怪，作家和知识分子好像都特别偏爱厕所，比如叶芝、乔伊斯、斯摩莱特①、斯威夫特、拉伯雷,以及马克自己。是的,马克偏爱厕所。可是,他是一个作家还是知识分子呢?为什么不简单地承认他喜欢用污言秽语呢——看他那振振有词的样子,其实是冠以文学的名义罢了。

那源源不断的水流声慢慢消逝了,马克听到了裙子发出的沙沙声、拉锁发出的吱吱声以及最后沉闷的冲水声。接着,克莱尔穿着宽松的拖鞋趿趿地走了出去。

D.H.劳伦斯曾说,真正的色情文学作家是混淆排泄物的流出和性的流出的作家,但他在本质上缺乏勇气,无法面对事实真相:排泄物的流出把人引向了生活的河道。具有讽刺意义的是,这正是吸引健康男人头脑的东西:

> 爱情把它的宅邸建在了
> 排泄之所。②

例如那个肉乎乎的楔形物,弥尔顿和劳伦斯一样胆小,把它称之为"那些神秘的部位",用公厕墙上写的四个字母的词来描述它才更为恰当:"克莱尔的——③"。

他突然坐起来,莫名其妙地浮躁。他很反感自己的这种想法,仿佛陷入了黄色影片,一遍又一遍地看着同一部电影。他心烦意

---

① 托比亚斯·斯摩莱特(1721—1771),18世纪英国作家。著有六部长篇小说、两部戏剧、数卷非虚构作品,还翻译过大量文学作品。
② 此处引自叶芝的《疯女珍妮与主教对话》一诗。
③ 原文中此处为保持文明,略去了上文中"四个字母的词"(cunt)。

乱,感觉自己迫切需要以某种方式来净化自己的心灵。

他笨拙地跪到地上,不是向任何人祈祷,而是自暴自弃,为自己赎罪。他念了一遍《万福玛利亚》,然后又开始念《天父》。当他念到"愿你的意旨被奉行"时,卡壳了。请赐予我们每日的食物吧!不,肯定有折中的东西。算了,别管了。求你饶恕我们的罪过,正如我们饶恕那些得罪我们的人一样。他在记忆的玩具箱里翻找着童年的记忆,寻找着过去那些支离破碎的祈祷词。万福玛利亚,仁慈的圣母,请保佑我们,生活甜蜜、充满希望!哦,温和、慈祥、敬爱的圣母玛利亚!哦,心灵神圣的耶稣,宽恕我们吧!哦,心灵神圣的耶稣,宽恕我们吧!

> 帮我做我该做之事,
> 对别人友好且仁慈;
> 让爱驻足每日工作,
> 让爱充满我的娱乐。

他忽然意识到自己一直在一遍又一遍地背诵这些幼稚的诗歌,于是又疲倦地站起身来,脱下衣服,穿上睡衣,向厕所走去。可是,厕所里有人。

* * *

门"吱嘎"响了一声,惊醒了帕特丽夏。克莱尔蹑手蹑脚地走进来，脱下外套，穿上夹趾拖鞋，朝厕所走去。平日里窗帘拉开时，克莱尔会借着街灯的光上床睡觉，所以不会扰醒帕特丽夏，因此，她上完厕所回来时并没有注意到帕特丽夏已经醒来，正禁不住诱惑地偷偷看她。克莱尔不紧不慢地脱下衣服，小心翼翼地叠好，挂到衣架上把衣服收好。这一方面暗示了她在女修道院的经历，另一方面也从侧面谴责了帕特丽夏的那种粗暴的脱衣方式。梳妆台的镜子模模糊糊地映出了蓝色的矩形窗口和克莱尔的身影。说真的，她的身材真是超级棒，要是穿一件得体的文胸就更好了，天晓得她在哪里找到了她穿的那些东西。其实，只要稍加打扮，克莱尔就会变成一个大美女。她本可以告诉克莱尔如何打扮，但她对克莱尔有些畏惧，不知道克莱尔将会怎么想——因为那样的打扮有点太过前卫了。马克喜欢克莱尔其实也不足为奇，你不会想到她对马克有多上心。她太天真了，你不能用常理去想她。你可能会认为，在过去的几个月里一直和克莱尔住在同一个房间里，她会对你无话不说。但奇怪的是，她对那些真正重要的事情，比如马克，再比如她离开修道院的原因，都保持沉默。其实，大部分家人也是如此，表面上他们彼此建立了深厚的友谊，但从未真正让自己融入这个家庭的圈子。比如妈妈，大家真的都很爱她，但她似乎对此很是怀疑，而且如果有人想要关心她，即使是爸爸，她也会说他不是真心的。马克似乎是唯一称赞她的人，但他也是用了半开玩笑的方式。最近，马克借给她的那本书相当怪异，如果女修道院院长看到她读这本书肯定会很担心。但这恰恰就是她喜欢马克的地方，因为马克把她当作成年人看待，认为她知道什么是对的，什么是错的，什么会伤害她，什么不会伤害她。毕竟你需要以某种方式获得经验，而一个天主教徒却无法获得实际经验，因此她需要书本的帮助。明天是星期天，到时候克莱尔会跪在地上祷告。她仿佛在强调自己还不够虔诚似的，经常在床上祷告，而且一祷告就是很长时间，至少会念完整部《玫瑰经》。也许，她应该多念叨几句"万福玛利亚充满恩惠……"

万福玛利亚充满恩惠……克莱尔忽然停下来，脑子里满是那些令她兴奋的事情，而像现在这样念顺口溜一般越来越快地重复祈祷词，真是毫无意义。马克可以把手放在那里吗？她喜欢马克这样，不是吗？挣脱离开之前，她喜欢马克这样吗？她挣脱离开是因为马克的做法不妥，还是因为开窗的声音？她应该生他的气吗？或者，她并非十分了解他——让事情发展成这样，她真的错了吗？这些问题一直在她的脑子里打转，令她头痛不已。明天要不要去参加圣餐仪式呢？算了，这也不是什么不可原谅的过错，因为没有人什么都懂，也不可能什么都和预想的一样。

自从八岁那年的圣诞节以来，她就从未想过自己可能会犯下不可原谅的过错。圣诞节第二天是星期天，她不想连续两天都去教堂，于是就假装生病。然而接下来的整整一个星期，她都处于恐惧当中，身体也不停地发抖，唯恐星期六去忏悔之前就死掉。值得一提的是，现在她并没有感到这种负罪感，有的只是一种萦绕在心头挥之不去的好奇心。这种好奇心一部分归因于她精神上的倦怠，一部分归因于马克对她的影响。不仅马克本人对她产生了影响，他借给她的那些书也对她产生了影响。他说，她应该学会接受生活和文学里出现的一些不道德的东西，而不是一味地求宽恕。可是，她发现这一点很难学。天主教一直教导她遵守并尊重一些道德原则，因此一旦书中的内容无意间违背了这些道德原则，她就会陷入怀疑和摇摆不定的旋涡中。最近，她惊讶地发现自己竟然怀疑天主教的道德准则，怀疑它是否只是一个冗长而复杂的游戏，而那些神学家们正是利用这种游戏满足了他们自己，牺牲了普通人的幸福。

经验法则的道德神学告诉她应该放弃马克的陪伴，但是马克不仅仅是一个害群之马，他还是一个没有信仰的不幸的孩子。此时放弃他就是一种懦弱的行为——一切值得尝试的东西都有风险不是吗？当然，她只是上帝恩典的媒介，尽管起不了太大作用，但她依然可能是马克得到救赎的最后机会，因为他似乎喜欢她，跟她说话能得到安慰。她已经说服他再去做弥撒了，明天他将跪在她的身边做弥撒。考虑到他来他们家里住的时间很短，所以这也算一个了不起的成就了。然而，前面还有很长的路要走。上帝必须做点什么来帮助我们。求求你，上帝，帮帮我们吧。做弥撒时，你可以在牧师高举圣体时出现在他面前。你以前就这样出现过。维罗妮卡修女曾给她们讲过许多这样的奇迹。马克值得这样的奇迹出现。至少，对她来说，他是值得的。

* * *

山上，圣公会教堂钟楼上的钟响了三下，发出一种极其单调的曲子。像往常一样,吉卜林神父的耳朵只听到了微弱的声音,他有点聋,而且几乎盲哑。像往常一样,他拜倒在教会的祭坛前。

"主啊,"他叹息道,"我是个罪人!"

这样的坦白着实令人震惊。唉,和其他堕落的人一样,他的确也是个罪人,但直到今天他才正式承认,而且忏悔也很简短,只是乏味地讲了几件微不足道的小错,比如一时来气对僧侣发火,对管家的烹调太过苛刻等。不过,现在他发现自己在这样的岁数还会陷入真正的罪恶之中,而且心甘情愿地屈从于肮脏思想的诱惑——几乎可以肯定,这是一种难以宽恕的罪过,一种他一向深恶痛绝的罪过,一种在忏悔时他严厉批评过的罪过。这真是太可怕了!想起自己像观看异教狂欢似的坐在座位上,使劲倾着身子去看那个不知羞耻的女人摆着淫荡的姿势、做着勾人的动作,他就觉得恶心。更糟糕的是,他不得不承认,当那个女人阴错阳差地走进那个男人的卧室时,他竟然发自内心地希望他们能够满足彼此的非法欲望;而当那个男人和妻子团聚时,他的内心又那么失望。他的种种表现实际上是在纵容通奸。想到这里,他不禁打了个寒战。他还是那个向两千个灵魂提供精神食粮的人吗?还是那个热情地鼓励人们坚守美德、保持神圣的纯洁、忠于婚姻的人吗?他是一个经不住诱惑的人吧?

可他怎么会没注意到电影院就是污水坑呢?他的教民们既参加这些堕落的娱乐活动,又参加弥撒和圣餐仪式。他无法想象他们是如何调节两者的。他必须警告他们,对不朽灵魂来说,电影院是多么严重的威胁。或许,他的不端行为最终能被上帝以神秘的方式充分利用。

他疲惫地站起来,抬头望着十字架,开始背诵第四篇忏悔圣歌:

请你不要在意我的罪恶,彻底清除我的罪孽吧。
上帝呀,请赐予我一颗洁净的心,令我的灵魂焕然一新。
不要放弃我,也不要从我身上带走你的圣灵。
请赐予我救赎的快乐,给予我完美的灵魂吧。
我将用你的方式教训那些不义之人;恶人必将归顺于你……

吉卜林神父一边念着最后一句经文,一边锁上了教堂的门。外面的夜晚格外寒冷,他赶紧去口袋里摸手套,结果却发现自己把一只手套落在电影院里了。这并不是他落在那里的唯一一件东西。

到了神父宅邸,他坐进旧扶手椅里,不安地打了几个小时的盹。明天一早,他还要去做第一次弥撒。

* * *

马克被管道里频繁响起的叮咚声吵醒了。在这个家里,似乎没有人懂得拉链条前,必须让水箱注满水,他们毫无耐心,总是固执地一而再、再而三地猛拉链条。马克看了一眼手表,边抱怨边再次躺回枕头上。已经八点十分了,克莱尔很快就会过来看他是否已经醒了。为什么你醒来的时候,生活中最重要的事就是好好待着别动弹呢?

门口传来敲门声,接着克莱尔微笑着走了进来,手里端着一杯热腾腾的茶。她已经打扮好了,那张纯净、光彩照人的脸,加上刚刚梳好的柔顺的长发,显得她格外年轻,比以往任何时候都纯洁质朴、令人着迷,仿佛一朵带着露水的花蕾,精神饱满、娇艳欲滴。在她面前,他感觉自己苍老、粗俗又肮脏。自然而然地,他意识到自己下巴上的粗糙胡碴,未洗而油乎乎的脸,以及因为前一天晚上吸烟而留在嘴里难闻的烟味,还有床上皱皱巴巴的被褥,裹着带有身体气味的污浊空气。

"你就像一束美丽的阳光,带着责难照进了罪恶的巢穴。"

"我希望这里不是罪恶的巢穴。"克莱尔一边回答,一边小心地把茶托下面的一份报纸放到床头柜上。

"你让我想起了人应有的责任。你那么善解人意,那么勤快,那么干净,简直令人讨厌。这三种品质怎么也轮不到我。"

克莱尔拉开窗帘,打开了窗户。

"天气不错。"

"看在上帝的分上,如果你一定要打开窗户,请把门关上。风太大了。"

"这里需要点儿新鲜空气。"她说着转身朝门口走去,"起床别耽误太久好吗,马克?不然我们做弥撒就要迟到了。"

"好的,克莱尔。"

"保证?"她在门边停了一下。

"昨晚的事,我很抱歉。"

她的脸红了。"没关系。"她讷讷地说着走了出去。

"那个,克莱尔。"

克莱尔站在门外,转过头。

"谢谢你的茶。"

"不客气。"她微微一笑。

不错,这件事做得漂亮,道歉就得及时。感谢克莱尔的茶也是一个令人满意的妙计。她对他这样的小举动既感动又感激。其实,让克莱尔心里充满感激真是太容易了,容易得让他觉得自己是在欺骗她。

马克啜了一口茶,让热气带走嘴巴里的难闻气味。几乎可以肯定,他是唯一在那个时段喝茶的人——除了帕特里克(他已经在晨间弥撒时早早地喝过),或许还有马洛里先生,其余的人都在为圣餐而勇敢地斋戒。是勇敢?还是倔强?教皇最近颁布了一项新规,允许信徒在圣餐前一小时饮用不含酒精的饮料。然而,马洛里太太和她的孩子们却拒绝利用新规之便。面对新规定,他们好像有点受宠若惊,怀疑它是一个陷阱,宁愿通过艰苦的方式得到救赎。当然,他们也用同样的眼光看待目前越来越受大众欢迎的晚间弥撒。尽管马洛里太太作为一个家庭主妇非常辛苦,又是教会想要救赎的对象,但她却固执地拒绝参加。她认为,如果早上不去听弥撒曲,整个星期天她都会觉得"不妥"。这一家人使肉体屈从的能力真是让人既佩服又恼火。他们并非不喜欢喝茶——他们很喜欢;也并非喜欢早早地起床——他们不喜欢。但不知何故,他们会努力从床上爬起来,而且从不喝茶。

整座房子开始沸腾起来,充满了活力。传来的喧闹声仿佛是对马克的指责,让他不得不掀开被褥。可是,如他所预料的那样,外面很冷,于是他又把被褥拉过来盖在身上。这时,门口又传来了敲门声。

"马克!"克莱尔提醒他。

"哦,好的。我正要起床。"他嘟囔了一句,再次掀开被褥,挠了挠头,眯着眼睛看了一眼镜子,用指甲把眼眵刮出来,套了一件晨衣,步履蹒跚地朝浴室走去。

* * *

在这里,马克再一次跪在了地上。想起前一天晚上遭受的挫败,他有些局促不安。原因当然是显而易见的,那就是本我的性欲没有得到满足,只能与自我和超我密谋进行宗教活动。在超自然面前,性欲卑贱地找到了替代方式,一种可以使他放弃性行为的方式。从这方面来说,祷告就是一种精神上的性高潮。如果那时他能得到克莱尔,哪怕只是轻轻地抚摸她的乳房,他也不愿如此可怜地跪倒在这里。

跪在教堂是见证人们思维独立的一种奇特方式,同时也是他重新获得克莱尔信任的重要方式。克莱尔就像一条鳟鱼,要想抓住她,你必须熟练巧妙地撩拨她的敏感区——宗教,而在她的肚子上挠痒痒只会让她迟迟不上钩。在这场游戏中,他一定要打败达米安。萨克雷①说过,每个女人的内心都住着一个媒人,也住着一名传教士,她总是想改造自己的男人——这样她的欲望才能得到某种满足。对克莱尔来说,他的怀疑主义要比达米安那神圣、平静且冰冷的谈话更具吸引力。克莱尔所需要的只是一点点鼓励,这就是他来这里的原因。

教堂很闷,只开着一扇小窗,可会众似乎并不在意。其实,会众本身也让人觉得很闷。他们戴着难看的帽子,穿着带纽扣的雨衣,屁股歪歪扭扭地坐在长凳边上,没有任何雅观可言。他们中的大部分人都在茫然地盯着前方,只有几个人表演似的摆出一副翻书的样子,跟着念祈祷书里的祈祷词。教堂里到处都是烦躁、无聊、片刻也坐不住的孩子。他们被那些愚钝的大人带来参加安息日的活动。看那一排排阴郁、乖戾的脸!为什么常去教堂做礼拜的人都这么不讨人喜欢呢?无一例外,所有漂亮、诙谐、聪明的人都能把事情处理得妥妥当当,只有那些失败、身心残疾的人才会偷偷溜进庙宇,贪婪地听人讲那些善恶到头必有报的道理——他们和那些渴望成功的人一样,希望通过一小时的无聊和不适避免来世的厄运。

是的,一切都合情合理,可是马洛里一家呢?他们既漂亮又有幽默感,而且不可否认,他们也很有智慧。马洛里一家推翻了马克的所有理论,真令人恼火!

吉卜林神父从圣堂里走出来,慢慢地走过祭坛,跪拜,再像一个深沉的老者一步一停地沿着台阶走上讲道坛。在弗朗西斯神父

---

① 威廉·梅克比斯·萨克雷(1811—1863),维多利亚时代英国小说家,代表作《名利场》。

讲读《福音书》时，他双手扶着讲道坛，严肃地注视着会众。不一会儿，吵吵嚷嚷的会众几乎全部安静下来。马克发现人们都表现得十分好奇，但在那样眼睛一眨不眨的注视下，还是显得有点儿不自在。会众不习惯牧师用这种方式吸引他们的注意（除非牧师是一位传教士），这种注视会令他们局促不安。

吉卜林神父看上去又累又紧张，说话的声音也格外沉闷，毫无生气。

"今天是圣灵降临节后的最后一个星期天。六点半的弥撒将由达菲夫人主持，七点半的是……"通知被单调沉闷地念着，"你们的慈善祈祷是为那些……"总是以相同的名义给自己找这样或那样的借口——疾病、纪念日，或使出最后一招，死亡。"愿他们的灵魂，以及所有忠诚逝者的灵魂都得到上帝的宽恕，安息吧！阿门！"

吉卜林神父继续念着使徒书，结结巴巴地读着蹩脚的句法。毫无疑问，圣保罗是继亨利·詹姆斯之后最难读懂的大文体家。吉卜林神父读完，几个热切的灵魂便跳出来表示知道福音书中接下来的内容。其余的会众则慢吞吞地站起来，倾听着，最后表现出有些理解的样子，这才坐回到长凳上。吉卜林神父一直等到所有人都安静下来，才清了清嗓子。

"亲爱的耶稣基督的教友们，"会众职业性地点点头，"今天早晨，我要跟你们讲的主题是恩典——我们从圣礼中得到的恩典，尤其是在圣餐中得到的恩典。没有恩典这一超自然的食物，我们的灵魂将会枯萎、死亡。因此，目前最重要的是，每个天主教徒都应该了解什么是超自然的恩典以及如何获得超自然的恩典。

"可是,眼下还有一件更为紧迫的事情。在获得圣礼的恩典之前,除了洗礼和忏悔,我们的灵魂还应该远离不可原谅的罪恶。现在我注意到一样东西,它可能会导致这个教堂里的许多人犯下严重的罪行。亲爱的教友们,我认为我有责任警告你们。

"昨晚我去了一个电影院。我去那儿是因为我以为著名的宗教电影《圣女之歌》正在上映,但是我错了。后来的经历令我非常震惊和痛苦,但也很有启发意义。我看了一部天理难容的电影,它利用人类最低级的情趣,以娱乐的名义恶意攻击基督教会的基础——家庭。我看到一个不知羞耻的女人尽其所能地卖弄风骚,贬低圣母所赞美的性爱。我敢说,这种娱乐已经是一种司空见惯的现象了,因为据我所知,我是观众中唯一感到震撼的人。我周围的人不是哈哈大笑,就是面带微笑。纯洁、正派的基督教生活戒律被银幕扭曲,但他们仿佛是在观看世界上最自然的事情。令我愤怒的是,我发现观众里竟然有孩子——不幸中的万幸,许多孩子因为太小而不会被毒害,尽管他们本应待在自己的小床上。令我伤心的是,我发现电影院里竟然也有我们教区的居民。

"亲爱的教友们,你们以前听我抨击过电影院,你们也听过我要求你们拒绝光顾电影院,把它当作大斋节的苦修,或为慈善事业做出贡献。不过,过去我只把它当作一种无伤大雅的世俗享乐,而现在我却认为它是罪恶的根源和蔓延的沼泽。那些警惕性不高的灵魂很容易被它吞噬,走向死亡。

"我特别想对已经做了父母的人说,亲爱的教友们,你们要记住,孩子的道德福祉是你们庄严的责任。我请求你们不要让他们接触肉体的诱惑,他们会在电影院里看到那些罪大恶极的东西被宽恕。他们正处于最容易受到这些东西腐蚀的年龄阶段,请谨记,你们给孩子钱去看电影就是在纵容他们,而他们买到的将会是陨灭——不朽灵魂的陨灭。我也请你们记住,每个人都要为孩子们树立一个好的榜样,远离那些腐蚀灵魂的娱乐活动。不要高估你的自控能力,这些影片的不良影响是潜移默化的:它逐渐破坏了宗教原则,使人们的良心松懈,开始容忍罪恶。这一切的背后都是狡猾的撒旦在作祟。以我主耶稣基督的名义(晕头转向、头晕眼花的会众还记得点头),我劝你们远离那些贪欲之殿、恶魔之殿。

"我知道,也许这并不容易。对于你们当中的许多人来说,看电影已经成了一种习惯。你们没有看到它邪恶的一面,但站在教堂的这个讲坛上,我,作为你们的牧师,恳请你们改掉这一恶习。在上帝的帮助下,没有什么是不可能的。上帝会保佑你们。

"星期六晚上显然是人们最喜欢去看电影的时间,我提议把周四的赐福仪式改到周六。亲爱的教友们,在星期六晚上,我希望所有因为经常看电影而使灵魂陷入极度危险的人都来教堂,把我们的尊重和赞颂献给上帝,同我一道为英格兰的转变而念诵《玫瑰经》。说不定,布里克利这一不起眼的做法能引发一场反对不道德、抵抗世俗娱乐活动的运动呢!我们将心满意足地见证天主教的基督教义。以圣父、圣子和圣灵的名义,阿门。"

弗朗西斯神父站起来,开始向麻木而寂静的会众讲述他的教条,却突然被一声响亮的拍手声打断了。这声音并非某个狂热的听众发自内心的掌声，而是风琴发出的汽笛声。最后，捐款时人们往地上抛的硬币比平时多了很多。马克想，吉卜林神父昨天晚上是否也在帕雷迪姆？因为那个他口中不知羞耻的女人像是安布尔·勒什。这真是一次特别的布道——无疑是他所听到的吉卜林神父的教诲中印象最深刻的一次——却没有抓住重点。电影的可怕之处不在于它的淫荡和世俗，而在于它使人们对现实生活产生不满。逃避现实一直是无伤大雅的大众艺术的基本功能；但电影给这种逃避主义注入了一种新的、邪恶的、似是而非的可能性，映射出一种诱人的景象：新型、世俗、真空包装、低温冷冻、不同寻常的超级人生——躺在电影院的座椅里就可以间接地享受这样的生活，毫不费力。吉卜林神父正在打一场败仗。电影，或者说它所代表的整个大众娱乐体系已经被人们所接受，并成为宗教的替代品。更令人担忧的是，随着时间的推移，人们可能会完全接受它，使之成为生活的替代品。

古老的风琴呼哧呼哧地响了起来，会众吃惊地听到了《只为今天》的开头：

> 上帝啊，我祷告
> 不为明天及其需要；
> 我的上帝呀，求你让我免受罪恶的玷污，
> 只为今天。

当然，这是基督教法典中最具革命性的教义，却并非人们所热

切期望的教义。在教堂里，没有一个人会把这首赞美诗的歌词用到自己精心积累的储蓄账户、保险政策以及对晋升的执着追求上。当你思考这一问题时，你会觉得，所谓的波西米亚人才是唯一真正的基督徒，因为他们既不辛勤劳动也不纺纱；他们常常不知道下一顿饭从哪里来，也不知道一天过去了，明天睡在哪里。然而，他们却被那些小心谨慎又虔诚的基督徒直率地谴责为越轨。

> 让我慢慢按我意愿执行，
> 立刻服从，
> 求你帮助我把肉体修行，
> 只为今天。

当然，你可以给歌词一个讽刺性的转折，并把它解释为歌手在小心含蓄地表达自己的想法：好吧，帮我苦修我的肉体——但只为今天的心灵，明天我就会彻底地快活一回。

> 让我忠实于你的恩典，
> 只为今天。

马克记起了《绿林荫下》[①] 讲述的一个故事：一群喝醉的泥瓦匠在教堂里雕刻十大戒律时漏掉了所有的"不是"。此刻他感受

[①] 英国作家托马斯·哈代（1840—1928）的一部小说，情节围绕教堂圣乐团展开。

到的正是托马斯·哈代听到这件逸事时所感受到的带有讽刺性的乐趣。

现在要说服克莱尔去看电影可就困难了——马洛里家的任何人都不会去了吧,尽管去教堂和去电影院有相同之处:座位是一排排的,教会通知就像预告片,辅助性的布道也是一周一换。此外,人们去这两个地方都是因为他们习惯了。你面对盘子而非售票处付钱,而且有时会有管风琴演奏。两者只有一个大的不同:教堂里的剧情总是一成不变。

是的,这是你无法逃避的事实,只不过教堂里的重复剧情不但没有变得更加无聊,反而变得更加吸引人。这或许就是剧作和仪式的区别吧。

"愿上帝与你同在!"
"也与你的灵魂同在。"
"鼓起勇气来,别气馁!"
"我们全心归向上主!"
"请大家感谢主,我们的天主。"
"这是理所当然的!"[①]

"这些话的恳切特性",他在祈祷文中读到,"清楚地表明,我们现在正在走进大众的心里。"

---

① 原文为拉丁语。

"圣哉,

　　圣哉,

　　　　圣哉。"①

　　弥撒铃摇了三下,会众喧闹着跪到地上。他们坐立不安,有的打喷嚏,有的咳嗽,还有的窃窃私语。如果真的相信马上要发生惊人的事,怎么还会如此漫不经心呢?也许对他们来说,基督冒险通过大规模生产来降低自己的身价已经习以为常了吧。大规模生产,多么形象的说法!马克比以往任何时候都更确信,天主教徒并不是真的相信他们公开认同的东西。如果他们信奉的东西是真的,如果真如克莱尔的那本陈腐的教义问答书所说,献祭的时候,上帝会完完全全地出现在祭坛上的面包和美酒前,那祷告肯定是生活中最重要的事。如果你真的相信,那你肯定一想到这个惊人的秘密就会害怕地颤抖,你也肯定会屏息凝神地关注仪式的每一个步骤和每一句话,而且在高潮的时刻(即上帝现身的时刻),宇宙会塌陷,继而在你周围打旋,你肯定会低声呻吟,因为人不能忍受这样的紧张。说到圣餐仪式(吃基督的体、饮基督的血),便可以想到东方疯狂的盲信者进行这种仪式的样子。那些毫无生气、自鸣得意、自以为是的人冷静地排好队,龇着假牙去撕咬活生生的基督——他们知道自己在做什么吗?然而,如果你和他们谈及这个问题,那么那些孩

---

①原文为拉丁语。

子——即使是马洛里家的双胞胎,也会高兴地表示认可。是的,他们相信上帝终会到来。可是,他们行走在世上,怎么会有这样可怕的认知呢?新教教徒勃朗宁[①]已经发现了蜡烛、焚香和鲜花背后的猥亵本质:

看见成天制出并分吃上帝……

他们让你像吃药丸一样把上帝吞下去,这真是个赤裸裸的可怕想法。克里斯汀·马洛里的未婚夫不是天主教徒,但一直在接受训诫。"但他在圣餐变体论上卡了壳。"马洛里太太在某天的闲谈中说道,"如果她不能听到婚礼弥撒曲,那就太遗憾了。"这话不言而喻,马克哽了一下。

弥撒铃又响了起来,接着陷入一片寂静。忽然,教堂里响起婴儿的哭声。每个人都弯腰鞠躬,却看不到他们的崇拜或虔诚。下面是马克的祈祷书中用大号字体印刷的文字:

在他受难的前一天,是谁把面包放在他神圣可敬的手中的呢?他抬头望着天堂,目光注视着你,上帝,他万能的父亲,表达着对你的感激;他祝祷分裂自己的圣体,然后分给他的门徒并说:"把这一切都拿去吃吧,这是我的身体。"

[①] 此处指罗伯特·勃朗宁(1012 1889),英国诗人。下文的诗句出自他的《圣普拉西德教堂的主教盼咐后事》一诗。

牧师舒展了一下身体,高高举起圣餐。马克望着眼前的一切,信仰像子宫里的孩子一样跃入他的大脑。牧师把灰白的圣饼拿了下来,可是马克的眼睛依然盯在那里,盯着圣饼原来的位置。盛着圣酒的圣杯被举到它应放的位置上,但是他再也感受不到刚刚在生命里停留了片刻的那种奇特感觉。好像有那么一瞬间,他终于茅塞顿开,看到这一切原来是那么简单,那么井然有序。但现在他又回到了原地,有点迷惑和不满,仿佛被一只大鸟叼起又扔回原地,感觉有些不光彩。

牧师深深地鞠了一躬,这时弥撒铃第六次响起,紧张的气氛也随之缓和下来,几乎可以听到会众松了一口气。人们开始变换姿势,擤鼻涕,咳嗽,责骂孩子。克莱尔记起有那么一段时间,她很讨厌这种突然放松的感觉。它似乎意味着她所崇敬的弥撒和上帝的爱将会消失在祭坛上。但是现在,尽管她面对高尚的圣餐时也会紧张,也会默默地说"我的主,我的上帝",但她的信仰只限于大脑里,而心里只有紧张,只有圣托马斯的声音在回荡。给予圣餐的虔诚就像爱情一般,你无法解释它,也无法随心所欲地制造它;它就在那里,或不在那里。有时,马克会表现得粗鲁而冷漠,这让她觉得马克并不是那个点燃她火焰的人,无法与之交往。突然他们也会变成陌生人,说着不同的语言,茫然地盯着对方。那张茫然的脸就像一张光秃灰白的圣饼,一个徘徊在牧师指间的神秘月亮。在她的脑海里,她知道那就是马克,是上帝,但她的心并不这样认为。自从离开女子修道院,她就没有感受过弥撒的激动人心,只有马克给过她这样的感觉，也许是因为一个人不可能同时拥有这两样东西吧。

她真担心自己这样的冷漠和无情会领不到神圣的圣餐。不过，在她忏悔时，弗朗西斯神父说，许多人都曾偶尔走进精神的死胡同，即使圣人也如此，而吃圣餐正是克服这种心理问题的方法。可是她清楚，从圣餐回来，上帝在她的舌头上只留下了一丝酸楚的味道；而且只有当她低下头、用双手捂住脸、把一切都拒之身外的时候，她才能再次回到内心空空的洞穴里，向自己的回声询问通往上帝的路。

* * *

微弱苍白的阳光带来的温暖可以说微乎其微，但在秋天这样的季节还是格外受欢迎，尤其是在十月的最后一天。许多教区居民逗留在教堂外发传单或闲聊。马洛里先生的肚子咕咕地叫起来，仿佛在督促他赶紧去吃早餐。于是，他把自己所有的孩子都聚集起来，动身回家。每当妻子在星期天早晨叫醒他，他都会在心里默默地诅咒自己所信奉的宗教，不过弥撒后的幸福感总能弥补他被从美梦中叫醒的烦躁。这种幸福感像盐的广告——"内在纯净才是真的纯净！"——使他兴高采烈，容光焕发。他期待着接下来的休闲时光，期待着鸡蛋和培根的美味，这些可都是他辛苦挣来的。

不过，贝特就不同了。从教堂回来，她说话好像总是带着刺儿，一副不耐烦的样子。也许是因为她做的是晨间弥撒，回来还要为全家人准备早餐吧。可是，贝特并不喜欢一大早便赖在床上。马洛里先生曾多次提议（不可否认，他说这话的时候并没有多少真心实意），他们可以放松地一起去做弥撒，大不了吃早餐时再多等一会儿，可她总是拐弯抹角地表示，她不牺牲就没有人能获得快乐和舒适。前一天晚上他俩同房了，结果，今天早上，像往常一样，她一直发脾气，还抱怨头痛。过去，他曾试图在早上阻止贝特起床，但她总是拒绝他半梦半醒状态下的求爱，直率地提醒他，她还有事要做，把几个小时前的温柔全部固执地抛在脑后。在清晨寒冷的阳光中，情人死了，而家庭主妇重生了。他花了很长时间才适应这一点，现在他不会因为这件事而生气，只是为妻子感到惋惜。

马洛里先生精神焕发、心情愉悦地看着眼前熟悉的环境，心想，对大多数人来说，星期天应该改名为"汽车日"。在星期天，汽车取代了神灵，车主们像勇敢自我否定的基督教徒一样，早早起床，大批大批地外出洗车、抛光、修理。下午，他们闷闷不乐地把岳父岳母安排在后座上，习惯性地戴上麂皮手套，漫无目的地将车驶入城市绿化带，停靠在主干道旁，然后郑重其事地给车通风。一些年轻人骑着闪亮的摩托车，聚集在关了门的摩托车店外。经过的时候，马洛里先生看到他们像祷告般咕哝着："……顶置气门……连杆……水平对置……二杠五十二冲程……摆动臂……"仿佛在进行一个露天仪式。

他们遇到了匆匆赶往十点钟弥撒的达米安。他那张阴冷丑陋的脸上多了两道剃须刀留下的口子，而且还在流血。

"你好，达米安！"马洛里先生说，"别滑倒了！我还以为你去了七点半的弥撒呢！"

"我睡过头了，托马斯叔叔。"达米安愤愤地回道，"伦敦的街道晚上太吵了，吵得我睡不着觉。"说完便匆匆地向教堂赶去。

不知怎么的，老实说，马洛里先生不太喜欢达米安。不仅仅是因为他长得丑——马洛里先生认识的人也有很丑的，但却比达米安可爱十倍——更多的是因为他的个性令人厌恶，让他看起来更加丑陋。这一点真的无法忽视。他给人的感觉冰冷、阴暗，仿佛置身于停尸房一般。他没有幽默感，总是反反复复地谈论神学院培训，从不把这个话题放到一边，寻找新的话题。那家伙甚至把失败当作圣体匣来对待。

马洛里先生的目光此刻落在了正前方的马克身上，他正在扮小丑逗双胞胎玩，完全不在乎路人的眼光，也不管克莱尔的和言提醒。虽然他有点神秘，内心深处也有些孤僻，但却是一个非常讨人喜欢的小伙子，而且他很聪明，再平常的事他似乎都能从中找到极大的乐趣。他对克莱尔能产生积极的影响，这恰恰是克莱尔所需要的，而那个伪君子达米安于克莱尔而言则是一种威胁，他那阴暗发霉的虔诚还会传染给克莱尔。起初，他妻子并不赞成马克与克莱尔交往——马洛里先生觉得，妻子认为达米安和克莱尔才是天生一对——但当她得知马克接受了洗礼，成了天主教徒并开始去参加弥撒时，她便慢慢同意了他俩出去约会。他个人认为，贝特只是在打如意算盘，其实马克并没有真正受到宗教热情的鼓舞，换句话说，他其实并没有和克莱尔结婚的打算。贝特还没有明白，交往已经不再是通往婚礼教堂的小巷。他只希望克莱尔也不这么想。

* * *

清晨的阳光照得伯克利先生睁不开眼睛。他讨厌早晨，讨厌明亮的阳光。他就是一个夜猫子，喜欢待在温暖、昏暗、弥漫着香烟的房间里诙谐地聊天，因为他觉得夜晚待在房间里，外面漆黑一片，能起到保护和遮蔽的作用。此刻，他正沿着空无一人的晨间小道匆匆地赶往电影院。帕雷迪姆安全出口的门正敞着通风，他便直接走了进去。

突然，一股熟悉、破落、压抑的味道向他袭来。空荡荡的礼堂透着荒凉的气息，即使在帕雷迪姆的黄金时期——那时它还是一个剧院，礼堂的早晨也会令人吃惊，甚至给人一种瞬间的幻灭感，就像一个头发蓬乱、娇软无力的女人在清晨给予前一天晚上的情人的感觉，而现如今观众的那些恶习又给这眼前的景象增添了一层肮脏。花生壳在他脚下嘎吱作响，他费力地趟过已经没过脚踝的冰激凌盒、纸袋、香烟盒以及吃了一半的苹果。如果说剧院都是风尘女子，那么帕雷迪姆就是一个日渐衰老的风尘女子，结局必然是悲剧的。阳光慢慢地照进浑浊黑暗的礼堂，没有眼力见儿地照亮了已经磨破的地毯、破旧的座椅和已经脱皮的镀金装饰。仿佛上了年纪的风尘女子欲把自己的皱纹隐藏起来一般，礼堂不愿太多的阳光照射进来——照射进来的阳光足以暴露一切。上了年纪的风尘女子真可怜呀！没有人再愿意把钱花在她身上。现在的她只能卖弄一下涂在脸上的廉价化妆品罢了。曾经被别人高价包养的情妇，此刻的境况比一个普通妓女好不到哪儿去。包养者现在对她的唯一兴趣就是从她疲惫的身体中榨取最后一点利益。

两个丑陋的老太婆正在打理衰老的礼堂。她们正是多莉和格特鲁德——平民的女儿,原合唱班里没能嫁给伯爵的女孩。这两个老美女正缓慢而有条不紊地查看着地上一排排的杂物,每走一步,就会有吱吱嘎嘎、哗哗啦啦的声音传来。伯克利先生绕到礼堂后面,躲到窗帘后面的隐蔽处。

"今天很暖和,格特!"

"嗯,比冷天暖和多了。"

"不过,天马上要下雨啦!广播上说的。"

"我没听说呢。阿尔夫的室内眩晕症把我折腾得整宿没睡好。我整夜都没合眼,真闹心!"

多莉咯咯地笑起来。

"瞧,格特!阿尔夫能用这个吗?"她举着一只避孕套说。

"哎呀,多莉儿!文明点儿好不好!给我看这种东西,你好意思呀!"

多莉把避孕套扔进簸箕里,又咯咯地笑起来。

"也不知道下次他们还会往电影院里带什么玩意儿。"她笑得咳嗽起来,气喘吁吁地说道。

格特鲁德停下手头的工作,重重地瘫坐在座位上。

"哦,我的脚哟……你看,多莉儿!我现在快五十了,你都不知道我受的那个罪哟!唉,这个星期天,我都不想活了,真想把肉从烤箱里拿出来,把我的头放进去。后来,阿尔夫像往常一样挺着啤酒肚走进来,问我怎么看起来跟丢了钱似的。我实在是难受,就把我的心里话掏给了他。'别往心里去,老伴儿!'他跟我说,'正好咱现在不用麻烦避孕套了。'说来也怪,他的话竟让我心里好受起来了。"

"阿尔夫,他是个好男人。"多莉说着严肃地点点头。

"他说'别往心里去,老伴儿!正好咱现在不用麻烦避孕套了。'"

"你们还那什么……是吗,格特?"

"啊,我们这个年纪吗?那也太不像话了,亲爱的,再说阿尔夫的身体也不行了,下班回来就已经筋疲力尽了。你家斯坦怎么样呢?"

"哎,说来话长呀!他尿尿那里出了毛病,不过大夫给他开了一些新药,都是因为酒喝得太多了。我劝他,他不听。"

"哪个大夫?"

"接管老威金斯的那个年轻大夫。"

"哦,是那个帅小伙吧?他的手很轻柔。只要老威金斯的手一碰我,我就会发抖。"

伯克利先生站在窗帘后面笑了。这两个人真是真实呀!他们是典型的老伦敦人,曾经是杂耍戏院的主要客源,而现在,他们就像杂耍戏院一样,几乎灭绝了。酒吧钢琴奏出的古老歌谣也随之一起枯萎了,《内莉·迪恩》《黛西》《跪拜布朗修女》……曾是那么幽默、温厚、鼓舞人心、婉转动听。也许多莉和格特鲁德对性的态度是粗俗的,但较之现代人对"爱情"的推崇以及其衍生出的乏味的机械性心理、流行歌曲、令人心碎的栏目和影片中性感的演员,她们是那么的坦率、真诚、淳朴。曾经,她俩是帕雷迪姆合唱班后排的队员,而格特鲁德还曾担任过一首滑稽歌曲的独唱……他似乎曾在哪里见过她的照片,当时的名字好像是柏林顿·伯蒂……现在,她们身材臃肿,头发稀疏,穿着带花的棉质工装裤和用绒毡做的男拖鞋,正在打扫她们曾经辉煌过的地方。她们的遭遇令人同情,但她们绝不允许你可怜她们。

"早上好,女士们!"伯克利先生走向前,跟她们打招呼。

"早上好,伯克利先生!"她们回礼道。格特鲁德从容地从座位上站起来。

"我刚坐下歇歇脚,伯克利先生,我的脚肿了。"她解释道。

"听到这个消息我很难过,哈利巴特夫人,"伯克利先生同情地说,"今天早上你们有什么事要向我报告吗?"

"只有这只手套。"格特鲁德说着,从身上掏出一只男式黑色羊皮手套。多莉正在距离那儿几排远的地方辛勤打扫着。"啊!"她突然大声嚷嚷起来,"看这里,先生。您千万别生气!"

伯克利先生仔细查看了被严重割坏的座椅。

"嗯!那人把座椅弄坏了。为什么你认为是他们干的呢?"

"是他们,是那些小混混,先生,您要相信我。很多小混混都闲着没事干。嗯,让我抓着,非拧掉他们的耳朵不可,叫他们再也不敢这么做了。"

伯克利先生无奈地摇了摇头。

"我得去把这事记下来。祝你们早上愉快,女士们!"

"也祝您愉快,伯克利先生!"

他一边爬楼梯去办公室，一边仔细研究手里的皮手套。在男士手套里，黑色是一种不同寻常的颜色。也许是牧师的。是牧师的物品。

* * *

前门"砰"一声关上，阻断了一家人嘈杂的谈话声。马洛里一家去祷告了。他们离开后的寂静出奇地突显出其他房客的声音，这令马克感到十分压抑。于是，他无奈地打开了被禁止的克拉伯版的《贝奥武夫》，并在面前撑开了克拉克·霍尔的译本[①]。那天他无事可做，本可以一直看到一点，可是，尽管房子比较适合居住，但氛围却并不适合学习，温暖和仁慈总是像磁铁一样，吸引着你到楼下去。

又一个星期天快过去了，一个愉快又平凡的星期天。平凡——可当马克回忆起这一天发生的事情时，那种微妙愉快的感觉、味道及气味就会激起他的记忆，如打破斋戒的鸡蛋和培根的味道，第一根香烟的香味，以及他手中的周日版报纸令人愉快的分量。

早饭后，马克辅导帕特丽夏做作业，这极大地满足了他的自尊心。尽管教书的报酬低得可怜，但他觉得这是唯一能做的工作——向他人传授知识能给予他莫大的快乐。然而，在桌子的另一端，帕特里克蹲伏在自己的书前，从来不向他请教，一直对马克侵占自

[①] 《贝奥武夫》是以古英语记载的英雄叙事长诗，完成于 8 世纪。1901 年出版的约翰·R.克拉克·霍尔译本被认为是《贝奥武夫》的标准译本。

己的领地耿耿于怀——那可是两个哥哥离开后帕特里克独自一人占有的领地。对此，马克并非一点也不介意。在他看来，帕特里克坚决不认可他是可笑的。那天，帕特里克真的有些奇怪，一直安安静静的，也没有像往常那样与从九点钟弥撒回来的家人一起吃第二顿早餐。那天下午，他也没有和他们一起去散步，像是在酝酿某个阴谋，或者……

当天上午晚些时候，在马路尽头一个方方正正、普普通通、安静得不寻常的酒吧里，马克接受了马洛里先生请他喝酒。他们聊了汽车，聊了马洛里先生当汽车推销员的经历，还详细地讨论了宾利欧陆的优点，可谓坦诚相对、滔滔不绝，尽管他们做梦也没想过要拥有一辆。马克虽然内行，却想不明白为什么马洛里先生连一辆普通的汽车都没有。

"很简单，马克。买不起。养活八个孩子，还要养一辆车，太难了！孩子们都受过良好的教育，詹姆斯还接受了培训——他们都指望你帮他们一把。不过我不觉得遗憾——我也不是很想买车。养车很费心，需要花很多精力。为什么我要自找麻烦呢？买了车，我整个星期天都不会有一分钟空闲了，早上忙得不可开交，剩余的时间还要开车。"

回来的时候，马洛里太太已经准备好了一份美味的老式烤肉。马洛里先生祷告了一番，以感谢在厨房里流汗忙活的马洛里太太。用完周日的主餐，马洛里先生习惯性地和帕特里克去洗碗。马克热心地帮助了他们。看到他的这一举动，克莱尔的脸上露出了满意的笑容。马克觉得，累一点也值了。

下午的时候,达米安来拜访,跟马克、克莱尔以及其他孩子(除了帕特里克)去公园里散了散步。马克和克莱尔热情洋溢地谈论起一个破网球,而达米安看起来则十分沮丧,一副有气无力的样子。不过达米安的各种表现并没有影响到他们。傍晚,天空布满红霞,雾气开始缭绕,他们回到家,用了茶点。客厅里燃着炉火,一切都是那么幸福温馨。

这与马克过去一年的生活大不相同。以前,在星期天,他会睡到正午时分,床铺的难闻气味会弥漫着整间屋子。下午,他会一直待在房间里懒散地读报纸。最后,当他感到绝望时,便逃到电影院或某个戏剧俱乐部去寻求安慰。

然而,和这样的星期天做比较还是没有太大意义,他应该和儿时的星期天做比较。马克对儿时的记忆是模糊的——不过有些细节还是格外清晰:从收音机上听"棕榈园"节目,接着便是令人讨厌的"综艺乐队",周末的最后几个小时是在虚度中度过的,没有欢乐,只有空虚,第二天还得去上学。父亲总是张着嘴在椅子上打盹,母亲总是一脸茫然地织着毛衣,他俩都不理解儿子坐在窗前局促不安的痛苦。他不知道该做什么,只知道问"我要做什么呢",可问了也是白问。他无法记起更多的细节,但能记起那种感觉——令人讨厌的颓废之心。这就是他儿时的星期天,昏昏欲睡、枯燥乏味、墨守成规的一天,可父母却觉得这样的日子神圣非凡。星期天他会坐在窗前,一连几个小时望着外面空荡荡的大街,听着沉闷的教堂钟声从镇上的各个角落响起。雨能带来些许的变化和宽慰,因为他可以聆听雨滴轻轻拍打窗玻璃的声音,让自己滚烫的脸颊贴在冰冷的玻璃上,望着那条枯燥无味且灰蒙蒙的街道变成一条闪闪发光的河流。

儿时的马克什么都不想要,或者说什么都想要。他穿得好,吃得好,也被照顾得很好。然而,想想自己的过去,他却羡慕起马洛里家的孩子来。他们过得艰苦朴素——共睡一张床,穿着夹脚的鞋子,成堆的换洗衣物,短短几年就要照顾这么多小孩,缺乏隐私,微不足道的零花钱,还有不断的争吵和眼泪。可是,这些东西同时也带来了一些无比珍贵的东西——笑声、爱、温情以及快乐的生活。这些都是他童年里所缺失的。

第二部分

当着所有人的面，吉卜林神父缓缓地登上摇摇晃晃的木台阶，把装着圣体的圣体匣放在神龛上。接着，他走下来，转身跪在祭坛前，带着审视的目光，迅速扫视了眼前的"一切"。大约有十二个礼拜者分散地坐在空空荡荡、间距均匀的长凳上，就像小孩用的算盘上一颗颗孤独的算珠。

　　　唯此圣体，赎世牺牲，
　　　亲开天路，引人上升。①

　　他们嘴里唱着，心里的信念却不坚定。哦，拯救受害者，打开天堂之门……一辆摩托车从教堂外呼啸而过，轮胎压着潮湿的路面，发出嘶嘶的响声，粗鲁地盖过了微弱的圣歌。星期六的祝祷在冷漠中慢慢地失去了活力。只有十二个人，不管怎样，这十二位虔诚的礼拜者从来没有去看过电影。

---

①原文为拉丁语。

五个月或者是六个月前,吉卜林神父发起的反对电影的改革运动最终没能引起教区的重视。尽管如此,他依然坚持星期六的祝祷,觉得大斋节会促使更多的人前来参加。然而,现在,复活节刚过去一个星期,失败便开始在空荡荡的长凳上望着他。只有少得可怜的十二个礼拜者。教区的其他两千人在哪里?毫无疑问,他们正躺坐在电影院的座椅上。一个人向上帝承诺要成功地完成自己的使命,结果却失败了,这很尴尬。这几乎等于上帝失败了。上帝真的不愿意人们去看电影吗?可是,反对电影的运动继续进行下去一点好处也没有。更糟糕的是,这场运动与帕雷迪姆的经纪人还在当地媒体上起了冲突。迫于主教给出的压力,他不得不对电影的影响发表声明,声称教会并不认为所有电影都是有害的。其实,不需要进一步的鼓励,教区居民也会聚集到电影院。他们似乎从来没有在电影里看到任何有害的东西。马洛里先生就曾对他说过:"尊敬的神父,我认为您现在必须让自己心胸宽广。您现在接受不了的正是我小时候接受不了的。其实,看电影对孩子来说,就像雨水打过鸭背一样。""心胸宽广"是一个流行语,一个他无法理解的词,总是用在恳请宽容的语境中,要求他宽容那些一直被说成罪恶的东西。

马洛里先生曾建议将祝祷调回到星期四晚上,以便更多的人前来祝祷。他说,每个人都喜欢在星期六晚上出去玩,都应该放松一下。马洛里先生是个好人,同时也是教区居民的典范。现在教区居民就像皈依的异教徒一样,不愿意放弃他们的旧神。难道他们没有意识到犹太人的神①是一个爱嫉妒的神吗?显然马洛里先生的妻子意识到了这一点,因为今天晚上她也在教堂里,但她的孩子却不在。基督教堂很快就会成为中年妇女的教堂。据说在欧洲大陆,一个好基督徒的标志就是他的妻子也去教堂。很快,英国的情况也会如此。

圣歌《皇皇圣体》颤抖着结束了,可是除了能够意识到创造者的存在,吉卜林神父脑子里一片空白。他用捧持圣体的披巾裹住圣体匣,将它高高举起,最后用手在空中画了一个十字架。

此刻,达米安内心充满了仁爱、信仰和虔诚。为表达对圣体的尊崇,他摇了摇弥撒铃,在心里暗暗道:"我的主和我的神呀!"结果,他在精神上向赎罪银行里又存了七年的时间。

* * *

已经七点一刻了,伯克利先生沮丧地在帕雷迪姆的门厅里徘徊着。老顾客们离开的时候,他无意中听到了他们的谈话内容,从而证实他的实验并没有取得成功。

"结局很奇怪!"

"是的,我觉得,在结局的时候,他应该把自行车拿回来。"

"没错,没错。让人觉得悬而未决。"

---

①指耶稣基督。

"我觉得这样也不错,只是有点扫兴。"

"还有那些奇怪的声音,真讨厌!"

"该死的恶作剧!"

伯克利先生在售票处一旁徘徊着。

"票卖得怎么样,格雷小姐?"

"没什么生意,伯克利先生。"女孩毫无兴致地说。

他慢慢地走向通往潮湿街道的几扇门,然后注视着外面人行道上那些匆匆赶路的人们。他们有的脚底溅起水花,有的穿着湿漉漉的雨衣,有的撑着雨伞,还有的穿着闪闪发光的骑行雨披。尽管乌云低垂,但天空还是很亮。周日的时间过得飞快,不一会儿,漫长又轻松的夜晚就会吸引更多的顾客离开闷热的电影院。

比尔穿着褪了色的假冒军士制服,慢慢地向他走来。

"票卖得不太好吗,伯克利先生?"

伯克利先生摇了摇头。

"如果连这样的天气我们都吸引不了大批观众,那我们永远也吸引不了他们了——我经常这么说。"

"是的,你经常说,比尔。"伯克利先生冷冷地说道。他喜欢老比尔——人总是对老旧的东西有感情——但他对灾祸的预测实在是太准了,准得让人受不了。伯克利先生转过身,开始研究门廊上挂的电影《偷自行车的人》[①]的剧照。

[①]意大利电影。故事背景是第二次世界大战后的罗马,在百废待兴之际,男主人公安东尼奥好不容易找到了一份张贴海报的工作,却在上班第一天被人偷了自行车。

自行车被偷时，安东尼奥正在张贴一张丽塔·海华斯①的海报。在伯克利先生看来，这似乎恰到好处，可以充分体现电影的虚夸和现实的巧妙结合。然而，公众想要的却是那些虚夸的东西——丰满的乳房和幸福的结局。他引进外国经典影片的主意失败了，这周的利润大幅下降。

是的，有很多兜售性爱的外国影片比好莱坞影片更有效，但去欧陆"X市场"②引进电影是有风险的。他付出了很大代价才明白，赤裸裸地把性作为吸引观众的筹码，就意味着以失去那些可靠的、每周全家都来看电影的观众为代价，迎合一群变化无常的流氓暴徒的口味（当时帝国影院为了继续生存下去，曾不顾一切地上演了一场裸体秀）。当然，他也不想再次激怒那个情绪激动的牧师。谢天谢地，他适时赢得了最后一场比赛的胜利。他清楚，"X"片以及那些促进营销的影射性宣传海报，会给那些神父指责电影的机会，也会动摇他捍卫电影、将其称为纯净健康的家庭娱乐形式的基础。

他看到过神父……吉卜林，是的，在某天。他的一位基督教的朋友认出了吉卜林神父。当时神父身边带着一个小男孩，手里抓着一个破旧的黑色皮包，匆匆穿过街道。朋友猜测，他是接了一个出诊电话。他头发花白，弯腰驼背，衣衫褴褛。伯克利先生很同情他，但遗憾的是，他俩正处于敌对状态。其实，他俩都从事某种娱乐性行业，都在主持一种日益衰落的娱乐形式，都在不顾一切地试图吸引顾客。他俩真应该是盟友，而不是对手。

---

① 丽塔·海华斯（1918—1987），美国著名女演员，20世纪40年代红极一时的性感偶像。
② 在电影分级制度中，X级代表禁止未成年人士观看的影片。

费了好大劲伯克利先生才回过神来，开始重新思考近期帕雷迪姆应该放映什么电影。电影院需要放映一些新的东西，一些时髦的东西，一些与年轻人有关的东西。现在每个人都向往年轻，年轻人创造了时尚，老年人紧随其后。当然，事实一直如此，年轻人总是创造时尚，只不过以前的时尚从未更新得如此迅速，老一辈人也从未如此害怕过落后。

* * *

马洛里先生根本不喜欢在星期六晚上看电影。一种无法心安理得的感觉就像那身粗糙的新花呢西装一样使他心烦意乱，亦如他屁股下面的破弹簧一样令他坐立不安。这种良心上的不安不是一部电影就能够抚平的。电影本身无疑是一部精心制作的好影片，却仍旧令人沮丧。周六，这样的夜生活并不是他想要的。看电影的时候，谁都不愿被提醒电影院外面的那些摆脱不了的问题：工作、孩子、金钱，等等。特别是刚刚和妻子吵完架，而且觉得错不在自己的时候。

但是，该死的，难道他真是错了的一方吗？毕竟，没必要非得在星期六晚上祈福，那样太过痴迷宗教了。毫无疑问，贝特是一个迷信的、敬畏上帝的爱尔兰女人；你不能指望她能明白贪多嚼不烂的道理（即便宗教也是如此），这是一个宗教能力问题。不可否认，有些人的宗教能力就是比其他人强。他清楚自己的宗教能力有几斤几两，也知道自己能否从做礼拜中获益。今晚，他去祈福就不会获益,而贝特也没必要非得去,这并不是说她过去在做礼拜方面一直很懈怠。事实上,迄今为止她比大多数人的宗教能力都强,她是有资格稍微放松一下的。也许,她的宗教能力比他的还强。关于这一点,他心服口服。但是,只要丈夫做的不是罪恶的事情,妻子就要服从,这难道不是一个妻子的责任和教会的教义吗?"认为电影里有不道德的东西"是荒谬的,吉卜林神父那个陈旧的谬论早就被驳倒了,也就是说,在任何情况下都不应该再上纲上线了。事实上,他曾强迫贝特承认这一点。可是她总反驳说,不管怎样,他们都应该给孩子们树立好的榜样。这简直就是赤裸裸的讹诈,他气得走出了家门。

马洛里先生在自家附近的区域徘徊着,希望找到一部好看的电影放松一下心情,如某个既愚蠢又令人愉快的好莱坞大杂烩,最好是古装剧——所有的美国人都穿着宽外袍,而那些在杂货店里工作的性感美女都穿着剪裁考究的乞丐服。他否定了一部英国战争片《海上救援纪实》(看到这部影片时他心想,哼,他们也不会拥有我做观众),拒绝了一张可以连着观看电影《科学怪人的复仇》和《巨魔》的优惠票,最后来到了帕雷迪姆。《偷自行车的人》,听起来还是不怎么样,可是他现在还不能回家。真是烦人!想看一部好电影,结果发现全是烂片。

马洛里先生最担心的事还是出现了:电影着实令人失望。也许,换一种情境,换一种心情,他会充满同情心。可是此刻,电影似乎是一份已经吃腻了的饭菜,无论做得多么好,他都难以下咽。这并不是因为他曾经和电影里的那个穷鬼一样穷困潦倒,而是因为此刻他不愿去想为生活奔波的悲凉与可怕,也不愿去想人们的冷漠和孩子们的问题。今晚,他决定不去承担道德上的责任,可是那些乳房丰满,屁股肥大,像熟透的果子一般的性感女奴在哪里呢?他觉得自己被骗了。待在电影院里,座椅上的破弹簧和吸入肺里的难闻的二手空气令他很难集中注意力。香烟的烟雾熏得他眼睛疼痛,电影院的热浪扑得他头晕脑涨。一个卖冰激凌的女孩慢慢地沿着过道走来,他伸手买了一根巧克力雪糕。然而,雪糕上覆盖着一层厚厚的牛奶巧克力,使冰激凌甜腻得令人作呕。黑巧克力和冰激凌才是绝配,为什么那些做冰激凌的人不懂呢?战时对牛奶巧克力的限制似乎使那些糖果制造商们更加热衷于它,从而使黑巧克力变得十分罕见。或许在不久的将来,有必要组织一个"保护黑巧克力民族协会"。N.S.P.P.C[①]。

马洛里先生感到雪糕没那么凉了,而且一半已经融化在巧克力的涂层里,滴在了新西装上。他把那些渗出来的黏糊糊的脏东西扔到了座位下面,脑海里闪现出第二天早上雪糕给清洁工带来不便的样子,心里产生了报复的快感。

* * *

帕特丽夏高兴地发现,电影院的服务人员都在用好奇的眼光看着她。在他们看来,一个穿着脏兮兮的男式雨衣的小姑娘,独自

---

① National Society for the Protection of Plain Chocolate 的首字母缩写。

一人在电影放映过半之际买了一张十七点五便士的上等座票,是非常不合常理的。当她被带到座位上时,银幕上正在播放预告片,这就意味着最后一场电影还没开始。她的双肘享受地放在柔软的扶手上,周围温暖却不带任何情感的黑暗以及人们的麻木迟钝给了她安慰。在本该学习的时间到电影院里浪费时间、挥霍金钱,她觉得畅快极了。为什么做一些不合常规的事反而让她觉得自己活得更像一个人呢?

几个小时前,她正在疲惫不堪地诵读拉丁语散文。突然,她吃惊地发现镜子里的那张脸竟如此痛苦憔悴,接着,《文法家的葬礼》中的词句浮现在她的脑海里:

> 我们发现他博学多才。
> 是的,但我们也发现他单调乏味,
> 眼睛像铅一般,口齿也不清楚……

帕特丽夏从衣帽架上抓过一件旧雨衣,冲进雨里。"这个时候你要去哪里?"妈妈在厨房里对她大喊。"外面。"多么欢快的回答呀——简单、真实却又神秘。

像担心其他事情一样,父母可能也会担心她。这并不是说他们有担心的必要。毕竟她已经十七岁了,有能力照顾自己。可是,他们还是一直把她当孩子看待。更为糟糕的是,他们竟然觉得她还处于青春期,你甚至可以听到他们对"叛逆期"孩子的谆谆教导。即使像父亲那样和蔼明智的人,似乎也有这样的错觉。"我们得小心和帕特丽夏相处，"一天晚上她无意中听到父亲对母亲说，"毕竟，她正处于叛逆期。"天哪，难道他们认为她的情绪是因为还处于叛逆期或是不断变大的胸围吗？在她十四岁的时候他们这样想或许还有道理，但现在呢？难道他们认为她没有能力拥有成人的心理、不能承受现实的痛苦和真实的忧虑吗？在她看来，你在家庭里的排行越低，就越难让父母相信你已经长大了。要是大家能意识到她想要的是自由就好了：自由地为自己考虑、为自己做事，自由地感受人生，而不是按照父母的期望来发展。要是父母能意识到她也有压力就好了。似乎只有马克对她的压力有所了解，但是他（谢天谢地）似乎并没有意识到自己也是她压力的一部分。

帕特丽夏任凭自己的思绪游离，不去理会闪烁的银幕，因为这样的时刻对她来说真的很难得。此刻，她可以好好地思考；此刻，那些惊人而真实的想法可以轻松地浮现在她的脑海中，格外清晰；此刻，她觉得将来有一天，自己也可以创作诗歌。

帕特丽夏跑到户外的人行道上，风雨令她兴奋敏感、思绪万千。其他人都在匆匆赶路，她却漫无目的地在大街上游荡，任凭雨水打在自己脸上，然后抬头看低垂的雨云在天空中穿行，仿佛从海底观看海面的波浪一般。

天渐渐黑下来，再过半小时，那个脏兮兮的小公园就要关门了。她利用这段时间去小公园闲逛了一番。她把手放在雨衣口袋里摸着肚子，忧郁地看着池塘不知疲倦地在雨中变出一个又一个圈儿。前方，像蛋糕一样被切成四份的圆形避雨处传来了打闹声和傻笑声，原来是一个女孩和两个男孩。他们十五六岁的样子，相互追逐着,从一个地方跑到另一个地方。然而在她眼中,这种原始的人类活动很刺眼,于是她决定继续往前走,直到耳边只有风吹树叶的沙沙声和雨水落下的嘀嗒声。

帕特丽夏漫无目的地走过一条又一条小路,徘徊在低矮的栏杆旁,跨过光秃草地上"勿踏草坪"的标识牌,翻过荒凉的果岭,擦过被百叶窗遮掩的食品售货亭,最后穿过狭窄的小巷。小巷中间有一堵墙,墙两侧分别标着"男人"和"女人"。沿曲曲折折的小巷穿过阴暗的灌木丛走到尽头,那里有一个滴着水的坟墓。她仔细看着坟墓,内心深处涌现出复杂难辨的情绪——喜爱、忧郁,等等,就好像这是她第一次看到或最后一次看到坟墓似的。慢慢地,她脑海里不知不觉地形成了一种顽固的信念,那就是她必须离开家。

帕特丽夏沿着一条小路走到一片铺了碎石的宽阔空地上。空地中间是一个舞台,看起来就像被遗弃的异教寺庙,憔悴不堪、瘦骨嶙峋、空无一人。在她很小的时候——那时还处于战争中,这个令人困惑的结构象征着她那些"战前"的乐趣——比如会说话的洋娃娃、菠萝、海边的岩石之类。阴雨天的时候,这个废弃的舞台便成了一个很好的运动场——好,但是小,因为一旦在它有限的空间里做游戏或沿着栏杆走来走去,你就会觉得这个光秃秃、空荡荡的舞台施展不开,总是需要等待才能前行。

舞台现在仍然保留着它的神秘,战后也被重新油漆过,但据她所知,从来没有人在这个舞台上演奏过音乐。尽管它穿上了新的油漆外套,但仍然是一个遗物,一个谜。不知为什么,它有些沉重,宛如某个文明的遗址上排列的怪石。

在公园管理员单调的铃声的召唤下,她离开舞台,向公园的大门走去。在她看来,公园就像布里克利城的其他地方一样,散发着衰败、绝望和遗憾的气息。衰败虽然包含着不可否认的悲怆和毅力,但也意味着死亡——心灵的死亡,思想的死亡,精神的死亡。家人虽然善良友好,却帮不了什么忙,因为他们在布里克利城住得太久了。宗教呢?她接受的布里克利教区的天主教教义已经够多了。布里克利,真是一个令人窒息的名字!然而,马克的出现就像一阵清新的微风吹进来,带着狂野的气息,暗示着一个令人愉快的别样世界,充满自由、纯净、令人振奋的气息。她曾经认为这种感受只属于电影银幕里的梦幻世界,然而现在它就真实地存在着,要抓住它就必须果断。巴黎放荡不羁的学生生活,地中海的沙滩,旅行、聊天以及人群,那才是生活,是她渴望的生活。

还有马克。为了给马克留下深刻的印象,她经常打破常规。可是以这种方式来引起马克的注意是徒劳无益的。很明显,马克和克莱尔会永远相爱。但她觉得,如果将来有一天,当马克得知自己的好心曾使自己教过的那个年轻的女学生痛苦过,并为自己当时没有意识到这一点而留下一丝遗憾,那她现在的所作所为也是值得的。马克的友好是那么纯粹,那么真诚,这也是她痛苦的根源。发现马克并没有努力掩饰对她的喜欢,她就知道自己没希望了。在马克眼里,她一辈子都是克莱尔的妹妹。如果在他俩的关系中有一点点的位置,如果他俩把她当作红颜知己,她或许会好受一些。但克莱尔总是神秘兮兮的,什么也不告诉她,而马克则是单纯地认为她对他和克莱尔的关系一无所知或漠不关心(这是他感知中的唯一缺陷)。

他俩的爱就像别人高墙后的篝火——你就站在黑暗中望着熊熊的火光和闪烁的火苗，人家却从来没有想过要邀请你进来，当然你也无法提出进入的要求。

她走在大街上，这些想法就像一个个沮丧、自怨自艾、不断前行的侦察兵潜入她的脑海里。敏锐的意识变成了对绝望的无望分析，变成了无聊滥情的爱情故事。电影院可以为她提供一个避难所，而她也寄希望于此。尽管她买不起电影票，但没关系，她可以花掉下个月的零花钱。而且，这是一部不错的电影，一部欧洲大陆的电影，那可是她所追求的更加丰富多彩的生活的一部分。

这种冲动、不负责任的心理让她找到了自我。现在她满心期待地坐在电影院里，等着放映《偷自行车的人》。她需要集中精力，只有这样，她看完后才能与马克深入探讨这部影片。

* * *

帕特里克戴着手套，手里拿着一支香烟。电影院很热，让人觉得很不舒服，但能让尼古丁从指间飞出。一缕长而油腻的头发滑下来扎到了耳朵，他向后推了一把。母亲说他的头发太长了，而父亲却说他的头发太过油腻了，两人似乎都很对。

但是，不管怎样，他们现在克制着没说，所以他打算等上几天再去理发，不想让父母知道他是听了他们的话才去剪的。这才是关键。

现在他几乎是爱做什么就做什么，一切都在情理之中。他可以独自一人去看电影，只是没想到克莱尔和马克今晚也在这里，但这仅仅是偶然。庆幸的是，他们并不知道他在这里，也就是说，他们也不知道他抽烟，所以不会告状。但如果被帕特丽夏看到，那可就惨了。好在他知道帕特丽夏只要看电影，就会坐在去年十月她坐的那一排座位。

影片真是无聊至极。他并不关心那个男人和他那幼小的儿子能否拿回自行车。他很软弱，帕特里克心想，他，还有他的儿子。

他一直说自己讨厌电影中"多愁善感的爱情"，但当他看到电影并没有涉及时，他似乎又满心失望。这让他犹豫不决，不知道该承认还是否定自己的这种感觉。这一点很重要，因为大家都希望他能像詹姆斯一样成为一名牧师，而牧师必须放弃爱情。这真是一个难题——你要选择毁了自己的神职事业吗？说得就好像你已经有了一份神职工作一样。明明这才更让人头疼。

出现在银幕上的一名年轻女子吸引了帕特里克的注意。不是很大呀！他最近养成了一个坏习惯，一看到女孩或女人，就想先看看对方的奶子有多大。奶子。有几个词有这层意思：奶子（bust）、胸、乳房。"bust"是一个戏谑的词语，有时人们也把人头的雕像叫作 bust[①]。看女人的奶子可能是不对的，但他不能在忏悔时提及，不管怎样也要等到决定了自己的职业再说。他一直在收集自己放弃做牧师的证据：在理发店里，他偷偷地看《布来蒂》杂志[②]；在家里收藏的图画本上，他试着画女人，有时甚至是裸体的女人，而且总

---

① bust 在英文中也有半身像之意。
② 20 世纪早期在英国军人中流行的消遣幽默杂志，封面多为性感女郎。

是把她们的奶子画得很大；他极想吻一个女孩，想知道吻是什么滋味。而这个习惯本身也属于这些证据的一部分。

突然，他闻到了一丝丝羊毛烧焦的味道，赶忙掐灭了香烟。

真是有趣，这一切竟然都是从那个周末开始的，只不过他已经记不清那个周末坐的是哪一排座位了。那天，帕特丽夏把他一个人留在电影院，还有那个……摸他大腿的变态。整个星期天他都在回想发生在电影院里的这一幕。他想把事情告诉父亲，可出于某种莫名其妙的原因，他觉得害羞，难以启齿。最后，祝祷后回到家，他突然把这件事说了出来，而且还很得意，觉得和一个真正的扒手发生冲突，在一定程度上体现了他的冒险精神。父亲问了几个问题，一副很严肃的样子。他害怕了，后悔自己说出来。回到家时，他被要求去睡觉，就听话地去睡了。帕特丽夏因为把他独自一人留在电影院而受到了训斥。他在房间里慢慢脱下衣服，同时听到了帕特丽夏哭着上楼的声音。接着，父亲走了进来。"儿子，我想和你谈谈电影院里的那个人，这样你就知道将来该怎么做了。现在到床上去，别感冒了。不要太在意你的祷告——你在床上也可以念叨。现在，听着，儿子！我想，你还不知道什么是变态吧。不是的，他不是一个有盗窃癖的人。天哪，用哪个词呢？不对，这个人不是扒手。要解释他是什么人，我还得解释一些其他的东西。最近，你可能听到学校里的小伙子们在谈论某些事情……"

是的，他听说过。只是那时他认为这些谈话内容是脏脏的，所以轻易就忽略掉了，走开没有去听。但当这些谈论内容需要被接受，需要由自己的父亲来解释，还需要和自己的父母联系在一起，和他自己的生活联系在一起时……事情就完全不同了。

许多事情经过父亲的解释都会变得明朗：厕所墙上的画；小女孩的身形；黑巨人来到白雪公主身旁时，吉米·汤普森兔窝里窸窸窣窣的奇怪脚步声时……那天晚上，他躺在床上一连几个小时都睡不着，一个令人兴奋、邪恶的新世界在他面前铺展开来。他从来没有学习和理解过如此多的新事物，大脑也从来没有如此快速且清晰地运转过，一个结论接着另一个结论，有令人兴奋的，也有令人震惊的。一切都改变了。

当然，这些是他需要了解的，也是一个牧师需要了解的。也许有一天，他会不满足于单纯的了解，想要更多。那不适合要做牧师的人。

* * *

哈利一边沉思，一边皱着眉头把玩手里的刀。他觉得很无聊，而他最不喜欢无聊。通常，只要他无聊就会有人遭殃。上帝呀，这是什么电影呀！可他已经看完了当地上映的其他影片，这也是他来这里的唯一原因。心情好的时候，他不喜欢看外国电影——听不懂电影里的人在说什么，看下面的字幕又太麻烦。好在国外影片中经常能看到一些色情的东西，诸如风尘女子和男人在床上的镜头，这是在其他影片中看不到的。然而，现在放映的这部电影绝对是无聊至极，整部影片连一个漂亮点的女人都没有，故事情节还单调乏味。《偷自行车的人》！光看影片的名字，你还以为会是一个流氓混蛋的故事。他早点猜到这一点就好了。谁想看那该死的自行车？影片里唯一的看点就是那个王八蛋朝墙上撒尿的样子。回忆起那一幕，哈利微微笑了一下，但很快又回到危险的低落情绪之中，手指抚弄着锋利的刀刃，打开了口袋里的刀子。

一个卖冰激凌的女孩从过道里慢慢走来，身上挂着装满冰激凌的托盘，巧克力冰激凌和橙汁饮料一直堆到她的胸口。有人想要挤到走廊上去，哈利一脸阴沉地站起身，心想：该死，就知道吃、吃、吃。没想到的是那个年轻人竟然被绊了一下，重重地踩在哈利的黑皮鞋上。一股疼痛和愤怒的火焰立刻包围了他，脑海中一片刀片闪过，一弯新月似的东西不可思议地出现在那人的面颊上，接着一颗颗小小的血珠子溢出来，像果汁从橘子里渗出一般。

"对不起，哥们儿。"年轻人急忙道歉。

哈利坐回到座位上，什么也没说。他忽然想到家里一本软皮小说上的一句话，瞬间产生了报复心理。他想让那个年轻人滚蛋，于是眼前浮现出那人恐惧而痛苦的尖叫，还有那人拿着手帕捂着脸的样子，结果他把刀挥向电影院的毛绒座椅，仿佛是要把刀擦干净。

哈利耸了耸裹在夹克里的肩膀，脸上露出一丝扬扬得意的微笑。他转过头去审视那个家伙的情妇。现在，那个女人与他之间只隔着一个空座位，被他这么一盯，对方脸红起来，眼睛急忙望向过道。他忽然觉得她的脸似乎很眼熟，原来她就是几个月前误会他的那个鬈发女孩，住在巴恩街。这个女孩就像一个洋娃娃——身材火辣，牙齿洁白，皮肤细嫩，一看和她交往的那个乳臭未干的家伙就知道她可能还是个处女。现在，那个王八蛋带着该死的冰激凌回来了。他留着短平头、脖子发红,满脸痘痕、穿着粗俗的蓝色运动夹克,再次从哈利身前挤过,与哈利的脸只有几英寸之隔,这让哈利感到浑身不自在。

"很抱歉刚刚踩到了你的脚。"

再次的道歉令哈利更加愤怒和耻辱。他闭上眼睛,仔细地想象着他想对那个鬈发的小女人做的事情。他不断地问自己,为什么不做呢,为什么不呢?是时候了。

真是可笑,吃冰激凌还要挽着胳膊,布丽姬特一点也不想弄脏自己的新衣服。电影院里太暗了,这是电影院最讨人厌的地方,除非你走到电影院外面,否则便什么也看不清。然而,她确实在挽着莱恩的胳膊,有他在身旁,她很快乐,而且莱恩现在就坐在她和那个看她的男孩之间。男孩看她的样子就像……没错,就像看一个穿着暴露的下流女人一般。有些男人就是这样,仿佛他们有着 X 光一样的眼睛,咖啡馆里的雷蒙德就这样。就像格拉迪斯说的,每次他看你,你就会觉得自己的衣服已经滑落下来。这并不是说他会伤害你,那是他的本性,格拉迪斯说。她还说过,自己坐车去意大利长途旅行时,发现意大利的男人就无法控制自己。如果你一个人穿紧身裙出门,走不了多远身上就会青一块紫一块。然而,眼前这个男孩不同——他看你的方式让人讨厌。他想做的不仅仅是摸你一把……

布丽姬特很庆幸莱恩又回到了自己身边,但她不敢告诉莱恩原因。她怕莱恩生气,也许还会打架,引起不必要的麻烦。就像去年十月她被跟踪的那一次,莱恩得知后,为了能送她回家,接下来的一个月他们都没能看电影。老修女波茨不允许男性访客入内,而莱恩又不喜欢跳舞,于是他们只能在寒冷的大街上散步,实在是非常枯燥乏味。

可是,现在天越来越长了,她和莱恩也不能过于依赖电影。他们可以去公园里散步,在树荫下的长椅上接吻,躺在长满青草的温暖河岸……思绪的火车被讨厌的现实打断了,她忽然想到,今年夏天不会有很多那样的夜晚了,因为莱恩下个星期四就要去军队。想到这里,她把吃了一半的冰激凌扔到了座位下面。

"你还好吧?"莱恩问。

"嗯,很好。"

莱恩刮了刮冰激凌杯,舔了舔勺子,然后弯腰把它们扔到地上。他努力想直起身来,可是心似乎被冰激凌的空盒子一并带走了,忧愁和担心像周期性发烧一样在他身上蔓延开来。他开始偷偷地看电影院的钟,徒劳地比较钟和自己手表上的时间,然后快速计算着剩下的时间是否允许他送布丽姬特回家。估算着送她回家的时间应该充足,莱恩又开始想,晚安道别前他们在那个讨厌的拐角处最多能一起待多久。

* * *

银幕上的"剧终"来得有些出乎意料,克莱尔站起身,抚了抚外套上的褶皱,看到马克还坐在座位上心不在焉地盯着银幕,她又坐回座位。与此同时,提醒他们离开的国歌响起,然而马克的反应却很迟钝。

"很精彩吧?"他一边说,一边笨拙地帮她穿上外套。

"是的,很好看。"她急忙回答,不想让自己快速起身的动作暴露出她对电影的不满,"尽管结局有点奇怪。"

"啊,但这就是重点,这就是它出彩的地方,没有一个美国或英国的导演敢给出这样的结局。"

马克和克莱尔挤进人群,跟随人群耐心地拖动脚步,安静缓慢地爬上楼梯,走到门厅里。马克还在谈论电影,声音清晰而兴奋,仿佛周围只有空气。

"你看,这部电影的关键是片名《偷自行车的人》用了复数。那个男人因为绝望和社会的不公平变成了小偷。具有讽刺意味的是,他不肯宽恕偷他自行车的人,却得到了别人的宽恕。当然,从另一层面上讲,整部影片也是对社会的控诉……"

然而,克莱尔难以理解马克说的话。现在他们被挤到了门厅里,却发现人群正在朝门口拥去,只好又一次被堵在这里,直到穿上雨衣或撑开雨伞,再犹豫着冲进雨里。

"噢,见鬼!"克莱尔说,"我把雨伞落在座位下面了。"

"没事,我去取。"马克说,"你在这里等一会儿。"

被旋涡一样的人群推着前行,克莱尔此刻觉得累极了。墙边有个沙发,似乎在怂恿她过去坐下,于是她大胆地走过去坐了下来,翻了一通手提包,最后找到并打开小粉盒,照了照镜子,捋了捋头发。马克喜欢她这种新的风格吗?难说。与其说不喜欢,马克更像是根本不感兴趣。人群几乎全散了,服务人员不时地给她脸色。

唉，马克终于拿着雨伞回来了。

"谢谢你，亲爱的！"克莱尔说着从他手里接过雨伞。

"找了好久才找到我们的座位。"他解释说，"其实，关于电影的结局，我觉得在一定程度上你是对的。"

她站在因为潮湿而闪闪发光的人行道边缘。

"我们走哪条路呢？"她举起伞问道。

他看了看雨。

"你看，公交站那里排了很长的队，与其站在那里被淋湿，我们还不如散散步，你介意吗？"

"不介意！当然不介意！我知道你喜欢在雨中漫步。"

"是的，我总是能从中得到极大的快乐，尤其是有风的时候。那会让我觉得自己是在和大自然做斗争，在反抗它。"

"我知道。"

马克和克莱尔向前走去，然而，雨却一直想钻到伞下，挤到他俩紧紧抱在一起的身体之间。听着雨水打在撑开的伞上，克莱尔有些欣喜若狂。

"那个结局，"马克继续说道，"我一直有些疑问。我的意思是，现实主义的电影媒体是否有权赋予影片那样的悲惨结局。"

"嗯，事情总是如此。我记得我曾弄丢了爸妈当作圣诞礼物送给我的一支钢笔。那时我一遍又一遍地祈祷，可最终也没能找到。"

"是的，现实生活中发生的事情并不能成为好的艺术。你明白我的意思吗？"

"明白！"她撒了谎。

"我的意思是,诗歌——比如莎士比亚的——可以是悲剧的主题,但它并不只会让观众伤感,因为它是诗歌,源于生活而高于生活……它按照情节得出逻辑性的结论,比如死亡,这样你就不用再担心里面的人物了。但有时你会想,电影是不是被授予了特权,可以迫使你完完全全地进入另一个人的生活,以至于在电影放映的一个半小时里,你会觉得你就是电影中的角色;当这个角色处于完全绝望的境地时,电影是不是被赋予了让你沮丧的权力?"

"我明白,"克莱尔说,"我整晚都在想着那个可怜的人和他幼小的儿子。"她又当了一回骗子。

"是的,你肯定会这样。我也会。我一直在提醒自己,这只是一部电影,一部艺术作品,一种戏剧性的构思,但从电影中走出来并不像从戏剧中走出来那样容易。"

接下来的一段时间里,马克和克莱尔就这样在雨里艰难地跋涉,偶尔回忆一下电影中的片段。

"我喜欢他创作电影的方式——好像在连续不断地发射令人沮丧的真实情景。"

"他们站在桥上淋雨,自行车就四仰八叉地躺在他们身后——这个镜头拍得太好了!"

"是的,拍得很好。"马克的回答让克莱尔心情愉悦,因为这表明她说对了。当马克全神贯注地思考这种问题时,她总是觉得忐忑不安,可是假装很感兴趣真的是一种压力。她第一次和马克约会的时候——其实那也是不久前的事,确实被那些电影感动了,虽然那些影片不是很精彩。但现在,对她而言,好像除了马克,其他什么事情都不重要。她对目前的谈话一点也不感兴趣,只把它当作一种促进两人的亲密关系、把他的手臂留在自己腰间的方式罢了。

现在,马克和克莱尔离开主道,走进相对安静阴暗的小巷。他们拐到高丘的山脚下,向前探着身子,撑着伞冒雨向上走。克莱尔开始傻乎乎地对雨伞产生了一种喜爱之情,因为雨伞为他俩提供了非常优质的服务。

来到山顶,马克和克莱尔停下了脚步。一览众山小的感觉总是让人那么愉悦,当然也会有点微微的震惊。即使倾盆大雨把你浸透,即使灯光被雨水遮挡,视线变得模糊,你也无法在越过山顶时忽略伦敦的全景。山顶有一个湿漉漉的座位,标示着"游人休息处"。他们心有灵犀地一起在座位上坐下,相拥在伞下,观望整座城市。

"我们似乎总是以这样那样的方式在这里驻足。"马克感慨道。

"嗯,你还记得第一次吗?"

"什么时候?"

"你不记得了吗?"克莱尔有些失望,那天晚上以及那晚的亲密接触是她最珍贵的记忆。

"那你得记住了。我想那是你第一次真正和我说话。你告诉了我你的真实感受,关于……哦,关于生活,关于写作,等等。"

"哦,是的。我记得当时我还说了很多废话。"

"但不管怎样,我永远也忘不了。"

"你的记忆力好得惊人吧,宝贝?"

宝贝。当马克这么叫她,无论多么随意,这个词总能发出一种安全与和平的光芒。它标志着他俩现在处于恋爱的关键期——事实上,它也表明马克对两人恋爱关系的认可。新年后,她从爱尔兰回来,马克到尤斯顿接她。当时马克就是称呼她"宝贝"的。她记得马克说:"你好,宝贝,见到你很高兴。"现在她特别想听到这个词。每当听到马克叫她"亲爱的"或"克莱尔"的时候,她就会有一种失落感,害怕马克不再爱她了。

"也许你当时的话并不全是无稽之谈。现在,我眺望伦敦城的感觉和从前不同了,也许并没有完全不同。令我感到压抑的仍然是它的多样性,但我的感觉不一样了。"

"那是什么样的感觉呢,宝贝?"

"哦……是宗教吧,我想。是那种无尽的冷漠。在伦敦和伦敦以外的地方,还有几百几千万人不了解上帝,也不想了解上帝,或者了解的上帝和我了解的不一样。当你看那些色彩斑斓的世界宗教地图时,你会发现普世教会所掌管的区域原来这么小,让你泄气,继而怀疑自己到底是不是对的。"

"可是,马克,这都不是问题的关键。教会仍然是真实的教会,即使世界上只有一个天主教。"答案脱口而出,就像自动化机器生产一块巧克力一样容易,却是众所周知的陈词滥调。看来,克莱尔要改掉修女的心理习惯并不容易。有时,她也渴望奢侈一回,怀疑一下自己信奉的宗教,但更多的是羡慕马克发现新信仰后的愉快心情。

"当然,理智地讲,我是认可这一点的。"马克说,"但统计数据更有说服力。不过别担心,这不会对我产生多大影响。"

"这是多样性的问题吗?"

"嗯,这个问题很有意思。我已经不再感到那样的绝望无助了……"

与其说马克此刻是在和克莱尔谈心,还不如说他是在与自己谈心,像往常那样,先分析,后界定。一个遛狗的女人从他们身边经过,用好奇的眼光打量着他们。的确,冒着倾盆大雨坐在湿透的长凳上,在别人眼里,他俩一定是疯了。然而,马克却有感而发,继续讲述着自己的观点。

"我想,这是因为我没有承受这种多样性的能力,没有相关的思想或观念。但现在我明白了,很简单,上帝包含了这种多样性。你看,我认为最困扰我的是上帝的宽广和无形,他让所有事物都拥有某种宇宙观,认为人类活动的总和只不过是上帝那双有无限创造力的手所创造出的一条微弱的线条而已。"

克莱尔很内疚,她发现自己竟然十分讨厌马克所说的东西。六个月前,她最大的愿望就是有一天能和马克一起探讨他们共同信仰的宗教及其蕴含的伟大真理。现在,这一愿望竟然奇迹般地实现了,然而她却没有得到预想的快乐。老实说,她有些后悔自己改变了他的信仰。让马克皈依并不是因为她虔诚——假装仍然对教义虔诚有什么用呢?她对宗教的感觉就像女人对没有爱情的枯燥婚姻的感觉:令人厌烦却无法逃避。生活中全是琐碎的事情,却难以避免。她自己的婚姻会是那样吗?不,这样的婚姻哪怕只是想一想都让人觉得毛骨悚然。在她的思想里,宗教曾经占据了主导地位,而现在占据了主要位置的则是婚姻:她所有的希望都寄托在婚姻里了。回想起自己从修道院离开时的彷徨无助，她不禁想到，马克是她改变的主要原因。但这似乎并没有拉近马克与她的距离——就像一个跷跷板，她落下了，他反而高飞了，成了一个虔诚的基督徒。他们之间一定存在过一个水平的状态，但这种状态并没有持续太久，学生朝圣[①]就把他吹到了她触及不到的地方。

虽然听起来似乎难以置信，但是马克——愤世嫉俗、无所事事、老于世故的马克——已经加入了天主教学徒的行列。在圣周期间，他举着沉重的木十字架穿过大街，走过伦敦和位于沃尔辛厄姆圣母神殿之间的宽阔道路。过了三天，还没有完成朝圣之行，他就一瘸一拐地回到家中，脚上长满了水泡。在她眼里，马克就像一个英雄：她想拜倒在他的脚下，亲吻他的双脚，给它们包扎，带着爱和关心给它们涂抹药膏。可这一切都遭到了马克的拒绝，而且他不愿谈及朝圣的事，只说他因不得不放弃朝圣而非常难过。从那以后，他似乎没了任何激情，或者更确切地说，他就好像和其他女孩发生了暧昧关系，和她吵了一架似的。荒谬的是，她竟然嫉妒起了学生朝圣，嫉妒它难以捉摸的暗藏魅力。对于学生朝圣的吸引力，她既无法理解，也无法与之抗争。啊，上帝呀！他现在竟然在谈永生。

"……永恒的生命能把世俗的生活比下去，并不是因为它更长。如果有人这么想就大错特错了——我指的是我们对永生的态度。告诉我，克莱尔，你在女修道院是怎样向孩子们解释永恒的？"

[①]英国路途最长的连续步行朝圣活动，参与者为学生、毕业生及其家人。

"哦，我借用了一个古老的说法：有一个像地球一样大的钢球，每一百万年才有一只苍蝇在它上面落下一次，直到钢球因为苍蝇的飞落被磨得化为乌有，永恒甚至还没有开始。"

"非常准确。你构建了一幅时间流逝的画面，一幅漫长而无形的可怕画面，然而，你的最后一口气却能让它消失，让你的听众彻底陷入迷茫，从而坚信永恒就'像是'一段很长很长的时间。"

"哎，你还能怎么讲呢？"

"简单而诚实地说，永恒既像一个瞬间，也像一百万年，因为它跟这两者都不一样。它不像时间具有长度，它跟时间长度不同。永生应该被想象成一个没有过去也没有未来的幸福状态，而这个词在口语中还带有贬义色彩——'我等公交车等到了永恒'。"

"我还是喜欢第一种解释方式。"克莱尔有些生气了。

"那种说法解释得很深奥，却总是解释不到要点上。圣餐变体论就是如此。"

她叹了口气。

"亲爱的，我的臀部又冷又湿。咱们走吧？"

"好吧。"马克淡淡地答道，对克莱尔的玩笑一点反应也没有。为了使他摆脱哲学上的情感，克莱尔故意幽默地用"臀部"一词代替了"屁股"，可是马克却没有半点儿反应，这让她感到压抑和烦闷。马克到底怎么了？他们继续在雨中迈着缓慢而沉重的步子，然而，一路上都闷闷不语。马克没有搂着克莱尔的腰，而是让克莱尔挽着自己的胳膊。突然，他说：

"克莱尔，你从来没告诉过我你离开修道院的原因。"

"不想说。"

"为什么?"

"我不愿去想这个问题。"

"不是,我的意思是,你为什么离开了修道院。是什么让你决定放弃自己的职业呢?"

克莱尔犹豫了。其实,这个问题,她不但想过,而且还一直缠绕着她,就好像一些难忘的场景或声音,又好像一个溺水人的呼喊,总在她脑袋里回响,但她从来没有和任何人讨论过这个问题。现在,一想到要和马克讨论这个问题,她就感到不寒而栗。不过,或许告诉马克就可以打破她那些胡思乱想和回忆的壳。自从马克从学生朝圣归来,这个壳就一直把她困在死胡同里。然而,她还是有些犹豫不定,不知道马克能不能认识到揭露真相的严肃性,也不知道马克能不能明白,她如果选择告诉他,那是对他的信任。

"你为什么想知道呢?我猜,你是为了获得更多的小说素材吧。"她喃喃地说。

"宝贝,其实,几个月以来我一点东西也没写。不是为了小说素材,我只是好奇而已。"

马克又叫她"宝贝"了,所以克莱尔心中的结全打开了。也许她可以通过透露自己的秘密来与马克和解。爱情就像童年的友谊,情侣之间关系的发展也依赖于彼此秘密的分享,把自己更多更重要的东西托付给对方。她发现自己和马克也是如此。他曾想方设法地探知她的生活隐私、她的思想以及她在童年和青春期的想法和情感,尤其是他俩刚认识的时候。一开始,她还有些害羞,不愿告诉马克，后来她发现这些东西可以让她掌控马克——她可以通过重新唤醒那些长久以来被遗忘的记忆，甚至是憾事，来吸引他的兴趣和注意力。她本能地感到，那种率直、生动的逸事是马克的最爱，能让他高兴地大笑，他甚至还会在笔记本上把它们草草记下来。但现在她开始后悔当初挥霍自己的秘密了：马克几乎榨干了她所有的秘密。她很害怕，怕自己一旦不再拥有神秘的东西，马克会像扔空盒子一样把她扔掉。

克莱尔忽然觉得自己的这种想法有些可笑，什么时候她变得这么缺乏自信、患得患失了。她看了一眼马克，发现他已经离开了雨伞的保护，正迎着风雨向前走。他的头向后仰着，嘴唇微微张开，被雨水打湿的头发缠绕在一起。他的雨衣扣到领口处，一点也不能帮他遮挡雨滴，可是他就是喜欢这样穿。他长得有些孩子气，一副玩世不恭的样子，可这也是他最讨人喜欢的地方。马克瞥了她一眼，看出了她写在脸上的心情。他搂住她，亲吻她的唇。他们停驻在人行道中间，在倾盆大雨里紧紧相拥，周围只剩排水沟、地下道、树上和伞上发出的声音。突然，一辆汽车从小山的另一边开了上来，汽车轰鸣声打破了他俩幸福相拥的平静，迫使他俩分开了。

"怎么了，克莱尔？"马克亲切地问，同时也看到了她的眼泪。

"没什么。"克莱尔应道，继续依偎着马克往前走。

"我是不是做了什么……"

"没有！说真的，宝贝，我没有不高兴，只是我们的吻令我触动很大，我猜你并没有发现这一点。"

"或许吧，我没注意到。"他平静地说。

过了一会儿,克莱尔开口说道:

"我并不是主动离开修道院的,是他们让我离开的。"

马克的表情似乎比她预想的还要震惊。

"我——我很抱歉,克莱尔,"马克不知道说什么好了,"我真不该多嘴的。如果你不想说——"

"不是的,我想让你知道,马克。我应该早点告诉你的。我们之间不该有秘密,不是吗?"

"不该,我想是不该。"

克莱尔深深地吸了一口气,继续说道:

"唉——"

她的脸上忽然露出牵强的笑容。

"唉,这件事曾经闹得沸沸扬扬,现在我却不知从何说起了。这件事我一直没有想明白,那时候我认为自己是一个真正的牺牲者。女修道院里有一个女孩,叫希尔达·希姆斯……"

克莱尔说不下去了,没想到一提这个名字,那种痛苦的怀旧之情竟让她疲惫不堪、战栗不已,仿佛过去几年的情景、声音、气味、味道、情感、遭遇,突然凝聚在一起,一瞬间向她袭来,令她恶心:冰冷的小卧室、沙沙作响的修女服、修女们排队走进小教堂时靴子发出的吱吱声、食堂炖菜时飘出的阵阵恶臭。她还清楚地记得她的第一堂课:所有的小孩都举手或挥手以获得新来的修女的好感;希尔达穿着白色衬衣和熨烫极其整洁的无袖制服坐在后排,羞涩而热情,宛如晶莹剔透的露水;她和希尔达一起去小灌木丛,去小教堂,去修道院祷告、聊天、开玩笑、分享秘密、彼此信任……

"是吗？"马克重新引入话题。

"嗯。其实，我当见习修女时，经常做大量的教学工作，因为修女人手不足，而且教学对我也很有好处。我教过的女孩中有一个名叫希尔达·希姆斯的，她很喜欢我。这没什么不寻常的，你了解女子学校是什么样子。"

"不了解——请接着说。"马克微笑着。

"嗯，她们都这样，真的。很多女孩都喜欢我——这是必然的。我年轻，你瞧，而且——"

"漂亮。"马克插了一句。

克莱尔笑了笑。

"唉，其他修女都非常冷酷、刻板。不管怎样，这些女孩中的大多数是在对我的迷恋中成长的——没过多久，最大的问题便出现了：得让她们远离道路另一头文法学校的男孩。然而，希尔达与众不同，她不够成熟。"克莱尔接着说下去。

她绞尽脑汁地寻找恰当的词语，以便表达那份纯真亲密的友谊。马克的理解力带着男性的粗犷，如果她想要向马克讲清楚这份友情对她和希尔达意味着什么，所用的词语就必须像蜘蛛网一样有力而精致。

"希尔达对文法学校的男孩不感兴趣吗？"马克插了一句。

"不，不是。不过你一定是误会了，你还记得你借给我的那本有关同性恋的书吗，关于法国一所女子学院的书？"

"我记得。"

"嗯，我们之间——我们的关系和那里面描绘的完全不同。"

"那你们之间的关系到底是什么样的呢？"

"唉，对一个男孩解释这个问题好像有点难。或许你会觉得好笑，但是，唉，我俩认为我们可以相互帮助——我的意思是，在精神上。当我发现希尔达对我的情感远远超过普通的喜欢时，我觉得我应该阻止她，但又于心不忍，因为我感到这样做就像是践踏一只你看着它学飞的小鸟。还有一个原因，我也喜欢希尔达。我想这就是我做错的地方——我太自私了。其他姊妹都对我非常苛刻，所以我喜欢希尔达的赞赏。她有些放荡，总是轻信他人，所以我想，我可以在精神上帮助她，也许还应该让她明白她也有职业。其实，她也是一个修女。她被父母送到修道院，可只待了一年便恳求父母让她成为一个天主教徒。最终她的家人同意了，但不是很支持。所以在她家里没人鼓励她过宗教生活，也正因如此，我觉得她应该受到一点特别的关注。

"后来，事态渐渐地失去了控制。耶稣圣心日那天，她从教堂出来的时候，我吻了她。当时她刚刚接受完圣餐，无疑脸上容光焕发，纯洁无瑕——我也无法解释自己为什么要那么做，但我就是忍不住吻了她。从那以后，不论什么时候遇见或分开，她都希望我吻她——当然，是在我们单独在一起的情况下。后来，我想我们一定是被别人看到了，因为我感觉到了一股其他女孩怨恨的暗流，而希尔达也受到了其中一个女孩的排挤，这使她更加热情地向我寻求安慰和支持，但我已经渐渐失去了耐心——我不知道该如何去应对这件事。我们有过多次争吵，多次和解——成了真正的谈情说爱。这种暴风雨通常会很快过去，但我们之间的这场暴风雨却越来越频繁。后来有一天——"

克莱尔支支吾吾地说着那天发生的事情。那是七月的一天，天气炎热，她穿着黑色的修女服，热得受不了，汗水浸透了穿在里面的厚羊毛内衣。她感到阵阵头痛，而希尔达比以往任何时候都更加热切。当时是在操场上，由于其他女孩都在看着她们，所以她们只说了几句话，但因为两人都忍受着情感的压力，说的话全是话里带刺。连她自己都没想到，她竟然不耐烦地说出了最为刻薄的话。希尔达情绪激动，哭着转身离开，一直跑，一直跑……

"发生了一件大事。希尔达歇斯底里似的想要自杀。她服下了大量阿司匹林，虽然没有生命危险，但情况也很严重———切都败露了，我被命令离开。没有反抗，没有布道，也没有上诉。我被告知没有工作了，必须离开。"

克莱尔第一次注意到，他们已经停下了脚步。环顾四周，她发现已经走到自家房子外面了。

"天哪！竟然不知不觉到家了。"

雨还在下，雨滴偶尔会被风吹得聚到一起。马克和克莱尔疲倦地爬上台阶，走到门廊上。最后，马克合上了伞。

"我们都淋湿了，还是直接进屋吧。"马克提议。

"能等一分钟吗？"

克莱尔觉得身体软弱无力，疲惫不堪。但厨房里可能有人，而此刻她不愿面对任何人。在这个世界上，她现在最渴望的就是马克把她像婴儿一样抱在怀里，安慰她。仿佛在迁就她一般，马克伸出双臂，松松地揽住她的腰，同情地朝她微笑着，像对待病人一样。

"嗯,现在你知道了我糟糕的秘密,"她说,"我不是主动离开教会的,我是被赶出来的。"

"可怜的克莱尔。"

"可怜的马克,有一个当过修女的神经质女朋友。"

"我无怨无悔。"马克说着把她拉进了怀里。

没有任何预兆,克莱尔的体内好像突然涌现出异样的东西,仿佛长期处于未知压力下的一座大坝决了堤,强烈的情感涌上了她的眼睛、鼻子、嘴巴。在亲吻中,她叹息着、哭泣着、嘟哝着,唾液、眼泪、口红和雨水覆盖了她的脸。她像一个溺水者找到了救命稻草一般,紧紧地抓着马克。然而,她感到马克就像一个理智又自律的救生员,在这激情四射的时刻,却竭尽全力地想让她冷静下来。她想让马克扑倒自己,觉得欲望正在死死地抓住她,令她想要再次感受他的手放在她乳房上的感觉,就像数月前的那个瞬间她感受到的那样。她抓过马克的一只手吻了一下,把它拉到自己的雨衣下面,按在自己的胸上。有那么一瞬间,她感觉马克的手指握住了她的乳房,可他却忽然把手抽走了。

"别,克莱尔。"

马克的断然拒绝令克莱尔目瞪口呆,直到他们走进黑暗的大厅,马克帮她脱下外套,小心翼翼地挂起来,她麻木的意识才回归。接下来,羞愧和屈辱就像血涌上脸一般冲入她的意识。克莱尔悄无声息地跑向自己的房间。在最高一级台阶上,她听到马克低沉而不安地呼唤她"克莱尔",但声音里却充满了犹豫和怀疑。她没有回头。

* * *

宛如一头愤怒的野兽,达米安站在公交站台,周围是一群讨厌的伦敦人。祷告之后,他又在长老会辖区参加了一个会议,可是会议时间太久了,还好他赶上了公交车。正当他在公交车上庆幸不用再淋雨的时候,售票员大声喊道:"全体下车!"尽管他表示抗议,但还是被赶下了公交车,来到人来人往的人行道上。可他的路程走了还不到一半,而且"公交站亭"小得可笑——仅仅是一根金属管子支撑着一个很窄的顶棚。挤进这一狭小区域的人会被人群挤扁,更会被外侧的雨水淋透。达米安站在路缘石上,重型车开过去,他的鞋子和裤子上被溅满了脏水。更加不幸的是,他排队等公交车时被挤到了队尾,时间又恰好赶上电影院、舞厅和小酒吧散场,顾客们源源不断地拥向人行道。令他愤怒的是,他这边刚从教堂出来,那边就看见周围的乌烟瘴气:一群下流、粗俗、酒气熏天的乌合之众快活完了,从亵渎神灵的场所里走出来。他们咒骂着,抱怨着,放开嗓门开着粗鄙的玩笑,在沮丧和激动的人群中跌跌撞撞地挤来挤去,看到公交车靠近便挣扎着挤上已经满员的公交车。达米安本想挤到队伍的前面,却不小心触怒了一个手持拐棍、体型肥胖、脾气暴躁、浑身散发着臭味的老太婆。

"站这儿!你往哪儿挤?你好意思吗?有些人真是没耐心。你看,你前面还有人哩。"

老太婆继续恶狠狠地喃喃自语,当然也对任何可能听到她的人咕哝道,"真差劲。有些人就是没点儿教养……"

达米安心情烦闷，也有一点害怕，于是他转身离开了人群，闷闷不乐地望向对面的街道。

突然，他看见克莱尔和安德伍德手挽着手走在对面的人行道上。两人被雨伞半遮挡着，显然没有看见他。达米安的内心突然涌出一股强烈的情感——嫉妒、羡慕，夹杂着一种悄悄发现他们的窃喜——使他忘记了此刻处境的痛苦。突然，他一时冲动，狠狠地用屁股把老太婆撅到一边，紧接着趁空一溜烟地钻到栏杆下面，穿过了马路。老太婆的唇齿间吐出一连串咒骂的话，不过达米安根本没有理会。

其实，达米安没怎么听到她的声音，因为他的精力全部都放在了前面的两个人身上。在雨伞的遮挡下，他们的身体靠得那么近——太近了。安德伍德完全没有必要那样紧搂克莱尔的腰。尽管他大肆吹嘘自己的"皈依"，但是似乎仍在追求肉体的享乐，恨不得用手去摸克莱尔的身体曲线，感受她的大腿蹭在自己大腿上的感觉。皈依！他狡猾得还真是令人佩服！克莱尔是个容易上当受骗的女孩。安德伍德表现出极大的宗教热情才会让克莱尔对他着迷，让她认为是她改变了他的信仰，其实都是马克在蛊惑她。离开修道院还不到九个月，她的言行举止就变得如荡妇一般，竟然允许安德伍德紧紧地搂着她的腰，甚至仰头大笑，还面带愚蠢而痴迷的微笑望着安德伍德的脸。而且，当安德伍德要亲吻她的时候……

达米安的身体忽然变得僵硬，仿佛是因为一股突如其来的剧痛——他想起了一件事。那是圣诞节的下午，在马洛里家黑暗的大厅里，他站在楼梯口，等待克莱尔从浴室出来。他本想从阴暗处走出来，制造一场偶遇的假象，但他忽然意识到，这样会暴露他的意图。最后，他还是坚持说了他事先演练了很多遍的话："啊，好巧呀，克莱尔！在这样的节日里，难道你不欢迎你的表兄吗？"可他发现自己的声音就像是生手操控机器发出的吱吱嘎嘎的摩擦声，而自己微笑着向上看槲寄生的样子更像是在暗送秋波。结果，他看到了克莱尔的犹豫，接着困惑和愤怒便不自然地禁锢了他那暗送秋波的眼睛。克莱尔挤出一丝微笑，说："当然，达米安。"然后把脸颊靠了过来，却像有拳头要打过来似的很快避开了，让人觉得很丢脸。于是他冲动地抓住她，把她拉向自己怀里，还虚伪地模仿流氓的笑声，而她则惊叫了一声"达米安"后挣脱了。这完全不同于他刚刚看到的情景：克莱尔允许安德伍德拥抱她。想着克莱尔对待他和安德伍德的不同态度，达米安麻木地在路中间站了好几分钟，内心充满了尴尬、羞愧和懊恼。他第一次觉得自己无法冷静，无法摆脱羞辱。

突然，达米安回过神，发现回忆使自己放慢了脚步，停在了湿滑的人行道中间。两个站在商店门口的女孩正在咯咯地笑着他。她们的年龄不会超过十五岁，脸上却涂了厚厚的一层化妆品，身上穿着庸俗艳丽的衣服，显得格外成熟，让人无法将她们与纯洁联系到一起。她们轻率无教养的行为，她们对罪恶的无知，以及他对罪恶过于强烈的认知，使他内心燃起了怒火。他愤怒地看了她们一眼便继续匆匆向前走去，却远远地看见克莱尔和安德伍德离开主道，爬上了小山丘。

最后，他们在山顶停下脚步，坐了下来。这番行为真是反常——天空还下着倾盆大雨呢。达米安觉得很尴尬，想从他们身边溜走，却担心很容易被认出来。没办法，他只能一直徘徊在一棵滴着雨的大树下，等他们先走。倏地，他脑海中出现了商店门口的那两个女孩，同时惊讶地发现她们竟然给他留下了如此深刻的印象。不得不遗憾地说，一个男人行为有些不检点是正常的，而一个女人行为不检点，哪怕是一点点的放荡，都会令人不安，就好像这个女人在作践自己，放弃了自己是一个人、一个灵魂的权利，即使利用她的性欲好像也没有什么罪过，因为没有任何事情会比占有肉体更能玷污她。

又一个清晰的画面幽灵般地浮现在达米安的脑海中，就仿佛发生在眼前一般。那天他在乡下散步，吃惊地发现树林里有一对恋人。他瞥了一眼，却看见了两条赤裸的腿，一对暴露在外的乳房，一个裤子脱到膝盖的男人。他趁这对恋人没有注意到他，惊慌失措地从灌木丛中跑了出来。即使是现在，这件事还是令他记忆犹新。不知不觉，他的内心产生了一种强烈的欲望，使他浑身颤抖。真是奇怪，难道这就是情欲的可怕之处？人们能够轻松地处理邪恶和世俗：做出冷静的判断，使之平衡，然后远离它们，做自己认为正确的事情。然而，肉体的诱惑截然不同：人们很难冷静地处理它。面对它的时候，你听不到理性的声音，只有可怕的好奇心坚持着让它得到满足。

显然，安德伍德的性欲是得到过满足的，这是毋庸置疑的。克莱尔如果还有一点理智（这似乎是令人怀疑的），绝对会意识到这一点。一个有那样的背景和生活方式的人，几乎不可能还保持童贞。可是，克莱尔从来不会因为这一缘故对安德伍德有所保留。在基督教里有一种倾向，那就是偏爱那些过去散漫、后来皈依的人。人们都相信浪子回头的寓言，也相信所有人都能得到救赎。但是，那些已经成熟的放荡不羁之辈似乎得到了过度的信任。安德伍德无法摆脱的好奇心完全得到了满足，然后才放弃了不道德的生活。他有什么值得特别称道的地方？然而，奥古斯丁①得到的尊敬就是比圣阿洛伊修斯·贡扎加②的多。达米安一直坚信，真正有英雄气概的男人应该是年幼的时候就重视贞操的人，可他得到了什么回报呢？如果忏悔很容易就能得到上帝的宽恕，那还要在意神圣的纯洁干什么？他不是傻瓜，他知道夏天在他家附近的田野里会发生什么事情；他不是没有欲望、没有好奇心，只是他一直坚持自己出淤泥而不染而已。为了什么呢？自从被神职拒之门外后，他发现自己在某种程度上难以适应普通的生活。安德伍德吸引克莱尔的东西正是他身上所缺失的东西，似乎那就是克莱尔所称的"经历"和"成熟"——简单地说，是安德伍德的罪恶。在爱尔兰，安德伍德这种人被称为"变坏的牧师"。难道他不也是一个变坏的男人吗？

终于等到克莱尔和安德伍德继续往前走了，但达米安不得不再次停下脚步，因为他俩站在人行道中间，正在上演一场热吻真人秀。达米安觉得无法原谅克莱尔，她竟然如此作践自己，允许安德伍德在公共场合爱抚她——他们就像两条随处交配的狗一样无耻。

---

① 古罗马帝国时期天主教思想家，死后被封为圣人。奥古斯丁的神学是后世基督教教义的基础，影响整个东西方教会。他的代表作是《忏悔录》。
② 16世纪意大利贵族，死后被追认为天主教圣徒。

他永远也无法完全抚平自尊心所受到的伤害，而且，从此以后他再也无法用尊敬的态度去对待克莱尔。他自嘲地回想，自己的梦想竟然是和这个……这个变节的修女举行一场理想且激动人心的基督教婚礼。

辱骂克莱尔和数落她与安德伍德的不当行为令达米安的内心得到了安慰。他一路尾随他们回到家中，心中充满了当间谍成功后的喜悦之情。看着克莱尔在走廊里不顾一切地放下自尊，他更觉得自己仿佛获得了使人愉悦的大秘密，于是快活地跑回自己的房间去暖和身子。那天晚上，他虔诚地祈祷自己能够坚持迄今为止所坚持的贞洁，不受周围各种诱惑和罪恶的影响。他还非常慷慨地祈祷克莱尔不要陷入永久的罪恶之中——前提是她还没有真正陷入。

* * *

这里有一间松垮的小木屋，也不知道曾经是谁的花园凉棚。看凉棚的样子，那个可怜的家伙很可能已经被炸弹炸成了碎片。哈利微微地颤抖着，站在小木屋的影子里，背靠一堵墙——不带窗户的那一面。这一带的房子排列整齐，看起来光滑平整，仿佛是被奶酪刀切成的一般。战争结束时，哈利还是个孩子，这里自然而然地就成了他儿时玩耍的地方。那个时候，这里是一个炸弹坑，周围是摇摇欲坠的房子，房子的内部结构已经损坏，房内有敞开的地窖，零零碎碎的家具，还有扭曲的管道和水箱。那时，他和伙伴们玩得很爽，而今晚他也会玩得很爽。爽到不行。

现在，瓦砾早已被清理干净，空地和住房之间被画上了一条线。很快空地上还将建起新房，那个鬈发女人看完电影回家就不会从这里穿过了。不过，今晚她正朝着弹坑的方向走来，朝着意想不到的深渊走来。很快她就会发现，得罪了哈利就得付出代价。自从产生占有她的念头以来，哈利已经犹豫很长一段时间了，但最后他还是决定占有她。没什么可以逃脱哈利的手掌，最终也逃脱不了。

他已经想好了方案：用手捂住她的嘴，把刀摆到她的眼前，拖她进入黑暗的棚子里，没准她会欣然接受。女人们通常会这么做，在所有裙子、端庄以及"为什么是我？天哪！"的表面下，都是同样下流的寻欢作乐。

哈利又打了个寒战，身体也开始剧烈地颤抖起来。他压着嗓子咒骂着，努力控制着自己的身体。忽然，他听到高跟鞋发出的咯噔咯噔声，而且声音越来越近。仿佛有什么东西紧紧地抓住了他，使他压挤出所有的颤抖。他呼吸加快，无声地大口喘着气，从口袋里掏出刀子，按下了使刀片弹出的按钮。

* * *

布丽姬特孤身一人走在那条长长的荒凉小道上，陪伴她的只有高跟鞋踩在人行道上发出的咯噔声。天气恶劣，街道空无一人，不禁令人更加害怕。她生气地咒骂着天空落下的雨，试图忘却对未知的恐惧。那个和她一起上班的女孩一定是疯了，竟然说自己喜欢雨——喜欢穿着雨衣和雨鞋在雨中漫步，从中获得快乐。至于布丽姬特，她是十分讨厌雨的——鞋子浸得透湿，长袜上溅满泥水，衣服看起来像破布，头发也因为被雨水淋湿而卷在一起。她不止一次地暗下决心，下次一定得买一把雨伞。头巾已经湿透，一阵狂风卷着雨刮到脸上，她不禁打了个寒战。此刻要是待在家里该多好！可以舒舒服服地蜷在床上，抱着热水袋，一扫身上的潮湿、寒冷以及与莱恩分别的痛苦，然后想象一下他俩未来在一起的日子。

其实，他们的未来也称不上是什么令人向往的日子。布丽姬特不知道怎样做才能使她和莱恩的生活安顿下来，或者更确切地说，她不知道他俩怎样才能过好……那种艰辛的生活很快就要轮到他们头上了：狭小的住所，生活的烦恼，为生活奔波而筋疲力尽的感觉……但这些都是命中注定的。她近乎绝望地在自己的"私人电影"中寻求着安慰。对这部在脑海中放映过无数次的电影，她从未厌倦过。睡觉前躺在床上的时候她会放映一遍，周日清晨半梦半醒的时候她也会放一遍。放映的内容不过是寻常婚姻生活中普通的一天，是成千上万的人都觉得理所当然的生活，但是对于她和莱恩来说，这种常态化的生活是多么幸福呀！

她梦想的基本模式一直没有太大的变化。清晨，阳光透过卧室的窗帘照在墙上以及沉睡的莱恩身上，形成光影斑驳的美好景象。她希望永远在莱恩之前醒来，然后静静地躺一会儿，感受这样的幸福。接下来的时光可以想象得到——莱恩吃早餐，她看着莱恩去上班，打扫他们一直按期付款的半独立式小屋，照看孩子，为莱恩做晚餐，晚上坐在火炉旁看电视，上床睡觉……基本模式是一样的，但每次想象这些场景的时候，布丽姬特都喜欢做一些微微的调整，比如改变一下卧室的摆设。今晚，在她的脑海里，晨光透过的不是上个月挂在窗户上的印花棉布，而是红色和奶油色相间的优雅条纹布。她厌倦了为莱恩准备的晚餐中经常出现的牛排和薯条。尽管莱恩吃起牛排来总是津津有味，但她还是决定去学习欧陆烹饪，以便做出令他惊喜的饭菜。"这是什么奇怪的东西？"莱恩坐在桌旁时会这样问，然后接着说，"嗯，不错！这一点我必须承认。"

布丽姬特紧紧抓着这一温暖而美好的画面，仿佛抱着一个热水袋，驱散了夜晚的寒冷和孤寂。然而，比起蜷缩在床上半梦半醒的时候，眼下的情形更容易给她一种不真实感。此刻，她走在潮湿而令人不安的街道上，而她爱的那个家伙正在驶向反方向的公交车上绝望地望向窗外，不知道他到底怎样才能娶她。他没有积蓄，而且下周就要去当兵了，而他一向自称病人的寡母又讨厌她抢走了自己的儿子。她真希望这个梦做得没这么早，现在每一幅荒唐而不可能实现的画面都带着讽刺的字幕——"哦，果真这样吗？你会走运的！不是吗？"——回荡在她的脑海中，使一个又一个美好的愿望破灭，令她开始急切地渴望结束每天街角处的分离，结束长时间步行回家的恐惧和孤独。

因为在电影院遇到的那个男孩，今晚布丽姬特格外紧张。她讨厌男孩们看她的样子——仿佛是在家畜展览会上给家畜打分。不仅是男孩，男人也一样，特别是成熟老到的已婚男人。莱恩不同，她从来没有见过莱恩这样看别的女孩。莱恩不是不正常，只是人好而已。去年夏天的一个晚上，莱恩在公园里试探性地做了一个大胆的举动，她内心想说"可以"，但话到嘴边，却说成了"不要，莱恩"。于是，莱恩把手拿开，吻了她一下，默默地顺从了她的决定。他这么做实在是出于善良，因为他并不信奉宗教或其他什么，所以如果真的有男女在婚前就有权拥有彼此，那么她和莱恩就是那样的男女了。但他们不能，虽说她不是人们所称的保守之人，但她知道这样做不对。他们要坚持到最后，直到他们结婚，这样无论他们的婚姻多么不幸和贫穷，至少还有其不同寻常之处。

前面就是黑暗泥泞的弹坑，布丽姬特却犹豫了，特别是今天晚上，她非常不愿意从那里穿过。但不从那里穿过去，就意味着她得绕很长一段路才能到巴恩街，而现在她又因为这又湿又冷的天气而浑身发抖。她迈步走向弹坑，开始艰难地在一条杂草丛生、堆满碎石、站不稳脚的小路上跋涉，很快走进了凉棚的阴影里。

* * *

检查完毕，确认所有的门都已关好，伯克利先生拖着疲惫的脚步登上楼梯，走进了办公室。多琳拉开办公室的沙发，快速脱掉了身上的衣服。他进来时，多琳也没有抬头。他们的婚外情就像婚姻一样令人沮丧，需要例行公事——在这间寒酸的办公室里，寒酸地共度几个小时。从某方面来说，例行公事也有其快乐之处，但要经历烦人的程序——等工作人员离开、脱衣服、铺床，才能获得身体上的短暂快感，然后躺在那里，肉体得到了温暖和满足，心里却盘算着很快就得起床穿衣服，开车把多琳送回家。结果，担忧和责任迅速取代了追求和征服的快感。

多琳脱下衬裙,把它搭到椅子上。他盯着她。

"哦,上帝!"

多琳低下头,这还是这么长时间以来,她第一次脸红。

"我明白你的意思。难看吗?"

"上面全是指纹!"

"是的,都是劳里·兰斯顿的指纹,我曾经是他的铁杆粉丝,不过我已经洗过了。"

多琳脱下内裤扔到椅子上,钻进被窝里等他,却被前天晚上他们一起吃饼干时掉下的饼干碎屑扎到了皮肤。她的目光又落在了带指纹的内裤上,那是她奇妙而蠢蠢欲动的青春和天真无邪的见证。明明是几个月前的事,却好似几年前了,因为那个我行我素、认为自己清楚想要什么样的生活的年轻姑娘用不可告人的秘密打破了青春,打破了天真无邪。天哪,从那之后,她成熟了许多。

"来呀,莫里斯,"她说,"今晚我想要。"

多琳的直接几乎令伯克利先生感到震惊。不是我想要你,而是我想要,也许多琳的爱情已经成为一种没有人情味的游戏,一种需要满足的欲望。可是,眼下的这个女孩前不久才刚刚丢掉了纯真和浪漫的爱情。忽然,他注意到多琳那苍白疲惫的脸上伦敦人的特征——小巧精致的五官,沉重坚定的表情。他又对自己的刻薄想法感到后悔。多琳说话直接只是不想让他为难——她努力维持着他们之间的关系,维持着这种生活方式,可是,上帝才知道,这对她来说其实并没有什么乐趣可言。

多琳坐在床上,内心有些烦躁不安,脑海中那个曾经自负愚蠢的自己似乎在用某种说不清的方式指责她。不过,在从前那些日子里,她对生活真的是一无所知。现在她明白,原来生活竟是这样:和一个年龄比你大两倍的男人上床,而这个男人已经娶妻,他的妻子还不愿离婚。她曾在女性杂志的情感问答专栏中读到的那种艳遇故事竟然真的发生了,而且还发生在她自己身上。然而,当它发生的时候,你却感到骄傲,因为这就是生活。

"该死的!"

"怎么了,莫里斯?"

伯克利先生的眼睛紧盯着放置贵重物品的抽屉。

* * *

哈利关上前门,倚在门上,闭上了眼睛。他的嘴很疼,心也因拼命逃跑和恐惧而剧烈地跳动着。他跟跄向前,摸索着爬上了楼梯,在浑浊的空气中喘着粗气,一种恶心的感觉油然而生。一进房间,他便扑倒在床上,把头埋进枕头里。然而,布丽姬特的尖叫声仍然回荡在他的耳边,响彻黑夜,召唤着他所有的敌人甚至整个世界趁机来折磨他,将他撕碎。梦魇一次又一次地涌入他的脑海,仿佛苦涩的胆汁涌进嘴里一般;他拼命想要把它拒之门外,却一次又一次地饱尝耻辱、恐慌和痛苦。他的脑海中又一次浮现出刚才的情景：他把流血的手指从她嘴里拽出来，而她惊恐地尖叫起来，一直尖叫，尖叫。接着，他听到了开门声，随后是喊叫声，接着从街对面照过来一束光。于是，他火急火燎地跑过弹坑，却被一堆瓦砾绊了一跤，被篱笆扯破了外套。最后，他跑到空旷骇人的大街上，为了逃命，使劲地奔跑着。

渐渐地，哈利内心的愤怒取代了恐惧。耶稣基督啊！难道他又让她愚弄了一回吗？他吮吸了一下自己的手指。那个小贱货的牙齿像刀一样，把他的手指咬到骨头都露出来了。然而，一切都是竹篮打水一场空，她的童贞正在嘲笑他。如果手能放在她身上一分钟，他就能让她记住他；如果在跑开之前能向她说句猥亵的话，他也算没有白忙活一场。但他被彻底地击溃了。

哈利把一只手放在腹股沟上，对着枕头说出了一切他所知道的猥亵言语，像吟唱歌谣一般一遍又一遍地重复着。在心里，他用能想到的所有猥亵方式征服她的身体，直到缠绕在他双腿之间的毯子上沾满了湿漉漉、黏糊糊的东西。可这并没有给他带来任何安慰。最后，他俯卧在床上，依旧觉得疲惫不堪，苦涩的泪水从眼睑处溢出来。他最终在不可逃避的现实面前瘫成一团：他失败了，而且总是失败；那些爱嘲弄人的孩子、爱嘲笑人的男人、轻蔑而放荡的女人是正确的；他只不过是阴沟里的一坨屎。

* * *

马克皱着眉头走进厨房，打算去冲他经常喝的热可可。时间已经很晚了，可马洛里太太还在熨衣服，她的脸看上去异常疲惫和不悦，这使她唇部的线条显得格外严肃而坚毅。马洛里先生一边抽烟一边看报纸，身体深深地陷入扶手椅里。帕特丽夏穿着睡衣，坐在桌前吃着爆米花，那是她最喜欢的美食。房间里只有熨衣板的吱嘎声、爆米花被咬破的噼啪声以及偶尔翻阅报纸的沙沙声。马克感觉到了空气中静电般的紧张气氛。

"你好，帕特丽夏！"他说，"学习到很晚吗？"

帕特丽夏站在母亲身后，做了个鬼脸。

"没，她没有。很可惜，"马洛里太太突然说，"她一直在街上游荡，一直想着过离开父母的生活。"

"我不是说了吗，我去看电影了。"帕特丽夏对着爆米花说道。

"我想，你是觉得我和你父亲省吃俭用来供你们这些孩子上学，是为了让你们浪费时间，把钱花到看电影上吧。"马洛里太太一边说，一边用力把熨斗压到围巾上。

"啪"一声，帕特丽夏把勺子扔到碗里，接着便离开了房间。

马洛里先生往下翻了翻报纸的前半部分，说道："你不该那么说的！"

他的妻子则"砰"地扔下了熨斗。

"从现在起你来熨吧，我已经受够了。"想起马克还在场，马洛里太太说到这里突然打住了，而马克则尴尬地慢慢向门口走去。

"啊，天晚了！我想我该上床睡觉了。"马克说着，瞥了瞥挂钟和他的手表。"克莱尔已经回房了，我想她一定累了。晚安，马洛里太太！晚安，马洛里先生！"

"等一下，我给你倒杯热可可，马克。"马洛里太太说。

"不用了，真的谢谢您！"

"可是你习惯喝一杯热可可。"

"谢谢！我今晚不是很想喝，非常感谢！"他努力想离开这里。

马克匆匆爬上黑暗曲折的楼梯。盥洗室的门被人打开又关上，接着传来一阵哗啦啦的冲水声，有人从盥洗室里走出来。他犹豫了一下，想看看是不是克莱尔，结果却看到双胞胎中的一个，穿着毛茸茸的睡衣，在灯光的照射下睡眼惺忪，像飞蛾一样快速穿过楼梯的平台。

马克关上房门，突然听到门口传来敲门声。

"进来！"他小声喊道，内心却期待来的人是克莱尔。他打起精神，准备迎接与克莱尔的持久又疲惫的和解。然而，令他吃惊的是，溜进他房间的人竟然是帕特丽夏。

"希望你不介意我像这样进来，马克。我知道这样做很没礼貌。"

"没关系，帕特丽夏！呃，坐会儿吧？"

马克对着长沙发做了个手势，然后把椅子转过来面对着她。"我需要一些建议，马克。"帕特丽夏摆弄着睡衣带子说。

"没问题，只要我能做的⋯⋯顺便说一句，如果刚才我让你尴尬了，我很抱歉。"

"哦，没关系！妈妈就是想找个借口来教训我。"

马克并不认同帕特丽夏的观点。

"那你问吧！"

能当帕特丽夏的知心听众，马克很高兴。于他而言，没什么比青少年的信任更令人满足了。一方面，获得青少年、儿童或动物的信任并不容易；另一方面，青少年的遭遇更令人同情。他们的叛逆行为和过激反应就像婴儿的粪便，不会让人觉得恶心，而他们的决定对其自身越来越重要，越来越意义深远，所以帮助他们解决那些只能通过时间才能解决的问题，令马克觉得精神振奋。马克摆出一副轻松自在的模样，甚至有点飘飘然。他随意地递给帕特丽夏一根香烟，想让她也轻松自在些。她接过香烟的动作显得十分成熟，还带着那么一丝让人感到好笑的放荡。此刻，她身着别人穿过的旧睡衣盘腿坐着，赤褐色的长发顺着脸颊垂下来，翘起的香烟在她左手的指间燃烧。她的这副样子让马克觉得心情舒畅。然而，当帕特丽夏说出自己想要离开家的坚定决心时，他还是感到有些震惊。

"你知道，我想做点有意义的事。我的意思是，除非我真的离开家，否则我离家出走不会有太大的意义。你经历的多，马克，还做过很多零活儿。但离开家对一个男孩来说，也容易得多。你说我该怎么办呢？"

"你到底为什么这么想离开家？"

"你没看见吗？今晚你没看见吗？妈妈和我——当然，我们都爱彼此，却不能再这样下去了。我让所有人痛苦。刚才离开房间后，我听到了爸爸妈妈的谈话。我自己痛苦没关系，但我不愿爸爸和妈妈因我吵架。"

马克向前俯下身，握住她的手。令他惊讶的是，帕特丽夏竟然在发抖。

是不是已经成为他心中必不可少的一部分了呢？确实如此！太可怕了！他的确希望阻止帕特丽夏去探索生活，也疯狂地想要努力维持这个家庭里每个成员的原样——初见他们时的样子。那时，他们给他一种令人愉快的安全感，让他觉得他们的生活既和谐又团结。他仿佛可以阻止他们在那段时间的发展，让他们像商店橱窗里排列好的模特一样工作，机械地重复同样的姿势——马洛里太太总是温暖慈祥地微笑着给他倒上一杯茶；马洛里先生总是心情愉悦地坐在自己的椅子上休息；帕特丽夏总是像个小女人一样，顺从地去拿阿司匹林；而克莱尔总是羞涩地接受一个晚安拥抱……

现在，害羞已经不再是描述克莱尔的贴切字眼。就在几个月前，她还会因为他用手摸她而生气，可今晚她却把乳房像送到婴儿口中一样，送到了他的手中。这真是一个让人心神不宁的夜晚！人们并没有以他想象的方式行事，先是克莱尔，然后是马洛里夫妇，然后是帕特丽夏……

马克不安地走到书桌前，拉过台灯，开始读某本关于马洛[①]的评论节选。现在时间紧，只能读一些节选的评论，因为再过几周就要期末考试了。

马洛是一个令人费解的人物，一个臭名昭著的无神论者。然而，与其他剧作家相比，他能更有效地将自然和超自然间的碰撞戏剧化。为什么这是地狱，而我却无法摆脱它。那些不信奉上帝的人，反而会不知不觉地发现上帝的真实性。你越是粗暴地咒骂上

[①]克里斯托弗·马洛（1564—1593），英国剧作家、诗人、翻译家。

帝，就会越肯定他的存在。不管用什么方式，你都赢不了。

天使加百列是圣灵的老鸨，因为他给玛利亚带去了喜讯。

几个月前，那种事情会让马克产生快感——他会因自己机智地冒犯克莱尔而窃喜，而且一想到克莱尔被冒犯时的震惊和窘迫模样，就觉得高兴。那时，他的行为极易让人感到难为情，而表现出震惊和羞愧的克莱尔曾经是他性放纵的对象。以"教育"克莱尔的名义，他借给她一本赤裸地描写淫秽色情的书。那简直就是一种变相的强奸。也许，他真的已经成功地腐蚀了克莱尔，这恰好解释了克莱尔今晚的行为以及最近的一些变化。尽管通过一些琐碎的行为细节很难断定，可她的确变了。和他初见她时相比，克莱尔洗澡的时间更长了，出教堂的速度也更快了，而且，听到关于女人乳房的笑话时，她也不再脸红了——但这都是他的错，他不该取笑克莱尔保守。现在，克莱尔不再保守了，可是他却不愿意和克莱尔开玩笑了。她学会了穿衣打扮，学会了化妆，看起来也更有魅力了。然而，与他初见的那个青涩、不擅打扮、抚摸和拥抱都那么温柔的女孩相比，他真的渴望得到一个精心打扮、踩着高跟鞋、穿着凸显线条的紧身时装的年轻女人吗？

今晚，克莱尔谈到了修道院，这说明那个惊恐不安的女学生冲破了世故的外壳。为了使他兴奋，克莱尔再次摸了他，这说明她现在想要的不是温柔，而是激情。

如果今晚使她丧失了名誉，就必须给她一个交代，不是吗？和克莱尔结婚。不用说，这将是情理之中的事。没有如果。这也恰好与他和帕特丽夏讲的道理相吻合——成为马洛里家的一员，和马洛里家的人结婚；选定好的婚期、身着洁白婚纱的新娘、光芒四射的婚礼弥撒、圣母堂、婚姻誓言、特别的祝福、门德尔松的《婚礼进行曲》、幸福的夫妇、拍照、撒五彩纸屑、坐进婚车，还有什么呢？到底还有什么——上床滚作一团吗？接待，宴请，很高兴你能来，那不是她吗，是的是我，哦哈哈汤姆叔叔喝醉了，哈哈善良的老汤姆叔叔，和我一样习惯了在众人面前发言，每人一杯香槟苹果汁，敬新娘的父母！我的父母看起来有点讨厌喝醉的爱尔兰人。感谢上帝，我们要走了，上车、撒五彩纸屑、小旅馆、双人床、造人，还有……

半躺在书桌前的马克挺了挺身子，把自己从睡眠边缘拉了回来。这些都没用，今晚一定要好好复习功课。

马克点了一支烟，眼睛盯着书本上的印刷文字，直到这些文字停止晃动。他读到哪里了？噢，这里。

天使加百列是圣灵的老鸨，因为他给玛利亚带去了喜讯。

严格地说，这确实很对。非礼是口头上的，不是概念上的。报喜和幽会——只是交往方式不同罢了。马洛被骗了，他生动地阐释了"道成肉身"的奇迹。

如果真有上帝或真正的宗教，那就是罗马天主教，因为上帝的服务是通过更多的仪式来实现的，比如弥撒、新闻媒体、歌手、光头君主，等等，而所有的新教徒都是虚伪的驴子。

局外人常常错误地认为天主教是一个美丽、庄严、高贵、具有审美趣味的宗教。然而，一旦你成为天主教徒，就会发现它的丑陋、粗俗、贪图享乐。真正的天主教不是在圣彼得①或沙特尔②，而是在一些矮小低劣的教区教堂里。在这样的教堂里，丑陋的石膏圣人靠着墙傻笑，无聊的会众浑身是汗，摸着手里的那点零钱责骂孩子，肥大的屁股坐在教堂的靠背长凳上，手里的念珠被拨弄得吱吱作响。然而，在他们面前，上帝整日被制造，然后被吃掉。正因如此，这些人永远和其他人不同。这就是天主教。

马克的思维再次回到面前的文字上，内心产生了一种绝望。要提高学习效率，你必须平心静气、自娱自乐、平平淡淡，让精神和身体上的干扰和不适最小化。良心不安或饱受心灵折磨都会迫使一个人向生活妥协，从而失去耐心，不愿去学习枯燥无味的知识。

然而，在过去几个月里，他肯定也取得了一定的进步。难道他不该获得内心的平静和安宁吗？当然，这肯定会遇到一定的困难。一个人永远不能说"我已经达到了宗教发展的极限，是时候飞回世俗中，并在那里进行相应的发展了"。此外，个人的发展是没有终点的，正如一个人决定不再前行的时候，忽然瞥见了前方充满挑战和神秘，又疲倦地继续前行一样。

---

①指位于梵蒂冈的圣彼得大教堂。
②指位于巴黎西南沙特尔市的沙特尔圣母主教座堂，是西欧重要的天主教圣母朝圣地。

与基督和圣徒的生活一样，基督教的生活也为自我提高提供了无数的机会。可是，你不可能把所有的事情都做好。难道你能？你可能会忽然意识到自己每天都在念《玫瑰经》，仿佛没有理由不这样做，仿佛只有念经的想法却不付诸行动就意味着缺乏真正的博爱，因此你做了，而且稍微多用了些时间。在周一至周五做一次弥散怎么样呢？就这么定了。那为什么不每天都做呢？嗯，每天都做有点多，那将意味着每天早上都要早起……耶稣受难记——圣人苦难的经历，怎么样呢？很好。于是，你更加迷茫了。可你似乎没有理由不把毕生献给宗教。有借口，但没有理由。不过，只要生活还在继续，你就一定会找到一个理由——生活，即工作、娱乐、吃饭、喝酒、造人和生娃。生活的整个结构似乎都建立在大多数人的冷漠之上——让世界运转的是原罪，而不是爱。如果上帝创造的每一个生物都能从字面和心灵上理解他神圣的话语，那他肯定会感到无比尴尬。然而，对于那些试图听从上帝的人，他们的罪过似乎越来越多，学生十字社团就是如此。如果没在学校基督社团的公告牌上看到那张传单，他做梦也不会想到去参加朝圣。但是上帝确确实实让他看到了，而且也让其他看到的人难以推脱，只能去进行"挑战——接受"的思考。可是为什么看到了传单，朝圣的想法就阴魂不散了呢？真是荒谬，中世纪的示威游行竟然出现在现代英国，而且目的还极其龌龊——到处为学生的罪恶进行救赎。马克自然很快就想到，如果其他学生也意识到这一点，肯定会非常怨恨那些精神清洁工的干涉。是的，你可以嘲笑朝圣的想法，但这并不足以让你摆脱它潜在的感染力，以及它对你灵魂进行的礼貌而持续的侵蚀。

毫无疑问，马克朝圣的动机是多变的，他的决定无不掺杂着自我中心主义。通过朝圣，他可以给克莱尔和她的家人留下好印象，所以他轻松就做出了"去"的决定。此外，他可以给这一匪夷所思、古怪离奇的经历添油加醋——这一经历会是很好的写作素材。但这些动机本身还不足以让他参加朝圣，毕竟他不愿承受身体上的疼痛和不适——这一次的短途旅行需要承受这两者。那到底是什么使他参加了朝圣呢？也许是一种潜藏的半信半疑的感觉——他不参加，就等于悖逆了十字架。难道参加朝圣可以立见分晓、让他明白重新选择信仰的正确性吗？

那时，他已经当了两三个月的天主教徒，而且一直履行天主教徒的义务。这段经历虽然平淡无奇，但在教会眼里，他早已成为一名天主教徒了，因为他不但已经受过教会的洗礼，而且在离开修道院之前，已经接受了圣礼的忏悔、圣餐仪式和坚信礼。于教会而言，他根本不是皈依者，而是一个我行我素的堕落的天主教徒。这次，他没有参加正式的仪式，所以也没有进行洗礼和令人畏惧的宣誓，只受了吉卜林神父的一些教导：只要一个人有信奉天主教的意向，就可以被天主教接纳，更何况他乐意信奉天主教呢。他本来可以对吉卜林神父的观点提出异议，但那样他也会否定了自己。天主教教义是一种合乎情理的信仰，但和其他宗教一样，不能仅靠理性来判断。虽然他重新参加了圣事，成了一名尽职而虔诚的天主教徒，但他仍然觉得自己是原来的马克·安德伍德——不厌倦参加其他活动，却厌倦参加教会活动。在他心里，那种被称作"皈依"的经历，就像一颗未引爆的定时炸弹在体内嘀嗒作响，迫切而动人心弦。也许，学生十字社团提供了导火索。从某种意义上来说，它确实提供了导火索。于是，马克快速地翻阅笔记本，找到了那几天零乱写下的日记。

星期六，晚上

今天我们从本市的大学教堂出发了。首先是在地下室里做弥撒。祭坛前立着十字架，一个普通的木质十字架，大约十二英尺高，横木大约有六英尺长，我估计它的重量约一百二十磅。经过几次朝圣，十字架上沾满汗水和灰尘，看起来很脏。我们排成三个纵队行进，走在队伍最前面的三个学生用肩膀水平地抬着十字架，其中两个学生抬横木的两头，一个学生抬直木。紧跟在他们身后的三个人负责念《玫瑰经》，当他们念完《玫瑰经》的前五十年（大约十分钟），就上前替换前面的三个人，然后抬着十字架继续前行。就这样，扛过十字架的人会慢慢转到队尾。纵队里剩下的人由多明我会的牧师考特尼神父带领着，一遍又一遍地吟唱圣歌，以防我们闲聊。

学生们个个充满好奇，还有相当一部分同学全副武装，带着帆布背包、睡袋和铆钉靴。对他们而言，朝圣就是精神上的徒步旅行，他们或许每年夏天都在湖区做这件事。还有一部分人像我一样，看起来似乎并不情愿待在那儿，希望一切都赶快结束。剩下的便是一些可怜瘦弱的书呆子，他们装备不足，穿着华达呢雨衣和牛津布鞋，还用绳子把笨重的包裹捆起来，看起来很不符合审美，好像他们一生走过的路从来没有远过一百码。然而，人的外表总是具有欺骗性，你不能简单地这样划分。慢慢地，你会发现有些人是第一次朝圣，这些人很快就走不动了，还有一些人已经参加过一两次，还曾完成过朝圣。这些老队员在过去的朝圣活动中有很多有趣的经历——有人脚上起水泡，有人为了解暑偷偷在公共蓄水池里洗脚，还有人坚持到朝圣最后却变成了瘸子。显然，到朝圣最后我们都是光脚走路的。（谁说我们不是生活在中世纪？）

这些趣事让我产生了不安和孤立感，更确切地说，那时我确实感到了不安和孤独。现在，我之所以在星期六晚上写这些东西，是因为我也流血了。学着外科手术的样子，我刺破了第一个水泡，挤出里面的液体，给它涂上药水。总的来说，我觉得这一天过得不错，感觉自己已经融入其中了。在伦敦炫耀自己信仰的宗教的确是一次新奇的经历。首先，穿过伦敦城时，一名警察面无表情地拦下了过往的车辆，帮助我们顺利通行。当然，他也会为基督复临安息日会、反活体解剖协会或者帕丁顿共产党做这件事情。城市的街道非常安静，只是走进郊区，我们的周围开始挤满了周六早晨买东西的人。郊区的这种情形非常奇怪，让人很难相信眼前的情景——一群人扛着一个木质十字架穿梭于熙熙攘攘、毫无宗教信仰、草率鲁莽的郊区居民之中。那些看客的反应并没有我想象的那么夸张。当然，有些人会向我们投来好奇的目光，但多数人都是匆忙地看一眼就走开，比我们还不好意思，也没有嘲弄和不满的声音。小孩似乎对我们特别感兴趣，他们会不由自主地盯着我们看，目光带着孩子所特有的那种认真和天真无邪。不过，他们的母亲很快就会把他们从路缘石上拉走。

在恩菲尔德——我们行军第一天的目的地，一队天主教的教区居民前来迎接了我们，并陪着我们走完最后的一英里路。恩菲尔德这一带地区安装着黄色的钠光灯，打开后的最初几分钟会发出蔷薇色的柔光。真是一个美妙的夜晚！夕阳西下，夜空变成了深蓝色的玻璃球，从内向外散发出柔和的微光。夜空下，蔷薇色的灯头似乎也变成了传说中仙境里的灯笼草。这条郊区主干道的转变完全得益于历史上著名的圣歌《教义》——朝圣者和教区居民经常会深情吟唱。

总之，第一天比我预期的要快乐得多。

圣主日，晚上

果然，一切都是真的。我浑身疼痛，筋疲力尽，想法千篇一律（我太累了，白天大部分时间连话都懒得说）：要走多少路？我们走多少英里了？我还能坚持吗？下一次休息是什么时候？我们什么时候才能到达山顶？还有更多像这样的小山吗？是不是已经轮到我抬十字架了？还有多少分钟就轮到我抬了？他们说到痛苦第几端①了？才说到痛苦三端吗？下次休息是什么时候？还要走多少英里？我还能坚持吗？

昨天真是一场骗人的梦。从醒来的那一刻起，我就开始后

---

① 指《玫瑰经》中的痛苦五端，下文中的"痛苦三端"指耶稣受荆冠之苦辱。

悔朝圣之行。昨晚我们睡在教室的硬地板上,醒来后感到四肢僵硬。我伸了伸腿,可是脚上的水泡碰到了地板,令我感到一阵刺痛,赶忙把腿缩回来。水泡?我曾经引以为豪的水泡开始肿胀,发白,变得恶心,而且已经消失在一大堆水泡中:每只脚的脚掌和脚跟上都起了一个大水泡,每个脚趾的下面都整齐排列着小水泡。今晚我们住在圣彼得的神学院,幸好这里有很多浴室,地板上还铺着垫子,还有穿着灰色长袍的看护修女。这些修女手指轻柔,极富同情心,还带着消过毒的针头和舒缓疼痛的药膏和绷带。即便如此,穿着拖鞋去教堂进行晚祷依然是一件痛苦的事情。然而这才是第二天!五天,天知道要走多少路。今天是十八英里,而明天会走最糟糕的一段路程。在这段距离剑桥二十六英里的路上,我们无法停下来休息,因为没有地方可以过夜。唉,明天我该怎么坚持?情况这么糟糕,我今天是怎么坚持下去的?

当你拖着疼痛的双脚,一步又一步地踏在坚硬的柏油马路上,你会一遍又一遍地告诉自己,一切都是荒谬、疯狂、自我折磨。要是你相信该多好!但是你肯定不会相信,竟然有东西在迫使你蹒跚而行,而这个东西就是信念——你相信你所做的事情是有意义的。意义就在你面前——十字架,它像一块磁铁,吸引着你爬上山头,走下山谷。这块磁铁吸引不了钢铁,却可以吸引皮肉和骨头去受苦。我想……

我的思路被打断了,因为太累而记不起思考过什么东西了。一位神学院的学生把他床上的一条毯子给了我。可笑的是，我的眼睛里竟然会满含感激的泪水。这一经历让我学会了感激小恩小惠和善举。修女们医治了我脚上的水泡，她们的爱难以言表，使我哽咽，后悔自己曾经对修女产生过不好的看法，说过不敬的言语。我仿佛觉得自己就是从良的妓女，是基督在为我的脚涂药。

星期一，晚上

唉，一切都结束了。我已经放弃了朝圣，此刻正坐在开往伦敦的火车上写这篇日记。平稳、上了油的轮子正带着我远离疼痛和疲惫，同时也远离我人生中曾经做过或尝试做过的一件有价值的事。今天早上简直是地狱。一大早我就决定，无论如何我要坚持到剑桥再回家。结果，还没有走到剑桥，在我们停下来吃午饭的罗伊斯顿，我就不光彩地坐上了公交车。真的是，一旦你给自己的耐力赋予了局限性，就注定输了。自从决定走到剑桥就不再走下去，我就开始想在途中放弃。不知何故，我只走到罗伊斯顿——不知何故吗？我知道原因。到达罗伊斯顿之前，有一个巨大的山丘。我一看到它，心就沉了下去。另一个原因是，我所在的那一排必须在山脚接过十字架。

我们快速地爬上那座山丘，到达山顶才交接了十字架，回到了队尾。考特尼神父对我们喊道："干得好！"这是一次特别的经历，我心里明白，是十字架的额外分量让我爬上了那座山丘。如果是一个人走，我永远也不会成功。然而，当我们蹒跚着从山丘的另一面走下去，走进肮脏昏暗的酒吧共进三明治午餐时，我的兴奋劲儿就过去了。我一动不动地静静坐在火炉旁的椅子上，身体越来越僵硬。我没法再坚持了，但我知道，还有几个人的情况和我的一样糟糕——或许更糟。我心里清楚，如果我允许自己被拖着走，十字架是可以把我拖到剑桥的，但我拒绝了。

现在，我感到了那时的拒绝给我带来的心理压力。为了摆脱这种压抑的心情，我打算在火车上弄点轻松的东西读一读。我告诉自己："别想了，你已经放弃了，而且你曾经尝试过，已经尽了最大的努力（虚伪的笑声）。你是得了宗教抑郁症吗？别再想了。你短时间里吸收了太多的宗教信仰，尝试吃一点解药吧。"于是，我买了一本用高级光面纸印刷却没有太大价值的"男性杂志"。可是，我变了。那些平时可以激起我兴趣的丰满的海报女郎，那些矫揉造作、淫秽的挑逗姿势，以及那些搞笑的标题，此刻却引不起我丝毫的兴趣。我的思绪依旧停留在那个艰难前行的可怜队伍上，脑子里全是他们在暮色里蹒跚穿过剑桥、背着沉重的包裹、弓腰朝向十字架的样子。

是的，我变了。

马克确实变了。导火索起了作用，他的皈依"砰"一声炸开，即使国王的全部马匹和士兵也无法将原来的马克·安德伍德重新组装回来。然而，重建自我的任务是艰巨的。如果他抵达了沃尔辛厄姆大教堂，那他肯定会给自己打牢基础。但是，朝圣回来，他没有带回任何成就感或功绩，只有一种非常熟悉的挫败感。可是，把自己和那些从不曾开始过的人相比是徒劳的；你必须和那些坚持下去的人做比较。

马克开始体会到宗教生活的魅力，尤其是发誓贫穷、贞洁、服从、遵守清规戒律的宗教生活。首先，宗教让人的身体服从。人们浪费了太多的时间和身体争辩，敦促身体进行一系列费力且不舒服的日常活动——起床，洗漱，刮胡子，甚至行走。需要身体配合的小善举，如在一顿美餐之后帮忙洗碗，只需对自我进行一遍遍的劝说；而像完成学生十字社团活动这样的大事，却遭遇了自我的顽固抵抗。人的身体就如民主国家的那些乖戾顽抗的选民，他们的思想里住着一个紧张不安、缺乏耐心、最终会感到无助的执行者。身体其实需要一个专制的政府。决定在罗伊斯顿放弃的不是他的脚，而是他的思想——是思想愚蠢地认可了脚的反对权。

马克厌倦了自己的身体，不愿走到哪儿就把身体拖到哪儿，因为拖着它就像拖着一个任性的孩子。他对马洛里一家的崇拜，一部分是因为他们那种快乐而不抱怨的生活态度。他们能苦行，能忍受让人感到不适的事情。难道这也是他一直在构建的马洛里神话的一部分吗？在任何情况下，苦行都是他们的习惯。他懒惰自私的身体或许需要更严厉的教导。只要身体屈服了，人就可以努力解决真正的问题了。

马克开始重读他对朝圣的描述。突然，他觉得无法忍受眼前这一装腔作势、自吹自擂的作品，于是将自己写的日记从笔记本上撕下来，窝成一团，扔进了废纸篓里。纸球击中了废纸篓的边缘，掉到了地板上。他捡起纸球，把纸抚平，放在一起剪齐，然后将纸塞进一个文件夹里。他体内仍然住着一位非常自负的作家,不愿毁掉笔记。

* * *

周日清晨,空荡荡的大街上只有一些天主教徒,几个汽车清洁工,还有几只猫。伯克利先生匆匆穿过大街,阳光不留情面、得意扬扬地刺进他的眼睛。太阳照着他,令他不禁皱起了眉头。如果昨天的雨一直下到现在,此刻的天气会更符合他的心情。伯克利先生很担心,昨晚他忘记了必要的预防措施,可是多琳却坚持要做完。第一次没有薄薄的橡胶套把他们分开,伯克利先生发现这种感觉很奇妙,内心骚动不安。在身体上,他与多琳的距离只是比以往近了一毫米,但在情感上,他已经越过了防线,事后竟然荒谬地想哭。多琳非常投入情妇这一角色,为了让他兴奋起来,多琳说自己从来没有感觉这么好。但这一次,他并没有在意自己是否得到了满足,而是沉浸在感激和责任感之中。感激是因为多琳丝毫没有犹豫就慷慨地把自己的身体给了他;有责任感是因为他不再是多琳身体的过客,只是尽可能多地在她身体上攫取所需,而是多琳身体的宾客,并在她身体里留下了他们亲密的见证。然而,这也正是今天早上伯克利先生担忧的事情。夜晚的柔情已经消失殆尽,留下的是一种苦涩的沉淀,让人担忧。不知多琳是否会怀上他的私生子。

伯克利先生从侧面的通道溜进了帕雷迪姆。谢天谢地,他可以躲藏到黑暗里。多琳会不会怀孕?此刻,妊娠的进程是不是正在不可挽回地进行着?这两个问题一直萦绕在他的心头,而且越来越强烈,将烦恼像气球一样塞进他的心里。他感到胸口闷得难受,于是斜靠在过道的墙上,以平息紧张不安的心情。模模糊糊地,他听到多莉和格特鲁德在礼堂里窃窃私语,声音穿透了遮挡他的窗帘。

"快来看这里——恶心吧?"

"什么呀?"

"怎么会有人把整块巧克力雪糕都扔在地板上啊,淌得到处都是。不想吃,干嘛买呀?真是想不明白!"

"妈的!太可恶了!"

"我猜,是其中的一个小混混。"

两人忽然安静下来,伯克利先生只能偶尔听到两个高龄美女的咕哝声和喘气声,直到格特鲁德说:

"多莉儿,你的家人都好吗?"

"唉,我就不跟你绕弯子了,其实,最近我家斯坦的膀胱病又重了。"

"真是闹心!"

"他的膀胱透支了。我告诉过他,工作日只能喝三四品脱,可是,天知道他星期六晚上喝了多少!现在,他知道厉害了。你的家人最近怎么样,格特?"

"嗯,阿尔夫好多了。医院给他换了一种治疗方案,效果不错。他总说现在觉得自己像个年轻人。"格特喋喋不休地说道,"我告诉他别再犯傻,不然身体又得透支,那样我又得照顾他,我想照顾他吗?……当然不想。现在阿尔夫倒是没啥事儿了,可埃尔斯快把我们俩逼疯了。"

"哦?"多莉满心好奇,同情地问道。

"你信吗?她竟跑去信教了。"

"不信!"

"唉,我没想到这种事儿会摊在我家孩子身上,还是我最小的孩子,最疼爱的孩子。"

"是的,我也没想到。咱们只听人说过,不是吗?"

"是呀,多莉儿。我闺女竟然叫我罪人,我这辈子心里也没有像现在这样难受过。"

"我懂!"

"她要是年龄再小一点儿,我肯定会抽她。可是,她现在已经二十五了,而且已经嫁人了,我能怎么办呢?"

"那到底是怎么回事呢?"

"唉!她下班后和朋友梅布尔一起去了哈林盖区,见了比利·格雷厄姆——你知道的,那里常有乱哄哄的聚会。"

"嗯。"

"唉,她去那儿就是为了玩儿,可这个梅布尔,她是个严肃的人儿,还没结婚。她那样的人儿信教,一点儿也不出奇。我想,就是她带坏了埃尔斯。"

"我见过这种人。在旧社会,她肯定会加入救世军。"

"是的,就像过去的救世军,只不过,现在时髦了。听埃尔斯说,他们在哈林盖区有一个唱诗班,还有一架很大的管风琴,还有花——很多白百合。"格特鲁德说话的时候,声音里竟然不知不觉流露出一丝羡慕,"唉,就像我说的,埃尔斯去那里只不过是想玩一个晚上。她在那里坐了半小时,听听歌什么的。就在她开始觉得无聊的时候,那个比利·格雷厄姆走上了台。他望着所有人,一分钟一句话也没说,可埃尔斯说,她当时觉得脊梁骨都颤抖了起来,就像有什么在召唤她似的。"

"召唤?"

"召唤她去证明对耶稣基督的信仰什么的。不管怎样,比利讲了足足一个小时。讲到最后,他让所有人走上前,看他们是否被救赎了。当时,有那么一小会儿,在场的人没有一个起身,直到第三排的一个男人走上前。阿尔夫说这人被洗脑了,但埃尔斯却说这是真的,因为她也走上前了,可是并没被洗脑。"

"埃尔斯也走上前去了?"

"嗯,你信吗?还当着所有人的面。想想我就觉得身上忽冷忽热的。埃尔斯说,她没办法管住自己,她觉得自己已经得到了救赎。"

"这听起来一点都不像救世军啊。"

"我敢说这是色情的救世军。你见过那个比利·格雷厄姆吗?岂止是帅呀!我一看他的照片就知道是什么'救赎'埃尔斯了。她现在的丈夫西德尼是个不错的小伙子,就是长相不好。"

"西德尼,他什么反应?"

"很糟糕。唉,也难怪!你想呀,自己的妻子叫自己罪人,还要自己常洗澡……你听说过这么可笑的事儿吗?"

"这和洗澡啥关系?"

"唉,埃尔斯读了比利·格雷厄姆的书,叫《幸福的秘密》。在书里,比利·格雷厄姆说一个男人曾告诉他每周只洗一次澡,于是他就说这个男人的内心不够纯洁。"

"一周一次!为什么?斯坦一年才洗一次澡呢,除非他住院。"

"唉,埃尔斯喜欢经常洗澡,这一点她是跟我学的。可是,西德尼不喜欢洗澡。唉,男人都样,不是吗?结果,埃尔斯读到这一点的时候,他就拿古时候的圣人来说事儿,说圣人从来不洗澡,身上还爬满虱子。埃尔斯叫他不要那么恶心,所以现在每天晚上上床睡觉之前,他们都会吵架——我们俩的卧室恰好在他们卧室的下面——埃尔斯说,他不洗澡就别想上她的床。"

"可怜的西德尼。"

"这还不算。前几天晚上……"格特鲁德放低了声音,说出了故事最热辣的部分。

对伯克利先生来说,她们的谈话就像是某部喜剧里令人毛骨悚然的合唱,而他最终会和可鄙的反面人物一样,以某种意想不到的方式出现。罪恶,被锁在淫秽思想里的不洁身体,对欲望的严厉谴责,埃尔斯在锡盆里使劲擦洗身体的情景以及他年轻时在教堂里学的《圣经》上的只言片语接二连三地浮现在他的脑海里,令他心烦意乱。他靠坚强的意志挺直腰板靠墙站着,然后整了整领带,捋了捋头发,摇摇晃晃地走进了礼堂,向多莉和格特鲁德打了招呼,慢慢地朝办公室走去。

* * *

对克莱尔来说，这个星期天下午就是一次奇特的朝圣之旅。希尔达的家就位于女修道院附近，通往那里的地铁仿佛钻进了一条通往过去的隧道，不可阻挡地载着克莱尔返回最幸福和最痛苦的地方。她看厌了自己对面的那些广告，便从包里掏出希姆斯太太的来信，再次读了起来。

亲爱的马洛里小姐：

我希望这是您的姓，如果我弄错了，希望您能原谅。收到我的信，您可能会感到惊讶。一年前，我在修道院里可能说了许多不该说的话，但我想您能明白，我那时的心情十分糟糕。

我现在给您写信是想请求您的帮助，如果您不来，我也不会怪您。眼下，对我们而言，希尔达似乎辜负了我和她父亲的期望，并没有成为幸福快乐、无忧无虑的女孩。自从我们从修道院把她带回来，就特别担心她。她和她这个年纪的女孩不一样，所以我一点也不了解她。其实，回想过去，我真想不出除您之外还有谁了解她。我希望您能来看看她，帮她走出来。她没有朋友——除了那些教她变坏的朋友——也不愿和其他年轻人交往。就连医生也说无能为力。如果您能在星期天来这里，我和希姆斯先生将会感激不尽。

您诚挚的，
玛格丽特·希姆斯

真是巧，前一天晚上，克莱尔看完电影，刚刚思考并谈论了希尔达的事情，这封信就被放在了她的梳妆台上。长期以来，关于这一话题的缄默不语忽然全面崩溃了。不可否认，对克莱尔来说这是一种解脱。几个星期以前，她不敢想象今后还有机会见到希尔达，但是现在她几乎是迫切期待这次相见。然而她必须承认，打电话给希姆斯夫妇并立即答应他们的请求主要是因为她可以找个理由走出这座房子，远离在公共场合和马克在一起的压力。要知道，因为前一天晚上的事，她和马克还在闹别扭。

现在，火车驶入了明亮的阳光中，隧道里的咔嗒声和轰鸣声随之消失了。人们像蠕虫一样，穿过满是地铁列车的铁路侧线来到地面，看样子还有些迷迷糊糊，辨不清方向。火车驶进伍德伯恩街道，克莱尔从车厢里走出来，走进女盥洗室。她想看看镜子里的自己有没有什么不妥，以便给希尔达留下一个深刻的印象。从见面的那一刻就要向希尔达清楚地表明，她已经变了——她要向希尔达明确她们现在的关系。盥洗室里竖着一面长长的镜子，克莱尔看着镜中的自己，定制的深灰色呢料西装、简洁的白色衬衫、黑色的羊皮皮鞋、白色的手套以及时髦的黑色长柄雨伞，这些都令她感到十分满意。照过镜子，她摘下胸针，只留了耳朵上的黑色小耳钉，这才离开车站。

走出车站，克莱尔走上街头。周日下午的伍德伯恩，街头绿树成荫，一尘不染。但不知怎的，她的记忆好像总是停留在伍德伯恩周日的下午。人行道上，人们总是穿戴整洁，迈着不紧不慢的步子，悠闲地推着婴儿车或遛着狗，汽车在光滑的道路上小声地发出嘶哑的声音，网球俱乐部里总是不乏来来往往打球的人。到这里来,离开脏兮兮、冒着浓烟的布里克利城,到这里来生活,和马克一起住在这里的某栋优雅漂亮的房子里真的不错。

克莱尔一走近希尔达的家,心就开始怦怦跳起来,但她依然毫不犹豫地推开了低矮的大铁门,小心翼翼地沿着狭窄的小路走到希尔达家的门口。她按下了门铃,门铃响了两遍,礼貌地告知主人她来了。

看到克莱尔,希姆斯太太惊讶的样子简直有些滑稽可笑。这位老妇人的眼睛难以置信地盯着克莱尔,然后一边结结巴巴地表达着对她的欢迎和感激,一边迅速地审视着她的举止、气质和品位。

"要不要先洗个手?不用吗?好,我直接带你去希尔达的房间,回头再给你沏杯好茶。一路上还顺利吧?"

克莱尔还没有回答完问题,希姆斯太太又接着低声说道:"我告诉希尔达你要来,让她穿漂亮点,可她不肯。最近,她一件漂亮衣服也不穿。"

她领着克莱尔上了楼,打开了希尔达的房门。留声机发出的音乐立刻涌入了楼梯的平台。

"起床了,希尔达!有人来看你了。"希姆斯太太说得很轻快,但希尔达仍然躺在地板上,眯着眼睛说:"等唱片结束了!"

希尔达的话彻底击溃了她母亲的耐心。

"马上起来,希尔达!不要这么没礼貌!"

希尔达却闭上了眼睛。

"没关系,希姆斯太太!"克莱尔一边说,一边坐了下来。

"我给你倒杯茶。"希姆斯太太生气地说边无可奈何地退出了房间。

唱片上刻录的似乎是一些不起眼的管弦乐,趁它旋转的时候,克莱尔恰好可以趁机看一眼房间的布局。房子装饰得喜庆奢华,到处摆着男人的照片——不,确切地说,是一个男人的照片。这些照片又大又亮。在其中一张照片上,克莱尔辨认出上面的签名"詹姆斯·卓姆"——一位电影明星的名字。墙上还钉着一张大海报,宣传他的电影《年轻要吃苦》。

唱片结束了,希尔达依然趴在地板上,闭着眼睛躺了两分钟才睁开,站起身来。她穿着黑色的衬衫,黑色的牛仔裤,黑色的平底鞋,头上挽着一个发髻,没有化妆。

"你好,"希尔达说,"我现在该怎么称呼你呢?"

"你好,希尔达,"克莱尔笑着回答,"很高兴再次见到你。叫我克莱尔吧。"

"克莱尔?放在'修女阿格尼丝'后面很有趣。"

"是的。你播放的是什么音乐?"

"《人间天堂》的主题曲。你不知道吗?"

"什么,电影吗?不知道,我想我没有看过。"

"当然,你不会没……"

"哦,我现在经常看电影,不过肯定是错过了你说的这一部。好看吗?"

希尔达靠在窗框上,向外望去。

"这是史上最好的一部电影。"

"哦?看来我得想办法去看看。"克莱尔礼貌地说。不过希尔达好像并没有听到她说的话。

"不过,从某种程度上说,我还是更喜欢《年轻要吃苦》。我想是因为它是我看的第一部电影。《猛犸象》还不及它的一半。"

希尔达转过身,这让克莱尔看到了她那双狂热痴迷的眼睛。

"我知道我不该这么说,但有时我真希望吉米①在拍《猛犸象》之前就死掉,只留下两部杰作,这样才更富有诗意。"

克莱尔觉得自己对当前的形势失去了控制。

"呃,对不起,可是是谁死了?不是有人……"

希尔达眼神迷茫。

"你是说,你不知道?你确定没有在哪里读到过吗?詹姆斯·卓姆,电影史上最伟大的演员,去年死于一场车祸。他喜欢开快车,是一辆白色的保时捷……"

"你很喜欢他?"

希尔达的回答简单而平静。

"我爱他。"

门忽然开了,希姆斯太太端着托盘走进房间。

"喝杯茶吧?"

"太好了!"克莱尔说着从椅子上站起来,"我帮您拿托盘吧?"

"谢谢你,亲爱的。帮我清理一下桌子就行,托盘我能应付。希尔达,你能把书从桌子上拿下来吗?"

她的女儿——母亲进入房间的时候她正面朝窗户——生气地拿

---

①詹姆斯的昵称。

起一堆电影杂志，扔到地板上。希姆斯太太一边摆茶具一边说：

"好吧，我不打扰你们谈话了，希望你们聊得愉快！"

希尔达生气了，什么也没说。克莱尔心想，正常、礼貌的行为不会对希尔达产生任何作用。

"你为什么对妈妈这么粗鲁？"听到希姆斯太太下楼的脚步声，她直言不讳地问。第一次，克莱尔失去了沉着冷静。

"我觉得这和你没什么关系。你现在已经不是我的老师了，你明白吗？"

"显然，也不是你的朋友了。"克莱尔站了起来，"所以我还是离开的好。"

"不，别走！"希尔达着急地说，"是因为她不理解我，不让我去过我想要的生活。"

克莱尔再次坐了下来。

"可她毕竟是你的母亲。她有权指导你的行为，她对你很好。而且你拥有这个可爱的房间……"

希尔达耸了耸肩。

"你不会明白的。去看看《年轻要吃苦》吧！看了你就会明白，只有漂亮的房间是不够的。"

克莱尔想告诉她，这么年轻就能拥有一间装饰这么美丽的房间对她来说意味着什么——对现在的她意味着什么——但她觉得这些话没有用。

"你似乎什么都不想，脑子里只有这个詹姆斯·卓姆。"

"我告诉过你——我爱他。"

"你的意思是,他活着的时候,你爱他。"

"他活着的时候,我对他一无所知。他去世三周,我才看了《年轻要吃苦》。"

"那我就不明白了,希尔达。如果他还活着,你爱他没问题,但现在你这样做根本没有希望,也毫无意义!"

"如果他活着,我也没有任何希望,也许更没有希望,因为一些俗丽的影星很快就会抢占先机。实际上,世上有成千上万像我这样的女孩。得知他不属于任何人,也不能属于任何人,我们至少可以得到些许心理安慰。这一点足以让我们去哀悼他。"

突然,克莱尔感到一阵恐惧,她意识到了希尔达穿黑色衣服的含义。

"但是,这太可怕了!你的意思是,你整天坐在这个房间里,念念不忘地哀悼一个死去的影星?这也太不正常了!"

希尔达的眼睛里闪过一丝光芒。

"那修女就正常吗?她们坐在自己的牢房里,对着耶稣冥想,不是吗?他也死了,不是吗?但她们仍然爱他,不是吗?"

"希尔达!你怎么能这样说呢?"

希尔达无力地瘫倒在沙发床上。

"不管怎样,我没有整天待在这里。更糟糕的是,我得去秘书学校。不过那里还有一个跟我一样的女孩,我们一起去看吉米的电影。《年轻要吃苦》我已经看了四十一遍,《人间天堂》也看了三十遍。有时我们要走几英里去看这两部片子,然后在这里播放电影的主题曲,进行冥想,我们会一连几个小时都不说话。"

"你还从事宗教活动吗,希尔达?"

"不了。"

克莱尔用手捂着脸,头痛得厉害。发现茶凉了,她一口气喝了一半。

"希尔达,为什么?"

"不信了。"

"可你以前信。"

"我以为我以前信。一个小女孩待在修道院里,让她信仰宗教是很容易的。可一旦她长大了,就会意识到这就像蛋糕上的糖衣,宗教是成人的儿童聚会。"

"你觉得它没意思?"

"是的,就是这样。唉,即使我觉得它有意思又能怎样?我说的都是对的。"

"你觉得这个詹姆斯·卓姆重要吗?"

"哦,你不会明白的。为什么人们都不理解呢?我们只想独自待着。"

克莱尔沉默了。片刻后,她犹豫着问道:

"希尔达,这和我有关吗——和我们?"

"你什么意思?"

"崇拜詹姆斯·卓姆……我不想你是因为发生在修道院的事。我知道你很痛苦,我也是。我很抱歉!让事情发展到那种地步,都是我的错。但是,如果那样叫作不健康,那你现在这样就是……病入膏肓了。你必须明白,这是不正常的。难怪你父母非常担心你。

你必须让自己从这场梦中醒过来。"

"梦？你好像觉得这是在演戏，或是一场游戏，可我每晚都会哭到睡着，你知道吗？其实，我和维罗妮卡过得并不快乐。我们不打扮，也不出去跳舞。我们发誓永远也不结婚。但这就是我们想要的生活，做我们喜欢的事，做我们觉得对的事。我们最大的任务就是怀念吉米。"

克莱尔默默地摇着头，而希尔达却好像因为克莱尔的困惑和痛苦而变得神采奕奕。

"你必须做你认为必须做的事，这是吉米的意愿。无论人们如何误解你——人们向来如此，你必须坚持你认为正确的事。"

忽然，那张苍白又有点浮肿的脸上流露出清晰可见的兴奋之情。

"我给你看样东西，"希尔达说，"你得答应我，不告诉我妈。"

希尔达从抽屉里拿出一个纸盒，放在桌子上，然后解开缠绕在上面的绳子。

"我从美国买来的。你在英国买不到。"

希尔达打开盒子，虔诚地取出一个白色的塑料物品。

"他的死亡面具。"希尔达一边解释，一边亲吻它。

第三部分

公园里很热，热得几乎受不了。马克脱掉夹克衫，拿在手里。克莱尔后悔出门前没有脱掉长筒袜和吊袜带，但世上没有后悔药。他俩都觉得有必要单独谈一谈——在家谈话会引起他人讨厌的好奇心。不知为什么，人们似乎难以接受"关系固定的情侣"闹别扭，而这就是恋爱的常态——恋爱注定会有分分合合，要么"相互喜欢"，要么"关系终止"。因此，在外人面前你们得假装亲热，表现出自然轻松的样子，直到你们像政客一样，以某种方式私底下把问题解决。然而，千方百计地伪装最终会损坏个人的诚信。自上次他们感情危机以来——他们看《偷自行车的人》的那个晚上——时间已经过去近两个月了，而他俩依然没有勇气面对那晚留给他们的启示，但现在不得不面对了。

克莱尔忽然觉得恶心、浑身无力，觉得自己将无法面对几分钟后漫长而痛苦的谈话，无法再做一个爱情的奴隶。再这么待下去，她会窒息的。

这个周六的下午令人眼花缭乱，公园里挤满了幸福的人。孩子们站在没过短裤的水池里嬉戏。对他们而言，水池就像一头被驯服的巨兽，非常有吸引力。照看孩子的妈妈们沐浴在阳光下，情侣们尽情地俯卧在草地上。但是，对克莱尔而言，公园的炎热令人压抑、窒息。

"我们坐下吧！我很热。"马克说。

两人坐到一处很硬的地方。这里勉强有点枯树的树荫，疙疙瘩瘩、稀稀疏疏地长着一些草。克莱尔舒展开身体躺下，而马克抽出一支烟吸了起来，保持着直立的坐姿，一只胳膊牢牢背在身后。这样的姿势很难坚持太久，在克莱尔眼里，马克是在努力克制自己躺到她身边。

"真热！"马克抱怨道。

"嗯！"为了不让自己去理会他人的眼光，克莱尔咕哝着闭上了眼睛。过了一会儿，马克说：

"今天早上，我顺道拜访了考特尼神父。"

"考特尼？"这种避重就轻的话他还要说多少呀！克莱尔迫不及待地想听那种简单直率的话——"我很抱歉！""我是个混蛋！""都是我的错！""我爱你！"

"你记得多明我会吧？学生十字社团。"

"哦，记得。"

"我告诉他，我想加入这个教团。"

克莱尔仍然仰卧着。她的眼睛紧闭，内心却慌乱如麻，不知如何是好。对于他话里的真实性，她一点也不怀疑，但为了争取时间，她舔了舔干裂的嘴唇，用嘶哑的声音问道：

"你……什么？"

"我想从事神职工作,克莱尔。"

这句话就像闪电过后的炸雷一样击中了克莱尔,令她难以呼吸。她一下子愣住了,转身趴在地上痛苦地哭起来。

"克莱尔,"马克说,"别这样。"

马克的一只手放上了克莱尔的肩膀,克莱尔在他的抚摸中感到了修道士的那种刻意、谨慎的缄默,这令她想起了他灵活的手指,它们曾经像抚弄精美的乐器一般抚弄过她的身体。克莱尔内心有一种说不出的失落,继而又哭起来。

"克莱尔!克莱尔,你怎么了?"

克莱尔恨马克,觉得他曾经耍心机欺骗了她。此刻,她要如何回答他呢?马克从来没有向她求过婚,甚至从来没有直接正面地说过"我爱你",也从来没有以任何方式明确过他们的关系,但他心里是这么想的——确定他心里是这么想的吗?

"没什么。我没事。"

"我知道,自从我搬进你家,我们就对彼此有好感,但我觉得我们的关系还没有发展到——"

"哦,你没有,不是吗?你没考虑过,这就是问题所在。你没考虑过别人的感受。"

"我考虑过,克莱尔。如果没有认真考虑过我们的关系,我不会去见考特尼神父,也不会把我们的事告诉他。"

"他是怎么说的?"

"哦,他的话非常无情……"

"他说我应该欣然接受这种牺牲?"

"我想，说到底，他的话就是这个意思……你看，我真的很抱歉，克莱尔。我不知道该怎么办……我没有想到你会这么在意……"

克莱尔扭过身，狠狠地瞪着他，尽管她知道不该这么做，知道这样做是自取其辱，知道脸涨红了会十分难看。

"那么在过去的九个月里，在我家前门廊接吻的两个人肯定另有其人喽？绝对不是你和我。"

马克不敢看克莱尔的眼睛，这是她第一次见马克如此窘迫。

"很抱歉，克莱尔。真心很抱歉。"

内心澎湃过后迎来了片刻的宁静，而夏天的声音——蟋蟀、蜜蜂、远处孩子们的叫声，就像沉重的物体奔跑在克莱尔的脑袋中。在这个炎热的天气里，她难受地辗转反侧，仿佛盖了太多的毯子一般。"他人即地狱"，马克曾经向她引用过别人的这句话。其实不对，应该是"吵架即地狱"。忽然，她想到了另一个炎热的夏天，一个烤人的运动场，还有粗糙得扎人的羊毛修女服。敌人总是先攻破你所有的防线，然后再突然发起猛攻。如果早上出门时脱掉了袜子，她或许能不失尊严地处理好这件事，但现在她受着身体和精神上的双重折磨，觉得自己随时都可能疯掉。

马克表情麻木，一声不吭地坐在那里。克莱尔真想报复他，以发泄心中的积怨，凭什么他随随便便就得到了她的心和身体。然而，此刻她就像一个懦夫，害怕这样做会加快分手的步伐。理智告诉她，长痛不如短痛——纵使猛地一使劲扯掉绷带会伤害皮肤，也没有慢慢地一层一层剥落绷带来得疼。可是，她珍惜马克给她带来的一切，甚至痛苦。

"告诉我，马克，你爱过我吗？"

"我不知道该怎么回答你，克莱尔。我知道，过去我常常轻易就把'我爱你'挂在嘴边，但我想你也意识到了，我从来没有认真地说过这句话。"

"是的，你很会明哲保身。"

"其实，说这句话的时候我不够诚实，对你的感情和尊敬也不及此刻。那时我说这句话只是为了例行公事。这很卑鄙，我知道。"

"是的。"

"但我不能再继续做过去那个邪恶的我，也不能违背现在这个潜意识里善良的我！"他痛哭流涕地说，"你明白吗，克莱尔？"

马克声音里传递的痛苦让克莱尔感到畅快，但她并没有作任何回答。她知道自己所扮演的角色是一个自我牺牲的女主人公，应该鼓励心爱的人实现精神上的追求，但她克制着自己，没说任何同情和理解马克的话。她的自我牺牲也随之变成了不诚实和不尊敬。

"我现在才发现自己曾经无可救药地误解了你，克莱尔。我可以说明天就娶你，但这样做是对你的侮辱。现在你知道我是什么样的小人了吧？"

"好呀，你说呀！说你明天就娶我。"

"现在，克莱尔，你不会想——"

"你怎么知道我想要什么呢？我想要你，我不在乎在这样的过程中自己多么卑微。你明白吗？我鄙视你，我鄙视自己竟然需要你，但我真的需要你。"

克莱尔再一次难过地瘫坐到地上。

"克莱尔,你让我感到恐惧。我到底做错了什么才让你有这样的想法呀?我真的不明白。我不值得你这样。"

"我,我,我!我做了什么?你知道吗?你是我见过的最自私的人。"

"也许你是对的,克莱尔。"

"上帝啊!"克莱尔叹息道,"你的一只脚已经迈进了神学院。你什么时候走?下星期吗?我猜考特尼神父一天也不愿让你暴露于世俗和欲望的诱惑下,对吗?"

"恰恰相反,他拒绝了我。"

克莱尔心底不由自主地燃起了希望。

"为什么?"

"他说我还没有准备好。他说了很多相当棘手的问题,比如你。他还说我这么做其实是在利用神职来逃避挫折,把自己的处境戏剧化。他还说我骄傲自负,对天主教的看法不正确,等等。他让我离开,让我一年后再回来见他。"

"你怎么打算的呢?"

"就像他说的那样,再等一年。"

"这期间呢?"

"我打算回家。"

"回布莱彻姆?"

"是的。"

"我还以为你讨厌那里。"

"我过去讨厌,也许现在也讨厌,但逃避是没有用的,我必须试着改变自己。当然,我并不是真的希望这样做,但我必须摆出这样的姿态……"

"你不想继续和我们住在一起了,是吗?"

"我当然想,克莱尔。我太想和你们住在一起了,这就是问题所在。在你家,我很轻松就可以做一个好的天主教徒,不需要真正的考验。但我家……"

"所以你要回去'拯救'布莱彻姆?"

"当然不是去拯救布莱彻姆,那里是资产阶级的索多玛和蛾摩拉①。或许是我的父母。毕竟,我母亲曾经是天主教徒……其实我也不清楚。"他停顿了片刻,接着说道:"我没有太多的信心,但觉得有责任和义务去弥补过失。不再逃避我不喜欢的东西,而是试图去改变它们。逃避只是背信弃义的表现。我的意思是,我经常跟你说,我非常讨厌童年的孤独——我发现你的家庭生活非常温暖丰富,事情也确实如此。可是,如果我没有那样的童年,就会成为一个不一样的人。我就是我,我不想改变自己的身份。归根结底,是什么样就是什么样,没人可以改变自己的身份。"

"你什么时候走?"

"我打算今晚走,我觉得这样最好。"

就这样结束了吗?永远地再见,很高兴认识你,我很喜欢爱抚你的后背,你真好,让我重新拥有了信仰,我们必须保持联系,我真心希望你过得好,加油!

---

①二者皆为《圣经》中的城市,因居民不遵守戒律而被上帝毁灭。

"克莱尔，说点什么吧。"

"你想让我说什么呢？安静地走开吗？"

"我想我会的。"

"我不会。你好像并不觉得应该对我承担一定的责任。你缺乏忠诚。自从第一次带我看电影，你就开始改变我，按照你的意愿塑造我的形象，让我慢慢地喜欢上你。现在我变得像你了，你却像从前的我了，就像一个跷跷板：一边上升了，另一边就会下降。我猜是我下降了。我想我们一定曾有过水平的状态，但我没有特别留意。一定有过那么一段时间，我们没有争吵，只是快乐地在一起，对吗？"

"我不知道，克莱尔。"

"哦，走吧！走啊，你还在等什么呢？你想走，不是吗？"

"别闹了，克莱尔。我送你回家吧。"

"哦，当然——这个样子回家吗？"

"可你这个样子，我不放心把你一个人留在这里。"

"有什么东西阻拦你吗？"

他们怒视着彼此，酷热难耐，痛苦不堪。

* * *

达米安擦了擦额头上的汗水，却不愿脱下外套，因为他穿的是背带裤。他已经观察克莱尔和安德伍德很久了，却没发现有什么感兴趣的事情发生。克莱尔躺在草地上，达米安本以为安德伍德会利用这一点冒犯克莱尔，没想到他一直坐得直直的，与克莱尔保持着一定的距离。他俩一定是闹矛盾了，两人的表情都很阴郁。克莱尔是不是像希金斯家的女儿那样遇到麻烦了呢？对他来说，克莱尔遇到那样的麻烦也不足为奇。

想到这种可能，达米安忽然觉得心情舒畅，脑海里浮现了马洛里一家惊慌失措的样子——他们怀里的毒蛇终于狂暴地苏醒了。他很乐意掌控全局，要求安德伍德娶克莱尔，并以此向克莱尔表明，尽管她过去有错，但他对她仍然是仁慈的。

不过，也许和他房东家的小荡妇一样，克莱尔已经麻木了。想到这里，达米安得意地笑了起来。他觉得自己的猜测一定是对的。当触摸那些挂在浴室里的透明的黑色东西时，他就闻到了罪恶的味道。在他的印象里，多琳每天夜不归宿，大清早门前就传来砰砰的响声，接着便有汽车发出呜呜的声音从窗下开走。看多琳说话时那副轻蔑、懒洋洋的样子，就知道这个女孩身上有故事。她身上似乎有一种强烈却难以说清的东西，像一种气味，母狗发情的气味，吸引着达米安跟踪、窃听、偷偷地监视她。昨晚，他终于有了收获——他偷听了多琳和母亲的争吵，发现多琳怀了老板的孩子。想起她们的谈话内容，他现在还心有余悸，耳边仿佛又响起多琳快速且平淡的话语。

"你什么意思？你不知道吗？你觉得我们凌晨两点要做什么——玩无聊的游戏吗？"

还有希金斯夫人百般辩解的抱怨。

"我不知道如果你父亲还活着，他会怎么做。我一直努力做一个好妈妈……他怎么说？"

"我还没有告诉他。"

"他现在必须和你结婚。"

"我告诉过你，妈妈，他妻子不愿和他离婚。那是个母夜叉！否则我们早就结婚了。"

"那他得付抚养费。你去法庭起诉他吧！"

"妈妈，你疯了吗？事情变成这样，是我心甘情愿的。这件事情错的主要是我，如果他想提供帮助，那当然很好，但我不会因为一场意外而跟他反目成仇。我要去某个地方把孩子生下来，有很多地方可以去。"

多琳突然走了出来，走进黑暗的大厅，结果却看见达米安正急忙从厨房门口离开，沿走廊往回走。于是她对着大厅喊道：

"你的耳朵在发烫吧，奥布赖恩先生！"

回忆令达米安激动不已，他摇了摇脑袋，不让自己继续去想。马克和克莱尔还在那里，他俩肯定是闹矛盾了。可是停下脚步有什么意义呢？他无法近距离听他们的谈话。座位上的油漆很热，达米安用手撑着座位站了起来，开始在公园里闲逛，却看到一对又一对男女躺在草地上，举止轻浮，欲火中烧，仿佛开在草地上的危险之花。他们不知羞耻，毫无顾虑地在自己周围编织着紧密的欲望之茧，仿佛没有他人存在一般。令人震惊的是，那些天真的孩子竟然还在这种炙热的欲望中追球玩耍。达米安戴上墨镜，故意绕开步道，选择了杂乱延伸的小路。他笔直地昂着头，目光却扫向四面八方。忽然，他觉得自己就是一位记录天使，好像上帝正需要一个像他这样能发现罪恶和臭气的人去观察眼前的一切。没过多久,他便收获了胜利的喜悦。他发现一个小伙子把手伸到了一个女孩的裙下,而那女孩却咯咯咯地笑了起来。声音虽小,却令人毛骨悚然,穿透了他的神经。他没法不为女人的欲望所动摇了。

* * *

"啊,在这里见到你真是太意外了,克莱尔!"

克莱尔转过身,抬头看着达米安那张丑陋的脸,赶紧坐直身体,努力修复和掩盖因为情感折磨而花了的妆容。见到达米安,她很少会感到高兴,但在这一刻,如果可以把炽热的钉子揳到他丑陋的脸上,她会觉得畅快。

"你平日的陪同者呢?"达米安微笑着,露出拥挤和腐烂的牙齿。

"他——你是指马克吗?——他有事回去了。我喜欢这里,想多待一会儿。"

达米安站在克莱尔身旁,黑色的西装加上丑陋的笑容,给人一种邪恶的印象。但克莱尔必须坐在那里,努力恢复内心的平静。

"你的脸看起来有些红,不戴帽子就躺在太阳底下能行吗?"

"我没事。谢谢你,达米安。"

"我们似乎很久没有像现在这样单独聊天了。"达米安用那双暗淡的猪一般的眼睛注视着克莱尔。

"是吗?"

"是的。我想是的。安德伍德陪你的时间很多,不是吗?你们很快就会确立永久关系了吧。"

达米安的无礼激怒了克莱尔。整个该死的下午，包括现在，克莱尔这位讨厌的表兄都在撅着他灵敏的鼻子嗅探她的私人生活。

"如果你不介意，达米安，我想单独待一会儿。请你别管我的事。"

"好的，克莱尔，我只是想看看能不能帮上忙。"

帮忙？他到底是什么意思？帮忙？克莱尔看着他那笨拙的黑色身体迈着牧师般的沉稳步伐穿过草坪，思想却似乎在酷热中迷失了。她感到头晕脑涨。该回家了！回家吗？哦，上帝，不行！马克在家里，其他人在家里，我不能回去。去哪里呢？去看电影吗？好，去看电影。虽然母亲曾经说过，在闷热的电影院里浪费一个美好的下午似乎是"一种罪恶"，但也许在那里的几个小时她能忘却内心的烦恼。而且，如果回去得很晚，她就有可能引起马克的担心，也许他还会决定不离开了。这样做当然不地道，但那又怎样？

克莱尔坐起来，拿出她的小粉盒，轻轻地搽了搽脸，梳了梳头发，然后跟跟跄跄地站起身，抚平裙子的皱褶，穿过闪闪发光的草地，朝着潮乎乎、臭烘烘的女盥洗室走去。幸好，里面比较凉爽。

再次回到炫目的阳光下，克莱尔感到一阵头痛。她把一只手放在阵痛的头上，决定去喝杯茶。匆匆赶路没有必要，于是她放慢脚步，沿着狭窄的小路走在散步的人群之中。为避开那些在大人腿间彼此追逐的小孩，她绕过了停放在长椅一旁的豪华婴儿车，看到一位内心充满喜悦的母亲坐在长椅上，一边编织一边看孩子。接着，她放慢脚步，在一个网球场的铁丝网外面停了下来。球员们汗流浃背地打着球,跳动着已经晒黑的毛腿,气喘吁吁、接连不断地叫喊着"哇,打得好"和"刚好出界"。她看了几分钟,继续向前走。在一片崎岖不平的陈旧高尔夫果岭上,一群又一群人慢慢从一个球洞走到另一个球洞——孩子们心情急切,争强好胜,而大人们则乐此不疲,宽容大度。一群穿着整套制服的小混混从高尔夫球场看守人的小屋里走出来,身上不搭调地扛着球杆和一些小白球。前方,一座巨大的花岗岩自动饮水器高高耸立着,上面拴着链子,链子上挂着破旧又不卫生的金属杯。一个小男孩正在伸手够水龙头。为了让他喝到水,克莱尔停下来抱起他,感觉他喝足了才放下,而他却一句话也没说就跑掉了。

以前,克莱尔从来没有做过这样的事,也从来没有真正独自一人出过门。在遇到马克之前,她除了去学校和教堂,很少外出。

马克。人群以及其他人的活动就像麻药,暂时麻醉了失恋的痛苦。接下来会发生什么?明天会发生什么?后天呢?后天之后呢?究竟什么东西才能填补她那颗被掏空的心?

克莱尔来到一个小吃摊前。小吃摊像一个黏糊糊的蜂窝,拥挤不堪。她排队等了几分钟,一个脏兮兮的女人才汗流浃背地端来一个装满杯子的托盘,然后"咣当"一声将找回的零钱丢到溅满各种液体的柜台上。克莱尔从柜台上拿走硬币,端着杯子走进了一片围起来的区域,把杯子稳稳地放在不怎么稳的铁桌上,她脚下到处都是垃圾。一个脏兮兮的小男孩脸上满是果酱和鼻涕,微微地扭动着身体,一只手夹在两腿之间,一根手指抠着鼻子。克莱尔看他仰头望着自己,赶忙将目光移向别处。当她再次转过头时,小男孩已经仁慈地消失了。她从手提包里拿出三粒阿司匹林,用最后一口不温不热的茶痛苦地吞下肚,然后起身朝公园大门走去。

是的,震惊所带来的麻木感已经开始消退,克莱尔第一次感到等待她的巨大痛苦爆发了。她害怕极了,自怨自艾的情绪开始在内心膨胀。我再也不会对任何人好了,她发着誓,仿佛一个泪流满面、愤怒无比的孩子。对别人好总是给自己招来麻烦,结果也没帮到别人。先是希尔达,然后是达米安,最后是马克。希尔达的生活被毁了,成了一个彻底的神经质者;达米安既古怪又扭曲,误认为我喜欢他;马克——他永远也不会成为牧师,他最终会成为像我和达米安那样的宗教失败者。宗教毁了他,宗教毁了他们所有人,宗教使他们误认为在处理自己和他人生活方面无所不能。像爱自己一样爱自己的邻居们——这一教义真是害人不浅。事实上,爱情就像一辆小孩驾驶的公交车:乘客越多,死亡人数就会越多。不过马克不会有太多痛苦的。他很幸运,因为他来自一个无爱的家庭,不懂得什么是真爱。在他家里,为了避免感染,真爱已经被消过了毒。然而,她自己的家却是真爱的温床,在她家里生活几周就会觉得无法忍受,因为你不能独自面对自己的不幸,你需要把你的不幸带进客厅,就像其他人把报纸、编织、家庭作业带进客厅一样。

克莱尔加快脚步,匆匆赶往电影院以分散自己的注意力,不再去想今后没有马克的生活。她从人行道上走下来,急刹车的声音将她的思绪拉回现实,令她惊慌不已。司机经过她身边时朝她大声嚷嚷了些什么,路人也纷纷向她投来责备的目光。她踉踉跄跄地穿过马路,继续往前走。谢天谢地,帕雷迪姆就在不远的拐角处。那辆车没有撞到她，在她看来或许还有些遗憾。她仿佛看见自己躺在医院病床上的情景：脸色苍白，面带勇敢的微笑，而马克则表情严肃，面带悔意地陪在她的病床前……唉，别犯傻了。忘了他吧。

她转过拐角，抬头看了看电影院门廊上方的广告牌，想看看接下来三个小时的命运如何，然而上天偏偏不尽如人意，恰恰是她最不喜欢的一部关于摇滚的嘈杂电影。唉，她不愿去更远的雷克斯影院，只能朝电影院门口走去。忽然，她意识到，自己身上没有钱，最后六便士已经花在茶上了，现在她身上只有一本支票簿，但银行已经关门了。哦，傻瓜！她还能做什么呢？总不能回家拿钱吧。

一群吵吵闹闹的年轻人从她身边走过，唱着歌走进电影院，还有一对情侣在人行道上跳起了摇摆舞，女孩穿着一件紧身白色毛衣，胸前绣着"摇滚"的字样。克莱尔决定继续往前走，仿佛急于掩盖没钱的事实。然而，她却不知道自己想干什么，只觉得又累又热又烦。她烦透了，甚至想死，或者不管不顾地坐下来。但是坐哪里呢？在咖啡馆里坐下吧，你得买杯茶，而公园又离得太远。她第一次感到城市街道令人恐惧的冷漠。总不能坐在大街上吧。现在，只剩下一个地方可以去了。

* * *

马洛里太太走出医院，朝山下走去。外面阳光明媚，她难掩内心的喜悦，人生中第一次感到布里克利城竟如此美丽。高大的维多利亚式房屋斜靠在半山腰上，铁路上一道道铁轨在炎热的天气里闪着光芒，就连马麦酱①厂发出的刺鼻气味似乎也因她的幸福改变了。她看见两个衣衫褴褛的小姑娘滑稽地穿着母亲的高跟鞋，推着一个玩具小推车，便朝她们微微笑了笑。接下来，她像背诵孩提时所学的永远难忘的诗歌一般，她独自深情地低吟起医生的话："没什么可担心的，马洛里太太。只是一块多余的增生组织而已。"

"但很疼，医生？"

"可能是肿块的触痛，因为你太担心了；也可能完全是你幻想的。它长多久了？"

"哦，很多年了，医生。"

"你看看，这么多年你一直在担心这个问题。为什么不早来见我呢？"

到底为什么呢？她也不清楚，但很庆幸汤姆最终说服她来了这里。如果她告诉汤姆这一结果，他肯定会很高兴。七点左右他和帕特里克就要看完板球比赛回来了。

看比赛能够让帕特里克呼吸一下新鲜空气。他最近状态不好，可能是因为一直担心自己去神学院的事情。可是，现在担心还有点为时过早。他曾询问自己能否马上去神学院学习，见汤姆表示反对，他似乎松了一口气。就像汤姆说的，克莱尔和达米安宣誓修道的年龄都太小。他说得有道理，人在放弃之前，至少要懂得放弃的是什么。

马洛里太太穿过枫树路，走进树荫里。天很热，或许今年可

---

① 一种在英国流行的酱料，主要使用啤酒酿造过程中最后沉淀堆积的酵母制成。

以度过一个美好的夏天了。现在,孩子们都放假了,全家人聚在一起,也许马克也会加入到他们中间。考试结束了,他看起来很疲惫。如果他加入,克莱尔一定会非常高兴。

马洛里太太走进屋子,给自己沏了一杯茶。其他人都不在家,她迫不及待地等着他们回来,因为她太开心了,想好好对待每一个人。想到他们喝下午茶的时候可以配上三文鱼的点心,她便去食品柜里取了两罐三文鱼罐头,打开后摆好餐桌。可她又觉得准备沙拉也没什么用,于是决定去打扫马克的房间。

房间像往常一样凌乱不堪。唉,男孩的房间总是如此。书桌上乱七八糟地摆着几本打开的书——她从来都想不明白,他怎么能同时读这么多书。她不太会整理书桌,一本笔记本从桌子边缘滑了下去,结果她只抓住了封皮。笔记本"砰"一声打开了,一页松散的纸飘落到地板上。她拾起来,想把它塞回笔记本里,却忽然意识到,如果她放错了地方,马克可能会认为她一直在偷看。于是,她犹豫地瞥了一眼掉落的书页,看看能否找到一点线索以确定它在笔记本中的位置。然而,眼前的文字却引起了她的注意。她仔细地读完了整页,右手不知不觉地放到了左胸上。

* * *

马克疲惫地踏上了八十九号的台阶,走进屋子。大厅里很凉爽,光线有些暗,他决定先上楼收拾行李。突然离开,他究竟要怎么向这一家人解释呢?

"是你吗,马克?"

"是我,马洛里太太。"

马洛里太太从厨房里走出来。奇怪的是,她的表情竟然很严肃。也许这是一个绝好的机会,但他还没有做好准备。

"马克,我能跟你聊几句吗?"

"当然。"

他们没有进厨房,而是走进了平日里很少使用的前客厅,那是马克最不喜欢的房间。廉价丑陋的家具处处显露着磨损和使用太久的痕迹,保存这些家具真是有些虚伪,但到底是为了什么呢?马克在一张人造革包的硬扶手椅上坐下,立刻感到烦躁不安,而马洛里太太则坐到了一张直立的木椅上。

"马克,"马洛里太太首先开口说,"你和我们住在一起已经有一段时间了吧?"

"是的,马洛里太太,至少有九个月了。"

"你已经成为家中的一员。你和我们一起吃饭,一起去教堂,但是你怎么能……你和我女儿出去约会……"

"是的,怎么了,马洛里太太?"她说这些话肯定是想问:你打算什么时候娶我女儿?他对马洛里太太的直接感到惊讶和恼火。然而,这和教堂有半点关系?马洛里太太移开了投在他身上的目光,然后起身绕过他身旁,整了整墙上的一幅画。

"我的意思是,我必须对你说,若你不是家里的一员,我是不会说这些的。如果你只是一个房客,以你自己的方式进进出出,我会说这不关我的事。"

马克抽出一支香烟点燃。

"你想说什么,马洛里太太?"

马洛里太太从罩衫的口袋里掏出一张皱巴巴的纸,递给了马克。

"我在你房间里发现了这个,马克。你要相信我,我是偶然看到的,但我并不觉得读它有什么可耻。我觉得它有些污秽,我想要一个解释。"

马克打开纸团,认出那是他笔记本上的一页纸,一定是在他撕下有关学生十字社团的日记时松动了。他瞥了一眼,上面是一些简短的笔记,还有刚和克莱尔交往时的一些关于克莱尔的奇怪想法:

> 克莱尔还是一个纯洁的女孩。一个女孩纯洁与否,你可以感觉得到。她们的身体可以像屠夫的图纸一样被绘制出来……如果触摸到某个禁区——乳房、屁股或腰部,就会遭到拒绝……

马克把纸翻到反面:

> 经过客观冷静的分析,我觉得自己竟然以这样卑微的方式下跪,真的是难以置信。但挫败的性欲在精神上寻求到了性高潮……如果我能和克莱尔发生关系,哪怕只是摸一下她的乳房……

还有几页,包括未完成的颂歌《当听到他心爱之人的撒尿声》的第一节,但他已没有那份闲心去读了。于是他把纸折好,放进口袋里。

"对吗?"马洛里太太说。

"我真不知该说什么,马洛里太太。"

马克是真的不知道如何解释。如果他真的曾把这些付诸实践,那他或许会向马洛里太太澄清一下。她是一个通情达理的女人,而且马克知道她喜欢他。他可以解释说,这是很久以前写的,当时的他和现在的他判若两人。他甚至可以向她展示自己参加学生十字社团时的日记(讽刺的是,他曾经那么讨厌这篇日记),以展示他改变心意的真诚。但这样就能解决问题了吗?任何解释都必然会证明他对克莱尔是真心实意的。上帝,这是什么情况呀!

最后,他忽然做出了一个决定,而且没给自己重新考虑的机会就执行了这一决定。

"马洛里太太,我没什么可以解释的。"

马洛里太太有些难以置信。

"我对你太失望了,马克。"

"让您失望了,我很抱歉,所以我不能再待在这里了。今晚我就离开。"

"离开?今晚?"马洛里太太似乎吓坏了,一副不知所措的样子。

"是的,我现在就去收拾行李,我认为继续交谈也没有太大的意义了。"他站起身朝门口走去。

"马克!"

马克停下脚步。

"我不该看那张纸——"

马克看着她那不安的眼睛,知道她开始明白这次行为的后果了。

"你说过那只是一次偶然。"马克温和地说。

"是——不过——"

"不用担心克莱尔,马洛里太太。今天下午我们已经分手了。"

"哦!"她明显地松了一口气,这令马克感到痛苦,但是他继续艰难地说道:

"马洛里太太,你最好不要告诉克莱尔我为什么离开。"

马洛里太太伤心地看着马克。

"我不会告诉任何人,马克。"

* * *

克莱尔来到教堂时,吉卜林神父正站在前院焦急地四处张望,看到克莱尔时,他的脸上露出了一丝欣慰。

"啊,克莱尔!我刚一祷告你就出现了。你愿意见证一场婚礼吗?不会花很长时间的。"

"没问题,神父。"

克莱尔有些不知所措,但此刻的她心乱如麻,也无暇顾及这么多了。被恋人抛弃,几乎被车撞,身无分文,还要见证一场陌生人的婚礼——那又怎样呢？不就是一天的地狱吗？马洛里家的人可以承受。

"我为这对夫妇感到难过。"吉卜林神父一边领着她往教堂走，一边私下里跟她说，"女孩是一个弃儿，男孩的亲人都反对这桩婚事，因此没有客人。男孩的姑姑和叔叔本来已经答应当证婚人的，可在最后一刻被男孩的母亲劝阻了，但他俩依然坚持举行婚礼。更糟糕的是，男孩是一个非天主教徒。他们没有钱，而且男孩还在当兵。我不记得以前在教堂见过他们，但我希望他们做的是对的。不过，我无法帮助他们。他们都超过二十一岁了，他也在所有文件上都签了字。"

克莱尔小声含糊地回答着他的话。

不管天气如何，永援圣母堂永远是一座让人不舒适的教堂，那天下午也是如此：里面既阴暗又闷热，两旁高大的建筑遮住了光线，低矮的天花板和紧闭的窗户密不透风。

在入口处，克莱尔自然大方地接受了圣水。然而，即使是洒到前额的圣水也是热乎乎的。在教堂后面，学校的看门人达菲夫人正跪着祷告。前面的靠背长凳上，一对有情人正在等着婚礼。吉卜林神父去圣器室换衣服，路过他俩时弯腰说了几句话。之后，他们转过身，看了看克莱尔。克莱尔朝他俩笑了笑，那个女孩对她也回以微笑，男孩却看起来很严肃，也很紧张。以这种方式结婚真是太糟糕了。那个女孩——叫她新娘似乎有些讽刺——穿着一件便宜的淡紫色衣服，看起来很僵硬，一看就知道是刚买的。男孩穿着一件粗糙的制服，显得有些别扭。他的头发剪得很短，脖子红肿，有的地方甚至擦破了皮，长疖子的地方贴着膏药。女孩跪着，男孩则双手放在膝盖上麻木地坐着。

吉卜林神父带着一个身材矮小、满心好奇的助手从圣器室走了出来，示意所有人都到圣坛的围栏处。看到达菲夫人，克莱尔内心涌起一丝恐惧，原来她和自己一样也是证婚人。达菲夫人穿着毛毡拖鞋，慢慢地走到祭坛前，站到克莱尔身旁。她嘴唇紧闭，满脸阴沉——在教堂里或在牧师面前，她总是这副面孔。

结婚仪式简单无趣。克莱尔曾不止一次地想象过自己的婚礼：礼堂的钟声响起，周围布满鲜花和闪闪发光的蜡烛，教堂的靠背长凳上坐满了面带微笑窃窃私语的宾客，她穿着长长的洁白婚纱，挽着父亲的胳膊，迈着小碎步，沿着走廊缓缓走向穿着晨礼服、面带微笑、英俊帅气的马克。可是眼前这个女孩呢，除了这一简陋的仪式，就没有什么值得纪念的了，这让克莱尔心生同情。可是转瞬她又想到了自己那无望的梦想。不幸的人不止她一个，不是吗？

他们这一对真的不幸吗？至少晚上他们可以躺在彼此的臂弯里……克莱尔及时将思绪拉回到眼前，强迫自己去观看结婚仪式。男孩的回答坚定而生硬，女孩的声音几乎听不见。人们似乎还没反应过来，结婚仪式就结束了。克莱尔和达菲夫人跟着他们进了圣器室，作为他们的证婚人签下了自己的名字。这对夫妇离开时，克莱尔微笑着，含糊地说了一句："祝你们好运！"女孩也微笑着低声回答了一句什么。她的丈夫没有笑，不过他和克莱尔以及达菲夫人握了手，严肃地向她俩道了谢。夫妻俩走出教堂，走进他们的新生活。克莱尔内心很矛盾，不知道是应该嫉妒他们还是同情他们。他们跨过了人生中的这道坎,还会再次跨过去下一道坎吗?

达菲夫人紧跟着也离开了,但克莱尔觉得逗留一阵子会显得更有礼貌。一方面,紧跟着新婚夫妇匆匆离开会让人觉得主持婚礼是一件烦人的差事;另一方面,吉卜林神父似乎很想与她聊聊天。

"幸好你碰巧路过这里。"吉卜林神父一边说着,一边扯下身上的牧师白袍。

"是的,神父。我差点就去电影院了。"

吉卜林神父脸上闪过一丝不安,克莱尔立刻想到了他的布道。

"我,我感觉不太舒服,我只是因为太热了——我只是想找个地方坐一坐。"克莱尔急忙解释,希望能弥补自己的失言,"但我发现身上没带钱,所以就来这里了。"真是欲盖弥彰,今天下午她一直不在状态。

"嗯,毫无疑问,是上帝指引你来帮助我的。"吉卜林神父生硬地说着,走到水槽前洗手。他现在穿着衬衫,袖子卷得高高的,露出牧师特有的又瘦又白、长满黑色汗毛的胳膊。克莱尔从来没有见过他的这种日常行为,但他似乎并没有因为克莱尔在场而感到尴尬。

"你经常去看电影吗,克莱尔?"吉卜林神父问,"你可以直说。"他注意到克莱尔的犹豫,便带着一抹自嘲的微笑补充道:"我不会训诫你——上次我在这一问题上的布道十分失败。"

"我认为你说得很有道理,神父。我必须说明这一点。"

"你能这么说真是太好了。可是主教并不认同你的观点。我在想——我一直在想,我是对还是错呢?我想我一定是错了,改革非常失败。"

吉卜林神父弯腰站在水槽边,身体重心落在僵直的胳膊上,眼睛盯着平放在水槽底的双手,低垂的头给人以一种挫败感。克莱尔第一次意识到他也只是一个人,一个从来不被人们钦佩的牧师——不厌其烦地执行圣礼、进行布道、宣布惠斯特牌比赛,就像一个忘记了自己最初为什么要卖东西的疲惫店主。但是现在,就在此刻,克莱尔发现他也有无能为力的地方,意识到不能感化人、找不到鼓舞人心的话语和振奋人心的口号对他而言意味着什么。

"我和那个和你交往的年轻人进行了一次富有启发的谈话。"

"马克吗,神父?"是什么恶毒的魔鬼把谈话引向了这个方向?

"是的,年轻的安德伍德。有一天晚上他来找过我。我想他是想谋取一份职业——当然,这是秘密。"

"是的,神父。"

"我觉得我得告诉你,因为只有你能帮他。我知道你的家人在他皈依信仰的过程中起了多么重要的作用。"

"是的,神父。"

"你得留意他的一些异端想法,不过你们还年轻,有些奇怪的想法也是好事。其实,这是因为他所受的大学教育……它会对人产生巨大的影响。我是从学校直接进入神学院的。当然,我不后悔——否则我永远也不可能成为一名牧师——但我经常在想,这也是我无法适应现代社会的原因。"吉卜林神父伸手拿了毛巾,"第一次世界大战一结束,我就进了神学院。七年后我从神学院走出来,发现整个世界都变了。我觉得我从来没有跟上过它的步伐,你明白吗?"他带着一种非常感伤却深信不疑的语气说着,仿佛一个病人正在向医生描述自己令人尴尬的病症:"我有时觉得不是我疯了就是别人疯了。我打开收音机,读报纸杂志,看广告……对我来说,一切都变得很疯狂。疯狂!现在,救赎贝迪池地区灵魂的达尔比神父……他在组织舞会……你们管它叫什么来着……摇滚吗?……星期天晚上……为他所辖教区的年轻人。他说,晚祷的出席人数因此翻了一倍。可是我做不到。你看,他是最近才成为神职人员的,所以他了解这些新事物。我觉得马克·安德伍德也变成了他那样的人。真是不一般的年轻人。不一般呀。"

这成了对克莱尔的折磨。这时她才发现马克是一个多么自私、无情、精于算计的人——竟然每个人都想方设法把马克推销给她。

"他给我讲述了一些离奇的事情。当我们谈及电影时,他告诉我,平均每部好莱坞电影获得的观众数量都要比《圣经》大。你知道这一情况吗?"

"我想我以前听马克说过,神父。"克莱尔回答道。确切地说是十一次,她小声地狠狠补充着。

"他批评我的布道不够大胆。"吉卜林神父继续说道。(哦,马克的脸皮真厚,竟然当面指责教区牧师的布道。也许他最终会成为一个成功的牧师……毕竟这位老人没有他那么能言善辩、厚颜无耻……但他绝不会成为一名神圣的牧师。)

"在他看来……"

马克说过的那些让她反感的词句一个接一个地从这位易轻信他人的老牧师口中蹦出来……"价值观的交流……借他人的经验间接

感受生活……超级生活……最终通过电视……取代生活……"她感到自己内心产生了一种难以抑制的冲动,这种冲动让她想去反对,想去抗议。

"我有时会想,马克是否像他认为的那样,真的很了解人民大众。毕竟对很多人而言,电影院是一个可以去的地方,是一个可以远离孩子几小时的地方,也许还是恋爱中的情侣增进感情的地方。对于一个领抚恤金的老人来说,它还是冬日里暖和的处所。他们都知道真实的生活是什么样子——他们太了解现实生活了,所以不会混淆现实与银幕上的东西。刚刚结婚的那一对就是如此,神父。很可能他们恋爱的时候也经常去看电影,但他们并没有脱离现实生活,不是吗?"

"没有,他们没有。恰恰相反,我觉得他们勇敢极了。真希望我能以某种方式帮助他们。"

吉卜林神父脸上的肌肉抽动了一下,流露出无助和后悔。

"就这样吧,我现在得走了,神父。"克莱尔忽然特别想要离开。

"好的,你已经做得够好了,希望我没耽误你太多时间。"

"哦,没有,神父,一点也没耽误。"

克莱尔惊讶地发现那对新婚夫妇还在教堂前的院子里,直到摄影师收拾好了设备,她才看到他俩离开。克莱尔仿佛看到摆放在壁炉架上、镶嵌在廉价相框里的照片,看到这对可怜的小夫妻正面带坚定果断的笑容,走向昏暗的卧室兼起居室。房间里,火炉上方烘烤着冒着热气的尿布,空气中弥漫着油炸食物的味道。

新婚夫妇似乎非常焦虑,犹豫着迟迟不肯离开,好像不知道要走向何方。克莱尔嗅到了一股烦恼和忧愁的气味。现在她真的闻到了,可是这种感觉总是让她陷入麻烦——为什么又要掺和进来呢?

"需要帮忙吗?"克莱尔问。

女孩感激地笑了笑。

"我们不知道这附近哪里有好吃的。"

"原来如此。有家里昂餐厅离这里不远。"

"太好了。"丈夫说道。

"我告诉你们餐厅的具体位置吧。"克莱尔说。

"和我们一起喝杯茶,好吗?"女孩问道。

克莱尔本想拒绝,却看见女孩那双羞怯中带着恳求的眼睛。她吃惊地发现,女孩是真心想邀请她——尽管不合时宜,但克莱尔还得接受他们的"款待"。

"好,那就喝杯茶吧。你确定不想和你丈夫单独在一起吗?"

"确定,和我们一起吧!"丈夫说道。他穿着笨拙不合身的硬制服,看起来一点不像一个已为人夫的人,当然也不像一个男孩。很明显,他在努力地承担着过早的责任。

"其实我在一家自助餐厅工作。"向前走的时候,女孩向克莱尔吐露了心声,"我真的不熟悉这附近的环境,可我不想去我工作的餐厅。"她紧紧地挽着丈夫的胳膊,对克莱尔的陪伴似乎十分感激。

"肯定不想去。"克莱尔表示赞同。

毫无疑问,这是里昂餐厅第一次提供特殊的婚宴早餐。想起自己身上没钱,克莱尔只点了一杯茶。可是,莱恩却坚持让她和布丽姬特坐下,自己去排队,然后端回了满满一托盘食物:有焗豆和培根，裹着糖的面包，还有茶和冰激凌。为了不辜负他俩的好意，克莱尔大方地吃了起来。

"莱恩，布丽姬特说你刚刚入伍。"克莱尔说。

"是的，很倒霉！"

"你那里离伦敦远吗？"

"只有三百英里左右，"莱恩苦笑着说，"是卡特里克。"

"他回家一趟大约得花七个小时。"布丽姬特说。

"如果托瑟军士允许我们按时离开，我就可以去里士满乘坐四点一刻的火车，然后在达灵顿转乘四点四十七分的火车，那么十一点零二分就可以到达国王十字车站。如果我错过了，那从里士满出发的时间就是五点了，在达灵顿转车的时间就变成了六点半，这样的话，我十二点二十分才能到达伦敦。当然也可以在里士满乘坐四点二十九分的火车直达约克郡，但这列本该在四点四十七分到站的火车总是晚点……"

莱恩认真地讲述了几分钟铁路时刻表。显然，这是他目前生活的重点。简单的一张到达离开时刻表是他和布丽姬特之间的唯一纽带，他这是在按小时计算自己的幸福。

他们又聊了一阵子莱恩在军队的生活。布丽姬特生起气来，情绪很激动。

"他们住的小屋真是让人难以接受。窗户没了，门也关不上，连猪圈都不如。"

"不过，适合羊住。"莱恩说，"我们上周搬进去的那间小屋，住之前需要先把羊粪打扫干净。羊在那里已经住了好几年了，这间小屋一九四一年就被废弃了。"

"有一天早上醒来，他竟然发现有一只老鼠正在房子中间看着他。唉！"布丽姬特打了个寒战。

"其实，条件不好我也不在乎，"莱恩说，"关键是那些军官和士官。他们对待你的方式简直是粗暴。'来这儿，去那儿，做这个，干那个。快点！'还有他们说的那些蠢透了的风凉话，'你今早刮胡子了吗？下次别忘了在剃刀里放刀片！'唉，我听了不知多少遍！而你又什么也做不了。什么都做不了。"

"唉，我们别谈这个了，莱恩。"布丽姬特痛苦地说，"这只会提醒我，你星期二就要回去了。"

他们都沉默了，心里充满了忧郁。一个年老色衰、穿着蓝色工作装的瘸腿女人清理了他们的盘子，用一块湿抹布擦了擦他们坐的桌子，但桌上仍然留下了一些食物残渣。克莱尔打算寻找一个更愉快的新话题。

"你们打算住哪里？"克莱尔问。

然而，无论她把话题转向哪个方向，似乎都会揭露越来越多的困苦和不幸。渐渐地，他们那令人震惊、缺乏安全感的境况一个接一个地暴露在她面前：莱恩家里还有一个寡母；他原本打算夫妻俩和寡母在一起住一阵子；他母亲对布丽姬特不太满意；前一天晚上，他们发生了激烈的争吵；他们也不知道将在何处栖身。

"现在推迟婚礼有些太晚了，我猜得对吗？"克莱尔嘴里虽然这么说，心里却理性地认为他们其实应该这么做。

"我不会推迟婚礼。"莱恩断然说道，"我已经下定决心结婚了，没有什么能让我改变心意。我也不会感到遗憾。"

布丽姬特紧紧地握住他的手,对他微微一笑。"其实我们一直没有打算结婚,因为有太多的阻碍。"她说道。

"我一直觉得,我们应该有一个真正的开始——一个属于我们自己的住所,布丽姬特也不应该再继续工作。可是事与愿违,你看——我们约会的时候,我一直没法送布丽姬特回家。"他停下来,好像这就是急着结婚的理由。

"其实他住得很远。"布丽姬特解释道。

"有一天晚上,她竟然遭到了歹徒的袭击。"莱恩激动地说。

"太可怕了!"克莱尔惊呼。

"哦,我没事。我逃脱了。只不过是个讨厌的小混混。"

"如果让我逮到,我一定拧断他的脖子。"莱恩说着,用锐利的眼光扫视了一遍餐厅,"你确定从那以后就再也没见过他吗,布丽姬特?"

"我说了,再也没见过。别再想这件事了,亲爱的。现在一切都过去了。不会再发生那样的事了。现在我们结婚了,我觉得我们应该感谢他促成了我们的婚事。"

"这就是我们这么快结婚的原因,只不过比我希望的还是迟了许多。"

"是因为吉卜林神父坚持认为莱恩在婚前应该接受训令。不过他人很好,帮莱恩作了安排,训令是在营帐里进行的。"

克莱尔十分钦佩他俩的决心,但却不明白他们这么做的道理。如果莱恩大部分时间都待在军队,布丽姬特就不会比过去安全多少。不过,她并没有把这样的想法说出来。

"我好像不记得在教堂里见过你,布丽姬特。"克莱尔说。

"是的,我现在不去教堂了。不过,我是在一个天主教家庭里长大的,我是一个孤儿。莱恩想在登记处结婚,但不知怎的,我就是觉得那样结婚不妥,你懂的。"

"是的。"克莱尔应道。

"我不反对宗教——任何宗教,"莱恩说,"我只想尽快结婚。那位牧师很啰唆。"

"如果你不介意,我想问一下,你为什么不去教堂了呢,布丽姬特?"

布丽姬特看起来有些尴尬。

"我也不知道。我们从来没有间断在家里做礼拜,可礼拜需要做很久,而周日又那么短暂——我总是感到疲惫不堪。"

"你们现在想到能去的地方了吗?"

夫妻俩看起来依旧闷闷不乐。他们还是无处可去。

"我们得回到各自的住处过夜,直到我们把住的地方解决了。"布丽姬特说。

"可这样太糟糕了,没有蜜月真的很糟糕。"

"不管它,我们要去度蜜月。"莱恩大声嚷道。

"你知道我们负担不起,莱恩。"

"我借给你们五英镑,你们可以去绍森德,或其他什么地方过几天。怎么样,莱恩?"克莱尔问,"我本来可以多借给你们一些,但那样你们可能会担心还不了我。"

莱恩有些犹豫。克莱尔拿出了她的支票簿。

"当然,你们什么时候还给我都行。"

"不,莱恩,我们不能接受。"

"老实说,这是最好的方式,布丽姬特。"克莱尔说,"毕竟,结婚只有一次。你们必须去旅个游,哪怕只是几天。你们走的时候,我可以四处打听打听。我想我能帮助你们。其实,教区有一些房产,可以以非常低廉的价格租给急需帮助的人。年老的马奥尼小姐在坦纳路有一套小房子,但她上周因病住进了医院,即使以后出院了,她也得去老年公寓住,因此她的房子可能会空着。而且吉卜林神父说过,他愿意帮助你们,所以我可以请他出面帮忙。"

"真的吗?哦,那太好了!"布丽姬特惊叹道。

"丑话我得说前头,房子不是很好,很旧,也很脏。我想,十年前它就被指定拆除了。"

"没关系……不管怎样,我们有地方住了,就我们两人。"

"虽然我不能承诺任何事情,但我一定会尽力。"克莱尔停顿了一下,"还有一个问题。"

"什么?"布丽姬特急切地问。

"嗯……你也看到了,你去不去教堂对我来说并不重要,但对吉卜林神父来说可能很重要。"

"哦,没关系!"布丽姬特如释重负,"我不介意再去教堂,只要我们有房子住,我很乐意去。真的。"

已经沉默了许久的莱恩忽然开口道:

"你为什么要帮我们?"

克莱尔耸了耸肩,笑了。

"没有理由,莱恩。给,拿着支票。"克莱尔知道,莱恩不知道该怎么做却不想承认自己不懂,所以她这么解释。

他们在里昂餐厅门外告别,布丽姬特走上前,轻轻吻了克莱尔的脸颊。这让她想起了希尔达,于是内心泛起恐慌的波澜,但她努力让自己平静下来。

"周一晚上见!"克莱尔笑着说,"周末愉快!"

克莱尔开始往回走。去神父宅邸见吉卜林神父时,她已经不觉得心痛了,但也不觉得快乐。是什么感觉她也说不清,但她做好了继续前行的准备。

克莱尔再次路过电影院时,电影院外已经排起了长队。排队的是一群喧闹的年轻人,正跟着节奏拍手唱歌。在她的印象里,排队去看电影的人从未如此高兴过,他们兴高采烈的样子让她感到快乐。不过,她还是庆幸自己刚才没去看电影。

* * *

这是惊心动魄的一周,而现在正是这周的高潮。

"仿佛回到了往昔的时光,先生。"比尔说着,摇摇晃晃地走到人行道上,身上带着废弃不用的排队指示牌——事实上,因为已经太久没有用过,他不得不先改变上面的票价。

"是的,比尔。"伯克利先生一边仁慈地打量着人群一边说,"仿佛回到了往昔时光。"

其实，现在并不是很像往昔时光，但伯克利先生太高兴了，他不愿吹毛求疵。整个星期，票房收入都异常高，但他觉得今天晚上可以打破以往的销售纪录，包括夏天的销售纪录。摇滚电影就是一种脑波，令观众热情高涨。不过还好，至今还没有出现暴力行为。

比尔给其中一队心急的年轻人放了行。伯克利先生面带会心的微笑，看着眼前从身边蜂拥而过的一群年轻人。他们青春有活力，穿着奇装异服，留着可笑的发型。大部分观众是年轻人，可是年龄大些的人似乎也受到了年轻人高昂情绪的感染，有的哈哈大笑，有的面带微笑，有的相互逗笑，但谁都没有轻蔑他人的意思。通常，观众只在心情不好的时候才来看电影。对他和比尔来说，看到热切的笑容、听到礼堂里不断传来的兴奋喜悦之声是件好事，因为只有观众参与了，电影才真正有趣。现在，观众们跟随音乐节奏拍手唱歌，每部影片放映完毕，他们就热烈地鼓掌喝彩。这似乎创造了一种关系，以及一种观众和演员之间的张力。这种关系和张力通常只存在于剧院和杂耍剧场，在电影院里是很难形成的。听到礼堂里传来一阵低沉的欢呼声，伯克利先生瞥了一眼手表。

"你最好告诉他们，最后一场电影已经开始放映了，比尔。"伯克利先生说，"我觉得他们现在进去看电影的可能性已经不大了，我进去看看。"

"好的，先生！"比尔回答着，愉快地向他敬了一个滑稽的礼。

伯克利先生心情愉快，几乎忘记了多琳的事情。他想让新来的女服务员取代多琳，可是多琳的脸好像一直在敲打着他的良心，仿佛牙医的探针敲打腐烂的牙齿一般。想到多琳乘坐夜里的火车去纽卡斯尔的情景（他认识那里一个善良开明的女房东，她会帮助多琳渡过难关），他深感同情，于是浑身颤抖起来。多琳非常善解人意。当她平静地告诉他自己怀上了孩子时，他真希望妻子能和他离婚，然而妻子不肯。对多琳的这份心意让他愧疚的心得到了些许安慰，可是这并不代表他没有罪过，所以他压抑着自己强烈的欲望，没有投入到热情活力的观众之中，没有忘记短暂的自省。

礼堂后部和两侧站满了人，显得十分拥挤。伯克利先生站在这里，忽然面前的女孩引起了他的兴趣。那女孩穿着紧身裤，正随着音乐节奏扭着屁股。节拍交替时，她的左侧腰腹就会凹下去。

真是令人费解。按照标准，这是一部很差的"B"级电影：制作成本低，导演缺乏想象力，大多数情况下都是音乐家们穿着黑色和白色的衣服在方形的银幕上拙劣地自导自演，而且电影情节更是平淡无味，矫揉造作。那么电影的精彩之处呢？音乐。是的，音乐才是观众喜欢的。理想情况下，将乐队的演出录成一系列电影才最合他们的口味，对乐队的伪戏剧化的鼓吹反而是种令人恼火的仪式：从舞台或舞厅到恋爱场景的每一次转换都能听到观众失望的叹息声。他们讨厌乐队通过一系列简短的音乐或一连串的镜头来表现自我，觉得这是获取成功所用的最粗制滥造的做法，不利于他们随音乐节奏拍手。他清楚地记得前一天晚上发生的一件趣事：广播站的控制室专门挑出了电影中的恋爱场景，然后透过玻璃隐约传出《围着时钟摇滚》的音乐。没想到观众立刻停止了聊天，沉浸到音乐里。现在，观众又听到这首歌了：

四、五、六点钟摇滚,

七、八、九点钟摇滚,

十、十一、十二点钟摇滚!

今夜

我们要

围着时钟

摇滚!

伯克利先生发现自己竟然也对这种持续不断的节拍有了感觉。可以说,节拍是摇滚乐唯一的音乐元素,没有节拍它就成了一种特技:如萨克斯手柔术表演般的持续演奏;如大提琴手的演奏——叉开腿弹奏身前放在地板上的乐器,仿佛在强奸它一般;又如钢琴家的即兴演奏——按照礼俗站在乐器前,只用一只手也可以自由地弹奏美妙的音乐。

萨克斯手开始独奏了。伯克利先生向身旁瞥了一眼,一位年轻人正闭着眼睛,仿佛身心已融入乐器演奏家的身体。他的身体向后仰,膝盖微微弯曲,脸上闪过一丝焦虑,好像在担心自己的身体无法承受他这般入迷。萨克斯无疑是模仿人声的最好乐器,而管风琴无法接近出自丹田的声音,也无法模仿因为生活、痛苦、快乐而发出的最原始的声音,更无法接近电吉他手拨弦而发出的折磨人的长调子。

这是现代文明的一个永恒之谜:那些廉价、劣质、人造的事物反而坚不可摧,富有生命力,被视作真理。它们怎么会成为救赎的源泉呢？带着虚假情感和轻率旋律的叮砰巷①流行抒情歌曲反而非常惹人喜爱，还能唤起人们的真情实感；伍尔沃斯超市的日历竟然可以让人们看到美好；一个塑料十字架竟然可以激发人们最高的崇拜。摇滚乐是一种人造音乐，几乎没有一丝真正民俗的东西。或许在一年之内它就会消亡，然后被遗忘，而现在推崇它的人将来也会找到新的事物去取代它。就其本身而言，摇滚乐是毫无价值的。然而，今晚，在这个电影院里，它唤醒了多少麻木的灵魂去追求某种生活呀？正思考着，伯克利先生忽然发现了电影院另一边的骚动。银幕上的乐队正在演奏《待会见》，一些情侣正在走廊上跳摇摆舞。他觉得他们做得有点过了，于是匆忙赶往现场。

然而，伯克利先生刚走，另一对夫妇便在他腾出的空地上跳起了摇摆舞。

* * *

哈利的腿疼得厉害，那天他走了很远的路，而现在他又是步行来看电影，又走了很多路。可是，要找一个座位坐下好像不太可能。

哈利从口袋里掏出一块口香糖，剥掉包装纸，没想到口香糖从他的指缝中滑了下去，掉到了座位下面。一个男人恼怒地抬起头。

"对不起！"哈利赶忙道歉。

---

①指以美国纽约市第二十八街为中心的音乐出版商和作曲家聚集地。叮砰巷流行音乐是一种商业音乐，由专门的歌手负责演唱，歌曲主题以爱情为主。

哈利随音乐节拍轻点着脚,忽然发现他听到的是摇滚乐,这让他产生了随音乐拍手的冲动,但想想又算了。旁边,一个金发碧眼白皮肤的女孩一刻也不能安静,不停地跟着乐队演奏的曲子舞动。

"嗨,放映疯狂的萨克斯吧!"女孩尖声叫喊着,周围荡起一片笑声,哈利也跟着微微笑了一下。电影院越来越吵闹,人们纷纷从座位上站起来,去走廊上跳摇摆舞。哈利想带那个金发女郎一起跳,但最后还是作罢了。

突然,他的胳膊被人抓住了。他转过身,看到了那个金发女郎狂喜的眼睛。

"来啊,我们一起,摇摆舞音乐爱好者!"她喘息着说。

哈利后退了一步。

"不,我不行!我不会跳!"他结结巴巴地拒绝道。可女孩却不听。

其实不会跳舞不重要,他只要在她跳舞的时候在中间旋转就可以了,而女孩恰好正在跳舞。音乐再次响起,哈利开始面无表情地嚼起口香糖。女孩把他推到一个恰当的位置,猛地抬起他的胳膊,开始在他腋下旋转。裙摆舞动,露出了女孩漂亮的大腿。现在整个电影院似乎都跳起舞来,观众极其喧哗,每个人都在唱着、跳着,场面极其壮观,简直棒极了!结束的灯光亮起,可音乐和舞蹈仍在继续。那个金发女郎很妖媚,身上的毛衣根本盖不住她坚挺、凸出的胸。然而她的那对乳房并没有摇晃,而是紧紧地依附在她扭动的身体上。令哈利吃惊的是,女孩的力量也很大,一下就把他拉到身旁。哈利越过她的身体,把手随意放到身后,却惊喜地发现女孩那潮湿的小手已经稳稳地落在了他的掌心里。他转过身看着女孩，两人朝彼此大笑起来。

他们停下来，分开。中间的空气仿佛凝固了一般，你甚至可以看到空气的边缘。他们围绕着这团凝固的空气，随音乐节奏跳了一会儿，并没有立刻去接触对方，以享受接触所带来的快乐。忽然，他俩同时转了个身，哈利抓住女孩的手，猛地把她拉回到自己的怀里，然后抱着女孩的小蛮腰，带着她一起旋转起来。他发自内心地笑了。

* * *

火车穿过茫茫夜色，轰隆隆地向北行驶着。多琳蜷缩在车厢角落的电影杂志旁，让人看了十分心疼。这是她人生中最遥远的一次旅行。北面，她从来没有到过像哈林盖竞技场这么远的地方。火车载着她驶入了一个恐怖荒凉的陌生国度。一路上，火车不停地驶入驶出那些连名字都叫不出的车站，她听着搬运工用她不习惯的口音相互呼喊。现在，她轻轻地抚摸着新外套下的小腹（外套是为了让自己高兴一点，那天早上新买的）。这都是你的错，你这个小混蛋。她在心里念叨着，却一点怨言也没有。虽然她并不喜欢这种下摆蓬松的衣服，但她觉得未来能穿得着。这并不是说她有什么美好的未来值得期待。哎，就这样吧，愁有什么用，愁只会使事情变得更糟。莫里斯的表现还不错，他似乎很不舍得她走，而且他发誓会努力离婚。那个老婆娘活不了多久了，从她的照片就可以看出来。不管怎样，莫里斯给了自己足够的钱，她可以顺利地生下孩子，而且她已经决定不把孩子送人。接下来，她转向《娱乐周刊》。

  现在，好莱坞夜店最热门的八卦是安布尔·勒什的新伴侣穆尔·克雷特，一个肌肉发达的健美男。穆尔（还记得《沙尘暴》中的他吗？）是芭芭拉·贝恩斯的第二任丈夫，而芭芭拉曾嫁给过安布尔的丈夫比尔·布雷克斯。现在安布尔和比尔分手了。当被问及她是否考虑离婚时，安布尔说："我和穆尔只是好朋友，他非常友善，帮我解决了很多个人问题。穆尔是一个非常优秀的男人，但我不会这么快就走进另一段婚姻。我想把精力放在事业上，做一个好演员。"据说，安布尔看上了一个重要的角色——剧本《但丁的神曲》中的碧翠丝。

忽然，多琳又沮丧起来，厌烦地合上了杂志。唉，这些电影明星比所有人都差劲。同时，对面的男人也扔下了手中的周刊，朝多琳笑了笑，两人的目光在空中不期而遇。

"坐了很久的车了吧？"

听到熟悉的伦敦音，多琳心怀感激地回答了他的问题。

"没错。"

"去很远的地方吗？"

"纽卡斯尔。"

"你说的是纽卡斯吗？"男人笑着说，"如果你说'纽卡斯尔'，那里的人会听不懂的。"

多琳做了个鬼脸。

"那里和我们亲爱的雾都一点也不一样吧?"

"应该不一样。"多琳回答。

"我能理解你。"男人同情地说,"现在我在北方工作,否则我就不会坐这趟火车了。我要在'大象与城堡'酒馆喝上一品脱淡苦混合啤酒。虽然很丢脸,但酒可以消愁。"

"是吗?"

"是的……你做什么工作?"

"引座员。"

"什么?在电影院吗?"

"是的。"

"外面的工作吗?"

"算是吧。"

"想在纽卡斯尔工作吗?"

"纽卡斯。"两人都笑了。

"想吗?"

"或许吧!"

"我的一个哥们儿认识纽卡斯尔富豪影院的经理,他能帮你安排……"

"非常感谢!"

"不客气……呃,我坐到你那边,行吗?"

"你请便!"

多琳不打算鼓励他这么做,因为他可能是真正的朋友,也可能不是。无论如何,她可以告诉他自己怀孕的事实来了解他真正的意图,这是摆脱色狼的最快方式。想到这里,她偷偷笑了,肚子里的小混蛋是她的保护伞。她可以照顾自己,但她没有理由拒绝在接下来的旅程中享受一点陪伴。

* * *

"你的意思是,你从来没交过女朋友吗?"

"没有!"

"继续编!"

"真的!"

哈利觉得从来没有这么累过,但也从来没有这么快乐过。

"我也从来没有跳过舞。"他主动介绍了自己的情况。

"跳得不错。"

哈利内心产生了一种说不出的骄傲。

"你可以周一晚上去'女皇',那里每周一都有摇滚乐。"

"你经常去吗?"

"每个星期一。"

"你和别人一起去吗?"

"和我的朋友梅布尔,她今晚不能来这里。"

"也许我会在星期一去那里找你们。"

"好的。我会留意你的。"

女孩停下来。

"这是我家。"

"是吗?六十一号,我记住了。"

女孩坐到一堵矮墙上,顶端的水泥已经斑驳,矮墙上的栏杆也在战争中被拆掉了。

"哦,我的脚!"女孩脱掉右脚的鞋子,扭动着她的脚趾。那只脚小巧而优雅。其实,她的一切都是小巧优雅的。

"疼吗?"

"能不疼吗!"

两人沉默了片刻。

"你必须什么时候回家?"女孩问。

"我爱什么时候回去就什么时候回去。"

"有你的,真幸运。我,十一点半。"

两人又沉默了一阵。

"今晚我很开心,你呢?"哈利问。

"嗯!"

"我以前从来没有这么开心过。"他笑着说,"那个旧锅炉的水淌得到处都是,妨碍了人们跳舞。"

女孩也笑了。

"电影一结束,所有人都喧闹起来,他们不得不接着放映。"

两人都哈哈大笑起来。

"好了,我得进去了。"女孩说着,站起身穿上了鞋,"晚安,哈利。"

"晚安,珍。"

他们之间的空气似乎再一次凝固了,但这一次,他们之间的空间却变小了。哈利弯下腰吻了她,还差点失去了平衡。

"第一次见面我一般不让人吻我。"女孩说。

哈利不知道说什么好,于是草草地说了一句:"是吗?"

"晚安,哈利。"女孩说着走开了。

"晚安,珍。周一见。"

走到门口,女孩转过身,笑着说:"好的,周一见。"

* * *

宾馆里,莱恩和布丽姬特躺在吱嘎作响的床上已经半小时了。他们躺在彼此的臂弯里一动不动,生怕一动幸福就会溜走。现在,莱恩开始温柔地用他那粗糙的手指爱抚布丽姬特柔软的身体。他已经做好了准备,身体完全覆在布丽姬特上,慢慢地攻破她的身体。两具身体紧紧地缠绕在一起,享受着那种难以言表的快乐。莱恩觉得他们这是在反抗一切迫害他们的事物。他不喜欢营房里的那些污言秽语,但是此刻,他想找一些词语来表达他胜利后的激情。令他吃惊的是,他竟然无法对布丽姬特说出口,她肯定会觉得他的话是一串语无伦次的污秽:军队,以及——东翼警卫队的第二次无女伴舞会,以及——上次取消他休假资格的托瑟军士,以及——周日晚上返回卡特里克的火车,以及——从寒冷的车站瑟瑟发抖地走到营地,以及——休假结束时他和布丽姬特在站台上的吻别,以及——他经常赶公交车的街头,以及——袭击她的小混混,以及——长期以来一直阻止他俩像现在这样在一起的所有人，所有条条框框，所有时刻表，以及所有时钟。

* * *

即使在最美好的时刻，布莱彻姆火车站也不会显露甜蜜和轻松，最后一列从伦敦发出的火车更是充满了令人沮丧的忧郁和怨气：忧郁来自疲惫不堪、沉默不语的旅客，而怨气来自火车站的工作人员。他们认为车站十分过分，不该要求他们等到晚上十一点二十分接待一群从大都市寻欢作乐回来的旅客。毕竟，这个时间点，大部分灯都已熄灭，火车站的门也全都插上了门闩，只留了一条狭小的缝隙供旅客穿过，然后跌跌撞撞地走到外面的大街上。公交车当然在几个小时前就已经停运了，马克只能扛着行李走回一英里以外的家。他本打算把行李寄存在车站，但他刚刚忽然想起来，行李寄存处九点半就关门了。

马克把所有的东西都从布里克利带回来了，所以包很重。他不想再回那里了——不管怎样，也要等到他穿上多明我会的长袍再说。

马克在大街上停下来，休息了一会儿。商店橱窗里灯火通明，向空荡荡的大街投射出一束束暗淡的光。罐装汤、女式帽子和男式鞋子的排列好像和一年前完全一样。他感觉到了布莱彻姆街道上冒出的资产阶级瘴气——冰冷、致命，令人压抑窒息。一个热情的灵魂走进这个小镇也会像一个纯洁的传道士陷入满是毒气的沼泽一般。马克清楚地意识到，他的传教士生涯一开始就有不祥的预兆，虽然说不上怯懦。

他不辞而别，马洛里一家肯定会怪罪他。虽然克莱尔永远不会透露他们之间关系的细节，马洛里太太也永远不会告诉别人他俩那天下午的谈话，但是他的一些可耻行为最终还是会透露给他所爱的其他家庭成员：马洛里先生、双胞胎、帕特里克、帕特丽夏……

在帕特丽夏眼里，马克这个偶像已经堕落了。离开前，他难以克制离别的感伤，收拾完行李后不由自主地敲了帕特丽夏的门。当时她正在看书，听到敲门声，她抬起头，欢迎他进来。

"喂，帕特丽夏。最近学习怎么样呀？"

"很糟糕。你知道'insuesco'的主要形式①吗？"

"不知道。"

"我也不知道。"

"帕特丽夏，我要离开了。我不知道该怎么向你解释，但我可能永远不会回来了。我想送你一点纪念品。"马克递给帕特丽夏一本《一个青年艺术家的画像》。

"离开？"她似乎不懂他在说什么。

"是的。我在书里写了。"

帕特丽夏没有打开书。

"离开克莱尔？"

这句话完全在马克的意料之外，帕特丽夏从来没有提过他和克莱尔的关系。更荒谬的是，他还一直认为帕特丽夏对他俩的关系漠

---

① 拉丁语动词变位的主要变化形式，受主语的人称、数、性、时态、语气、语态和其他语言特殊要素的影响。

不关心。

"可你不能这样做!"

想起和帕特丽夏的谈话,马克感到无地自容,咒骂自己缺乏洞察力。他一直沾沾自喜,以为帕特丽夏对他产生了青春期所特有的迷恋。而且因为自己情感的自私,他认为帕特丽夏也是如此,她会因为自己的情感无暇顾及克莱尔。结果,他向帕特丽夏吐露了心声,潜意识里还渴望从她那里得到同情和安慰。而没有想到的是,事情恰恰相反,帕特丽夏对克莱尔很忠诚,还谴责了他。他知道帕特丽夏已经醒悟了。在她看来,他的逃跑是多么卑劣的行为呀!不久前他还劝她不要试图通过逃跑来解决难题。

马克发现很难克制自己不去告诉帕特丽夏离开的原因,哪怕只告诉她他想成为多明我会的修士,他想活得轰轰烈烈,他不想过低声抱怨的生活。然而,与马洛里太太谈话时他就已经发誓不为自己的行为辩解,他要严格遵守自己的诺言。这似乎是他能做的最后的事情了——不去张扬自己的伟大姿态,而是去贬低自己。这是一种补偿,是唯一能真正伤害自己的做法。

马克拎着包,慢慢地走在大街上,闷闷不乐地想着他努力想去赎的罪——他谋杀了克莱尔的幸福。可是,谋杀并不是恰当的词语,还是把它叫作安乐死吧,因为他们的爱情还没有到相爱的程度就溃烂了。尽管克莱尔不知道这一点,但她别无选择,要么快刀斩乱麻,要么在痛苦中慢慢死去。

然而,马克却觉得自己十分可恶,没有什么谋杀比安乐死冷血,因为安乐死不带一点仇恨之情。外科医生会因他的行为被孤立,因为他医者的冷酷眼光导致了他的冷酷无情和麻木不仁。

但是,这些比喻——谋杀也好,安乐死也好——让他感到懊悔。换做以前,他是不会感到懊悔的。不可否认,他扮演了卑鄙小人的角色,有时是形势所迫,更多的是,他天生就是一个卑鄙小人——这使事情变得更复杂,而不是更容易。

他走进屋时,母亲正在看电视上的天气预报。听到外面的动静,她惊讶地走进大厅。

"马克!真是个惊喜啊!为什么没提前打个电话呢?你的床没有晾晒,还有……"

"没关系,妈妈!别那么紧张!"

马克跟着母亲走进客厅,英国的国旗正在电视屏幕上迎风飘扬,接着响起了国歌。

"你喜欢这条新地毯吗?"

"非常好!那条旧的怎么了?"

"哦,我一直都不喜欢它的颜色。"

"爸爸呢?"

"他早睡了。今天他有些不舒服。昨晚他去参加了一场共济会的晚宴,结果消化不良。"

"哦。"

"我在熬夜看电视。马克,有个人因为参加了莎士比亚竞赛赢了三万英镑,我想看看你会不会去参加。"

马克笑了笑。

"我在这种事情上总是毫无希望。"

马克的母亲似乎有点生气了。

"你在大学里不是学英国文学的吗?"

"完全正确!"马克笑着回答。

这并不容易,他已经明白了,这并不容易。

THE PICTUREGOERS
Copyright © DAVID LODGE 1960
Simplified Chinese translation rights arranged through BIG APPLE AGENCY, INC.
Simplified Chinese edition copyright © 2020 New Star Press Co., Ltd.
All rights reserved.

著作权合同登记号：01-2018-4733

图书在版编目（CIP）数据

常看电影的人们／(英)戴维·洛奇著；王维青译. -- 北京：新星出版社，2020.8
（戴维·洛奇作品）
ISBN 978-7-5133-4048-9

Ⅰ.①常… Ⅱ.①戴… ②王… Ⅲ.①长篇小说－英国－现代 Ⅳ.① I561.45

中国版本图书馆 CIP 数据核字（2020）第 074883 号

常看电影的人们

［英］戴维·洛奇 著；王维青 译

策划编辑： 程 卓
责任编辑： 孙立英
特约编辑： 桎 卓
责任校对： 刘 义
责任印制： 李珊珊
装帧设计： 冷暖儿

出版发行： 新星出版社
出 版 人： 马汝军
社　　址： 北京市西城区车公庄大街丙3号楼　100044
网　　址： www.newstarpress.com
电　　话： 010-88310888
传　　真： 010-65270449
法律顾问： 北京市岳成律师事务所

读者服务： 010-88310811　service@newstarpress.com
邮购地址： 北京市西城区车公庄大街丙3号楼　100044

印　　刷： 北京美图印务有限公司
开　　本： 889mm×1194mm　1/32
印　　张： 8.625
字　　数： 184千字
版　　次： 2020年8月第一版　2020年8月第一次印刷
书　　号： ISBN 978-7-5133-4048-9
定　　价： 69.00元

版权专有，侵权必究；如有质量问题，请与印刷厂联系调换。

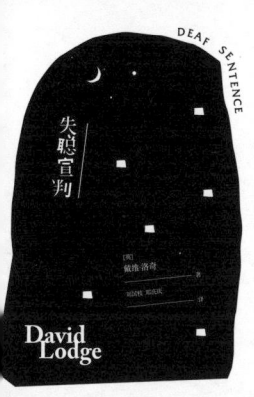  
  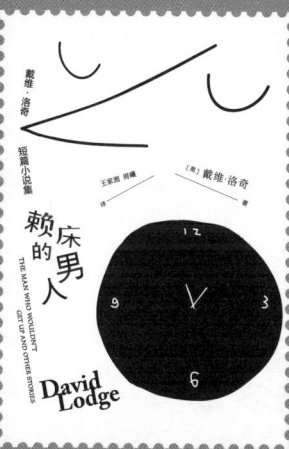